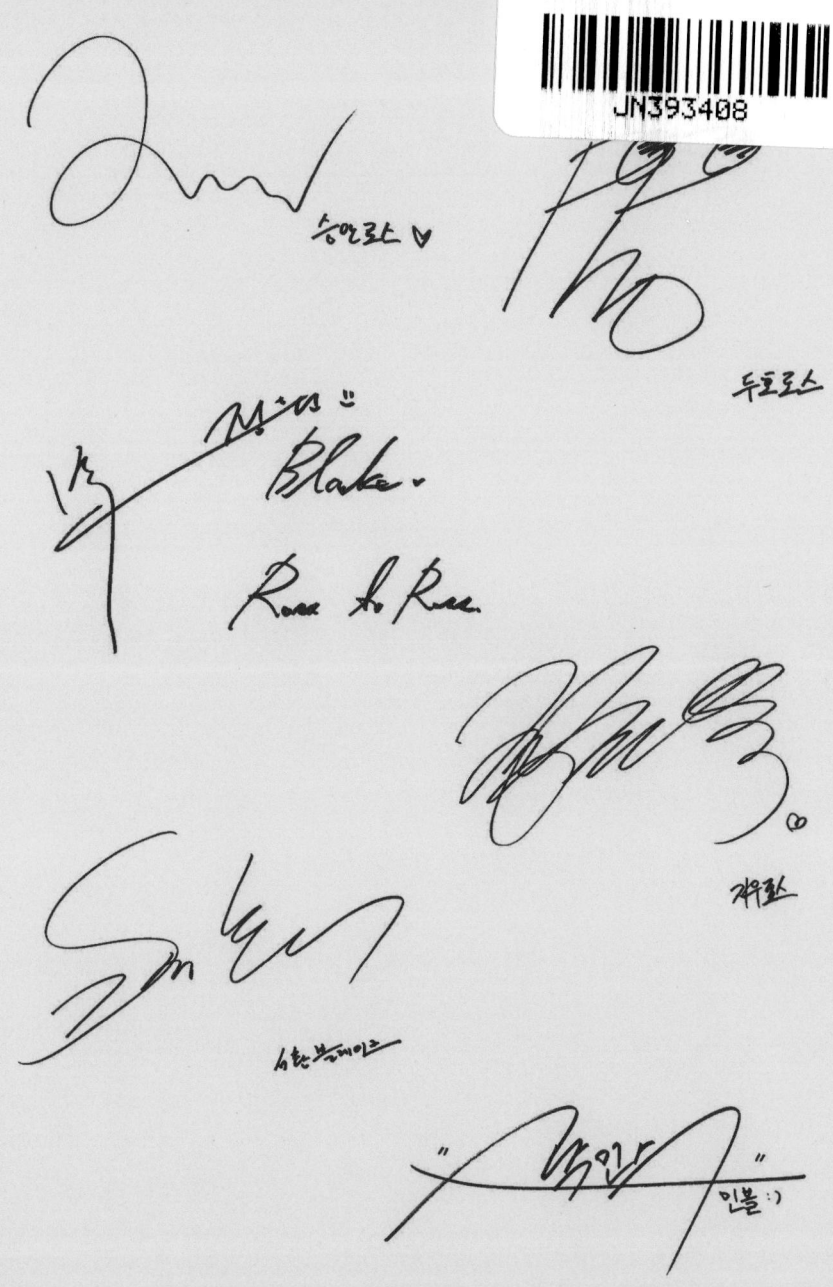

타조소년들

OSTRICH BOYS
Copyright ⓒ Keith Gray 2008

First published as Ostrich Boys in 2008 by Random House Children's Publishers, an imprint of Penguin Random House Children's. Penguin Random House Children's is part of the Penguin Random House group of companies.

No part of this book may be used or reproduced in any manner for the purpose of training artificial intelligence technologies or systems. This work is reserved from text and data mining(Article 4(3) Directive (EU) 2019/790).

Korean translation copyright ⓒ 2025 by JECHEOLSO Publishing House
Korean translation rights arranged with RANDOM HOUSE CHiLDREN'S PUBLISHERS
through EYA Co.,Ltd

이 책의 한국어판 저작권은 EYA Co.,Ltd를 통해
RANDOM HOUSE CHILDREN'S PUBLISHERS와 독점 계약한 도서출판 제철소에 있습니다.
저작권법에 따라 한국 내에서 보호를 받는 저작물이므로 무단 전재 및 복제를 금합니다.

OSTRICH BOYS

키스 그레이 장편소설

타조소년들

신수진 옮김

일러두기

- 본문의 각주는 옮긴이 주입니다.
- 인명과 지명을 비롯한 고유명사의 외래어 표기는 국립국어원 외래어표기법에 따랐으며, 관례로 굳어진 것은 예외로 두었습니다.

작가의 말

한국의 독자들에게

"철 좀 들어라!"

어렸을 적에 선생님과 부모님, 심지어 전혀 모르는 사람한테서까지 철 좀 들라는 말을 자주 들었다. 그때마다 1파운드씩 받았더라면…… 지금쯤 나는 스코틀랜드의 햇빛 잘 드는 성 안을 거닐며 일 같은 건 안 하고 살았을 텐데!

청소년들은 툭하면 "철 좀 들어라"라는 말을 듣는다. 심지어 재미있어하는 일을 할 때도 그렇다. 그런 경우에 그 말은 보통 훈계나 모욕으로 사용되는데, "재미있어하는 꼴을 못 보겠군!"이라고 해석될 수 있다. 청소년의 입장에서 '철 좀 들어라'라는 말을 들으면, 철드는 일이 재미있게 느껴질 턱이 없고, 당연히 그러고 싶지 않을 것이다. 게다가 어른들은 '어떻게 하면' 철이 들 수 있는지 그 방법을 정확히 알려주지도 않는다. 마치 스위치 하나만 누르면 바로 어른이 될 수 있는 것처럼 말할 뿐. 그들은 철드는 게 얼마나 어려운 일인지 완전히 까먹어버린 것이다!

『타조 소년들』은 철이 들고 어른이 되는 일이 힘들다고 느끼면서 각자의 방식으로 살아가는 네 명의 친구를 조명한다. 그중 한 명은 너무 힘들어하다가 결국 (먼저) 무너지고 말았다.

이 소설을 쓸 때 나는 독자들이 로스, 블레이크, 케니, 심에게 공감하고 자신의 삶과 유사한 점을 발견하기를 바랐다. 이 이야기가 연극과 뮤지컬로까지 제작되는 행운을 얻으면서, 책과 무대에서 자기 모습을 발견하는 이들을 만나게 되니 내 바람은 충분히 이루어진 것 같다.

이 책을 읽는, 그리고 공연을 관람하는 십대들 중에 훗날 용접공, 재단사, 군인, 선원 등이 될 사람도 있다는 것을 늘 잊지 않으려고 한다. 중간에 길을 잃는 이도 있겠지만, (가야 할 길이) 두 배쯤 더 길었으면 하고 바라는 이도 있을 것이다. 농담을 좋아하는 사람도, 사랑에 빠지기를 갈망하는 사람도 있을 것이다. 누군가는 게임에서 한참 앞서 나간다고 느낄 것이고, 누군가는 따라잡으려고 애쓸 것이다. 어떤 사람들은 다르다는 것에 행복해하고, 또 다른 사람들은 군중 속에서 눈에 띄는 것을 두려워할 것이다. 어떤 이는 연인의 키스 자국을 숨기고, 어떤 이는 멍든 상처를 감춘다. 누군가를 몰래 돌보는 사람, 말없이 울부짖는 사람, 시끄러운 반항아, 조용히 싸우는 사람, 유명인을 동경하는 사람, 유명해질 사람, 자신이 특별하다고 느끼는 이들. 이 모두가 자기만의 길, 자기만의 '철들기' 방식을 찾고 있다.

그 누구에게도 속지 말기를. 여러분에게는 '철들기'에 필요한, 딱 그만큼의 시간이 있다. 피할 수는 없는 일이지 않을까? 모래 밖으로 고개를 내밀고 빠져나갈 수만 있다면, 앞으로 여러분의 삶에는 언제까지나 즐거움, 사랑, 스릴, 모험이 함께할 것이다.

2025년 오스트리아 비엔나에서
키스 그레이

차례

작가의 말   5

1부 **한 줌의 재**   11
2부 **친구들**   107
3부 **타조들**   301

옮긴이의 말   381

1부

한 줌의 재

1

 우리의 가장 친한 친구가 재로 변해 항아리에 담겼다. 로스가 죽었다. 케니와 심, 그리고 나는 이제 한 줌 재가 된 로스와 함께 살아가는 법을 익히게 될 것이다.
 지금 하는 일은 전적으로 심의 아이디어다. 케니와 나는 이게 얼마나 엄청난 일인지를 제대로 알지 못했을 뿐이다.
 우리는 어두워지기를 기다렸다. 이 무렵에는 10시 반이 넘어야 어두워진다. 우리는 11시가 되기를 기다리며, 역사 선생 집 앞마당의 바싹 마른 전나무 그늘 아래 웅크리고 앉아 속닥거렸다. 나뭇가지들이 몸을 찔러대고, 뾰족한 침엽수 잎이 머리에 달라붙거나 목덜미를 타고 내려갔다. 하지만 아무리 쭈그린 채 앉아 있어도, 나무 그늘은 우리를 가려줄 만큼 크지는 않았다. 우리는 여전히 검은색 장례식 복장이었고, 그건 도움이 되었다. 문제는 케니가 계속 꾸물거리면서 나와 심을 밀어대는 통에 가로등 불빛에 우리 그림자 일부가 어룽어룽 비친다는 것이었다. 누군가 매의 눈으로 우리가 있는 곳을 보았을 법도 하고, 그렇다면 우리는 분명 눈에 띄었을 것이다.

차 한 대가 지나갔고, 우리는 고개를 처박았다. 내가 진땀이 난 것은 따듯한 6월의 밤 날씨 탓만은 아니었다.

심이 소곤거렸다.

"이건 로스를 위한 일이야. 잊지 말라고. 이제 와서 흩어지면 안 돼. 다들 동의했잖아. 너도 동의했지, 케니. 그런 적 없다고 하기만 해봐."

케니는 긍정이라고도, 부정이라고도 할 수 없는 소리를 냈다.

"문에다 쪽지 같은 것만 붙여놓고 오면 안 될까? 농담 아닌데. 만약 우리가 붙잡히기라도 하면……."

심의 표정이 싸해졌다.

"아이, 씨! 야, 케니! 카드에다 시라도 써놓자는 거야? 하트 뽕뽕에다 모자 쓴 토끼들 그려진 카드를 현관문에 붙이자고?"

심은 고개를 저으며, 손에 쥐고 있던 스프레이 페인트의 뚜껑을 땄다.

"안 돼. 크게 써야 돼."

케니는 입을 열어 반박하려고 했지만, 내가 팔을 쿡쿡 찌르며 입을 막았다.

파울러 선생의 집은 브레러턴 가 구석에 있는, 작고 볼품없는 정원이 딸린 테라스식 주택[•]이었다. 해안가를 향해 늘어선 술집과 클럽 들까지 걸어서 갈 만한 번잡한 길거리였다. 금요일 밤에 클리소프스 시에서 대부분의 사람들이 갈 곳이라고는 술집과 클럽뿐이었다. 또각또각 소리를 내며 인도를 걸어 다니는 여자애들이 킥킥거리며 수다 떠는 소리가 들렸다. 우리는 전나무 아래에서 몸을 좀 더 구부렸고, 잎사귀가 또다시 우수수 쏟아졌지만 꼼짝도 하지 않았다. 여자애 가운데 하나가 발이 아파 죽을 지경이 되어 택시를 잡으려고 했다. 하지만 친구들은 이제 거의 다 왔다고, 그럴 필요 없다고 했다. 우리는 여자애들이 결정 내리기를 기다렸다. 나는 땅바닥만 뚫어져라 바라보았다. 우리가 쳐다보지 않는 한, 그 애들도 우리에게 눈길을 주지 않기를 바라면서.

결국 여자애들이 총총 사라진 뒤, 내가 소곤거렸다.

"하든 안 하든 상관없지만, 여기서 하네 마네 하면서 밤을 샐 수는 없잖아. 안 그래?"

내 목소리가 얼마나 날카로운지 상관없었다. 신경질적이라기보다는 날이 서 있었을 것이다. 물론 나도 들키는 것이 걱정이었지만, 그보다 지금 하려는 일이 과연 옳은 일인지 확신할 수가 없었다. 그러니까, 로스를 위해서 말이다. 파울러 선생이야 어떻게 되든 상관없다.

두 대, 석 대, 자동차가 지나갔다.

"난 안 할래. 하지 말자."

케니가 말했다.

● 18~19세기에 유행한 영국의 도시 건축양식. 우리나라의 연립주택처럼 여러 채를 연속으로 디자인해 짓고 도로 쪽 광장에 공동 정원을, 주택 뒤쪽으로 개별 정원을 만들었다.

"난 할 거야."

심이 말했다.

"어, 그렇지. 네 아이디어잖아. 그러니까 네가 해야지."

케니가 당연하다는 듯 말했다.

심은 나를 바라보았다.

"블레이크, 너는?"

"너는 내가 뭐라고 하든 할 거잖아."

심이 씩 웃었다.

"맞아."

케니는 용기가 났는지, 낮게 늘어진 나뭇가지 아래로 고개를 쑥 내밀고 파울러 선생 집의 어두운 창문을 바라보았다.

"안에 있는 것 같아?"

심은 모르겠다는 듯 어깨를 으쓱거렸다.

"있을 수도 있고, 없을 수도 있지."

"불이 안 켜져 있어."

내가 말했다. 바로 그때, 기다리기라도 한 듯 거실 커튼 뒤에서 불이 켜졌다. 나는 고개를 수그리며 욕을 내뱉었다.

"있어! 안에 있다고!"

케니가 씩씩거렸다. 케니는 나와 심을 탁 트인 곳으로 밀어내면서, 허둥지둥 전나무 아래로 몸을 숨겼다. 나도 팔꿈치로 밀치며 다시 숨어들었다.

우리는 그 커튼 뒤에서 비쳐오는 불빛에 시선을 고정했다. 파울러 선생은 저기서 뭘 하는 거지? 티브이 보나? 책을 읽나? 피자를 사와서 먹고 있나? 우리의 절친이 죽었는데 어떻게 여전히 저럴 수 있지?

로스는 차에 치여 자전거에서 굴러떨어졌다. 장례식에서 목사는 "사고"라고 했다. 하지만 그 말로는 충분치가 않았다. 사고라는 말은 거대하지도, 강력하지도 않다. 로스의 죽음은 그 말로는 충분히 설명이 안 된다. 로스는 찻잔을 엎은 것도 아니고, 자기 발에 걸려 넘어진 것도 아니다. 인생이 처참하게 박살난 것이다. 이 상황을 설명하기 위해서는 새로운 단어 하나가 생겨나야 할 것만 같았다.

역사 선생이 집에 있으면 자신의 계획이 위험해지는데도 심은 전혀 걱정이 없어 보였다. 하긴, 여태껏 심이 무언가에 신경이 날카로워져 있는 모습을 한 번도 본 적 없는 것 같다. 심은 화를 내는 쪽이 더 편해 보였다. 화를 낼 때면 심의 짙은 갈색 눈동자는 포켓볼 공처럼 단단해졌다. 그리고 항상 짧은 머리였지만 어제는 1밀리미터 길이로 짧게 깎았다. 드러난 두피는 몸의 다른 부분에 비해 무척이나 창백해 보였다. 장례식에서 다 함께 일어나는 순간, 심은 해안가에 늘어선 시끄러운 클럽들을 지키는 조폭 경비원이 열여섯 살이라면 저렇겠지 싶어 보였다.

"변장할 걸 갖고 왔어야 하는데."

케니가 구시렁거리자 심은 눈알을 부라렸다.

케니는 심을 무시하고 말했다.

"농담 아닌데. 귀를 덮는 털모자 같은 거라도 있으면 좋잖아. 너희 둘은 괜찮아. 다른 사람이라고 해도 되니까. 하지만 나는 너무 명백하게 나잖아."

나는 케니가 무슨 말을 하려는 건지 알 수가 없었다. 우리 학년에서 자기가 가장 작고 금발이라는 얘긴가. 케니는 복슬복슬 대걸레 같은 머리에, 동글동글한 얼굴의 동안이어서 열여섯 살이 아니라 열세 살처럼 보였다. 케니는 가만히 앉아서 조용히 있는 걸 질색한다. 케니는 다리 사이에서 알짱거리며 발목을 핥고 계속 왈왈 짖어대는 강아지 같은 아이였다.

"무슨 일이 일어나든, 우리 셋의 짓인 건 세상이 다 알 거야."

내 말에 심이 고개를 끄덕였다.

"그래, 바로 그거야. 왜 우리가 숨어야 하는지도 난 잘 모르겠어."

심은 그 집과 거리에서 다 보이게 벌떡 일어서더니 어깨와 머리에 쩍쩍 달라붙은 나뭇잎을 떨어냈다.

케니는 겁에 질렸다.

"으악, 심. 제발 앉아, 이 멍청아!"

심은 옷깃을 높이 올려 얼굴을 감쌌다.

"내가 뛰라고 하면 뛰기나 해."

케니는 출발선에서 뛰는 데는 재빨랐다. 마치 단거리 육상 선수처럼.

"네가 먼저 출발하는 게 좋을 거야."

케니가 내게 말했다.

처음엔 어리둥절했는데, 무슨 말인지 이해하는 순간 나는 케니를 한 대 쳤다.

나는 늘 내 덩치, 몸무게에 민감했다. 누구든 나보고 뚱뚱하다고 하면 싸우곤 했다. 나를 두고 하는 말들이 늘 있었다. 비대한, 통통한, 굵직한……. 나는 내가 좀 무거운 편이라고 생각했다. 케니도 나에게 악의로 그런 건 아니었다. 그렇게 심술궂은 애는 아니니까. 단지, 너무 정직해서 가끔 주먹을 부를 뿐이다.

택시가 지나가자 심은 등을 돌리고 고개를 숙였다. 그러고는 택시가 저 멀리 사라져갈 때까지 기다렸다.

"절대 나 두고 가지 마."

심이 경고했다.

그러고 나서 심은 현관문을 향해 잔디밭을 내달렸다. 심은 마치 총잡이처럼 스프레이 페인트를 꺼내들었다. 페인트를 따고 쉭쉭 뿌려대는 소리가 엄청 크게 들렸다. 케니와 나는 심을 보다가, 창문을 보다가, 거리를 보다가, 또다시 창문을 주시했다. 파울러 선생이 갑자기 나타나는 일이 없도록 속으로 빌고 또 빌면서.

우리 학교에는 상냥하고 품위 있는 선생님이 몇 있다. 교사라는 것에 자부심이 있고, 지금 당장이라도, 그리고 나중에 수업에서도 언제든 하하 웃을 수 있는 사람도 두 명 있다. 파울러 선생은 그런 사람이 아니었다. 여전히 선생으로서는 젖비린내 나는 나이이지만, 뒷머리는 벌써 환하게 벗어져 빛나고, 볼록 나온 올챙

이배는 몸의 다른 부분보다 몇 초 먼저 교실에 도착했다. 우리는 이 집이 파울러 선생의 집이란 걸 알고 있었다. 심이 등굣길에 늘 자전거를 타고 지나왔기 때문이다. 파울러 선생한테 역사 수업을 들었던 심은 옛날 옛적에는 "안녕하세요." "굿모닝." 같은 인사를 하곤 했다. 하지만 그가 항상 못 들은 척하면서 전혀 대답해줄 생각이 없다는 걸 알자 곧 그만두었다. 파울러 선생은 학생들을 수업 시간 이외에는 전혀 존재하지 않는 것처럼 생각하는 사람이었다. 기회가 오자마자 케니와 내가 역사 수업을 수강 포기한 것은 그 사람 때문이었다. 로스와 심은 그렇게까지 재빨리 대처를 못 했다. 지난 2주 동안 그 사람은 로스의 인생 막바지를 끔찍한 악몽으로 만들었다.

그러니 이렇게 되돌려준다. 심이 하고 싶은 대로. 복수다, 단순하고 명백한 복수.

엄청 오래 걸린 것 같았지만, 기껏해야 30초 정도였을 것이다. 심은 뒤돌아서 정원을 가로질렀고 브레러턴 가 쪽으로 전나무 사이를 헤치며 나왔다. 케니와 나는 심을 따라 죽어라고 뛰었다. 하지만 돌아서서 달리기 전에, 역사 선생네 집 현관문에 심이 갈겨 놓은 글자들을 바라보았다. 급하게, 날카롭게, 거칠게 스프레이로 쓴 검은색 글자가 피처럼 줄줄 흘러내렸다.

로스 펠의 저주를 받아라.

2

숀 먼로의 집에 도착한 것은 11시 반이었다. 숀은 브룩랜드 가에 살았다. 해안가에서 살짝 비껴난, 집은 몇 채 없지만 호사스러운 지역이다. 양쪽 끝으로 출입문이 있어서 닫아놓으면 사람들이 지름길로 이용하는 걸 막을 수도 있고, 아이들의 탐탁지 않은 외출도 막을 수도 있게 해놨기 때문에 호사스럽다고 하는 것이다. 지나가는 차도 한 대 없고 모든 것이 조용해야만 하는 시간이지만, 우리가 잠긴 출입문을 기어 올라갈 때 웬 목소리와 함께 웃음소리와 음악 소리가 길 끝에서 들려왔다. 아주 크지는 않았지만, 이런 동네에서 밤중에 나는 소리치고는 꽤 큰 소리였다. 집 바깥에는 환한 불빛이 켜져 있고, 아이들 한 무리가 옹기종기 모여 있었다. 불빛이 어찌나 밝은지 그 좁은 길을 거의 다 밝힐 정도였다.
"세 가지 추측이 가능해."
심이 말했다.
"먼로, 먼로, 먼로."
케니와 내가 입을 모아 대답했다.

"일이 좀 어려워질 것 같은데. 니나 집에 먼저 가야 할지도 모르겠다. 그다음에 다시 오자."

심이 말했다.

"나는 12시까지 들어가야 해. 우리 엄마 어떤지 잘 알잖아. 진짜야. 늦으면 난리날 거라고."

케니가 말했다.

심은 기분이 좋지 않았다. 하지만 나도 케니 편을 들며 끼어들었다.

"나도 얼른 집에 들어가야 해. 니나네 집에 들를 시간은 없을 것 같은데."

엄밀히 말하면 이건 사실이 아니었다. 사실은, 이게 파울러 선생이나 숀 먼로한테 합당한 일이 아니라고 느낀다면, 니나한테도 이러기를 원하지 않는다는 말을 하고 싶었다.

"조금만 더 가까이 가보자. 곧 집에 들어갈지도 모르잖아."

심은 한숨을 내쉬었다.

양쪽 길가의 정원들은 작지만 나무와 덤불 들이 있어서 엉금엉금 기어 다니기는 쉬웠다. 그 앞에서 뻗어나간 길은 해안가로 향해 있고, 먼로의 집은 왼쪽 첫 번째 집이었다. 반대편 집에는 우리가 계속 이렇게 네발로 있는 한 셋이 충분히 숨을 만한 크기의 산울타리가 있었다. 전나무 아래서 기어 다니다가 덤불 사이로 잠입하다니, 케니는 새로 장만한 양복이 더러워진다며 투덜거렸다. 나도 엄마 몰래 양복을 숨겨야 할 것이다.

먼로의 집을 보면서 우리는 깨달았다. 저쪽 길을 환하게 밝힌 불빛은 차도에 서 있는 매끈하고 폼나는 스포츠카에서 나오는 상향등 불빛이라는 걸. 엔진은 꺼져 있었지만 음악은 차에서 흘러나오고 있었다. 운전석 창문이 내려져 있고, 음악은 스테레오로 뿜어 나오고 있었다.

저 녀석들 넷이 누군지 우리는 대번에 알아챘다. 먼로는 분명히 우리처럼 여전히 장례식 복장이었다. 하지만 자기가 그걸 입고 있다는 사실을 잊은 것 같아 무례해 보였다. 먼로는 우리 학년에서 가장 덩치 큰 녀석이다. 심만큼 키가 크고, 나만큼 등판이 넓다. 얼굴을 받친 무언가가 있기는 한데 목 따위는 보이지 않는다. 먼로는 곰 발 같은 손으로 두드리고 소매로 쓸면서 스포츠카 주위를 계속 걸어 다녔다. 그건 먼로 아버지의 새 장난감이고, 아들 녀석은 손대면 안 되는 것임을 짐작할 수 있었다. 얼른 열여덟 살이 되어서 길거리에서 부릉부릉 불을 뿜고 싶을 것이다.

우리의 절친은 절대 맞을 수 없는 나이. 절대 해볼 수 없는 경험.

이 정도 거리에서는 자동차 상표가 잘 보이지 않았다.

"저 차 뭐야?"

케니가 궁금해했다.

"모양으로 봐서는 7만 파운드짜리 같은데."

심이 대답했다.

나는 이국적인 모양의 차에 대해선 잘 모른다. 하지만 음악은 좀 안다.

"짜증날 정도로 카 오디오를 크게 틀어놓은 자식들은 왜 하나같이 저렇게 음악 취향이 구린 거야?"

"먼로가 이런 걸 좋아하나?"

케니가 묻자 심은 경멸의 뜻을 담아 으르렁거렸다. 심은 파울러 선생보다 먼로를 훨씬 더 싫어한다.

다른 녀석들은 먼로가 최근 데리고 다니는 똘마니들이었다. 귀찮아서 그 녀석들 이름은 기억하기도 싫다. 먼로와 친구라고도 할 수 없을 것 같다. 추종자들이라고나 할까. 먼로는 해마다 똘마니들을 갈아치웠다. 세 녀석은 차에 대고 이미 "오오!" "우와!" 소리를 해댔을 것이고, 하룻밤을 위한 아첨은 다 떨었을 것이고, 이제 지루해졌을 것이다. 한 녀석은 대문 앞에서 빙글빙글 돌고 있고, 또 한 녀석은 팔을 축 늘어뜨린 채로 정원의 야트막한 담벼락 아래 누워 있었다. 또 다른 녀석은 잔디밭에 앉아서 신발 끈을 잡아당기고 있었다. 동물원의 침팬지 생각이 났다.

나는 심을 쿡 찔렀다.

"원숭이 무리를 세는 단위는 뭐냐?"

내 의도를 알아채고 심은 씨익 웃었다. 이런 문제는 심이 전문이다.

"troop이나 tribe라고 하는데……."

별로 심한 말 같지가 않았다.

"개코원숭이 떼거지지 뭐."

나는 고개를 끄덕이며 만족스러운 듯 씨익 웃었다. 훨씬 적당한 표현이었다.

우리가 지켜보는 사이 먼로네 옆집 대문이 열리더니, 타탄체크 무늬 잠옷 가운과 슬리퍼 차림의 숱 없는 회색 머리 노인이 차고를 통해 밖으로 나왔다.

"음악 소리 좀 낮출 수 없니, 숀? 지금 몇 시인지 알기나 해?"

먼로의 개코원숭이 친구들 사이에 생기가 돌았다. 마침내 뭔가 시빗거리가 생기는구나. 하지만 숀은 노인의 말을 무시했다.

"숀? 숀! 음악 소리 좀 줄여달라잖니."

누구한테나 그러듯이 먼로는 불퉁한 태도로 노인을 바라봐주었다.

"숀, 듣고 있는 거냐?"

먼로는 열린 차창 안으로 몸을 굽히더니 음악 소리를 한 단계 더 높였다. 먼로 패거리는 우스워서 어쩔 줄 몰랐다.

노인은 한 발짝도 가까이 다가오지 않았고, 더 크게 소리를 질러야 했다.

"숀! 숀! 아버지 어디 계시냐?"

먼로는 계속 차를 다독거리고 문질렀는데, 괴상하고 웃기는 자

● 심은 동물을 세는 단위인 집합명사를 기가 막히게 잘 안다. 이런 단어들은 중세 시대 사냥 용어에서 유래된 것으로, 오늘날에는 잘 쓰이지 않는 예스럽고 고상한 표현이다. 이 책에서는 말장난처럼 쓰이기도 하고, 비하의 의미를 담거나 심리 상태를 나타내는 등 다양한 뜻을 표현하는데, 작가의 의도를 최대한 살리기 위해 우리말로 번역하지 않고 원문 그대로 둔다.

세였다. 그게 먼로가 음악에 맞춰 움직이는 것, 그러니까 춤추는 것이라는 걸 깨닫기까지는 2초 정도가 걸렸다. 그의 원숭이 패거리는 거기가 무슨 댄스 클럽이라도 되는 양 지껄이며 낄낄댔다.

"숀! 제발, 이 녀석아!"

노인이 소리를 질렀다.

그때였다. 먼로의 아버지가 자기 집 계단을 내려오며 모습을 드러냈다.

"이게 다 무슨 소리야? 지금 몇 시인지도 모르냐, 이 자식들아!"

그는 맨발이었고, 줄무늬 파자마 바지와 흰 조끼를 입고 있었다. 털이 수북한 팔 한쪽에는 밧줄 굵기의 금팔찌를 차고, 여러 손가락에 금붙이를 하고 있었다. 꼬마 숀이 그 훌륭한 외모를 어디서 물려받았는지는 누구나 알 수 있을 것이다. 먼로 가문에 전해 내려오는 유전자에는 '목'이라는 존재가 희귀한 것이 틀림없다.

"아들내미한테 볼륨 좀 줄이라고 해주시겠소?"

옆집 노인이 외쳤다.

"제럴드, 잠이나 주무쇼."

아버지 먼로가 큰 소리로 되받았다.

"지금 거의 12시가 다 됐는데……."

"네, 네. 압니다. 당신 같은 늙은 뱀파이어는 이제 박쥐로 변할 시간이죠. 관 속으로 얼른 들어가기나 하쇼."

숀은 똘마니들을 흘끗 훑어보았다. 그들이 지켜보고 있는지,

자기 아버지가 얼마나 멋진 인간인지 봤는지 확인하려는 듯이. 똘마니들은 눈을 동그랗게 뜨고 기쁨에 겨워 고개를 흔들거리며 손을 향해 씨익 웃었다. 숀 주위에서 어슬렁거린 보람이 있었다는 것이다.

노인은 거기 몇 초간 더 서 있었다. 음악 소리는 좀 더 커졌다.

"경찰을 부르겠어. 자정이 다 됐잖아."

노인이 협박했다. 하지만 먼로 패거리는 어깨를 겯고 움직일 줄 몰랐다.

"이 거리는 품격이 확 떨어졌어. 너희가 온 뒤로 바로 말이야."

자기 집으로 종종걸음 치며 들어가기 전 노인은 마지막 한마디를 내뱉었다. 그러곤 쾅 소리를 내며 문을 닫았다.

먼로는 껄껄 웃었다.

"내 생각엔 노인네가 우리 새 차가 부러워서 그러는 거야. 나이만 먹어서는, 쯧."

먼로는 아버지를 보며 말했다.

먼로 아버지는 주먹을 획획 휘두르더니 아들의 머리통을 한 대 때렸다. 케니와 심과 나는 그 소리에 몸이 움츠러들었다.

"내 배터리를 써가면서 도대체 뭘 하고 있는 거야, 이 자식아!"

숀은 손을 귀에 갖다 대고 오만상을 찡그리더니, 고개를 들면서 주춤주춤 뒤로 물러났다.

"친구들한테 보여주고만 있었다고요."

먼로 아버지의 주먹이 다시 날아왔다. 이번에는 거의 피했다.

거의.

"배터리 다 닳은 새 차를 타라고? 엉? 나더러?"

그는 대답을 기다리지 않았다. 그는 재빨리 카 오디오와 라이트를 꺼버렸고, 거리에는 다시 밤의 고요함이 내려앉았다.

"안으로 들어가."

그는 손에게 명령했다.

"하지만 친구들이……."

먼로의 아버지는 아들의 친구들이 주차장 아래쪽에서 얼쩡거리는 것을 가만히 바라보았다.

"저것들도 한 방 먹여줄까?"

그는 아들의 등짝을 세게 떠밀고는 집 안으로 들여보냈다.

몇 초 동안 먼로의 원숭이 친구들은 무엇을 해야 할지 몰랐다. 보통은 먼로가 시키는 대로 했지만, 이번은 새롭고 당황스러운 상황 같았다. 하지만 마침내, 손이 오늘 밤 다시는 나오지 못할 것임을 깨닫고는 원숭이처럼 팔을 축 늘어뜨리고 도망쳤다.

케니와 심 그리고 나는 놀라서 입이 쩍 벌어진 채로 이 모든 일을 지켜보았다. 다른 사람들이 더 있었다면, 아마 말리지 않고 보고만 있었다고 우리는 욕을 먹었을 것이다.

심은 주머니에서 스프레이 페인트 통을 꺼냈다.

3

"차에다가 하면 어떡해."

내가 말했다.

우리는 브룩랜드 가의 해안가 쪽 대문을 뛰어넘어 택시들을 피해가면서 킹스웨이 방향으로 내달렸다. 반대편의 장식용 화단 사이 계단을 뛰어 내려갈 때도 속도를 늦추지 않았다. 구명보트 거치대부터 레저 센터까지 쭉 뻗어 있는 기다란 도로를 내처 달려 내려갔다. 먼로네 집과 충분히 멀어졌음을 확인한 뒤에야 우리는 걸음을 멈추고 방조제에 몸을 기대어 숨을 골랐다. 썰물 때였고, 해변은 어두웠다. 나는 나 혼자만 얼굴이 벌겋고 땀범벅이 아니란 것에 안도했다.

"심. 현관문에 써놓으라 했잖아. 파울러 선생 집처럼."

"그래, 그래. 그런 소린 너한테서 처음 듣는다."

심은 양복 재킷을 벗어서 소매 부분을 허리에 감아 둘러맸다.

"봤지? 먼로는 개자식이야. 아버지란 작자는 명백히 더 나쁜 개자식이고. 설마 그래서 께름칙한 거야?"

심은 내 대답을 기다렸다. 나는 대답하지 않았다.

심은 시계를 보았다.

"자자, 우리가 서두른다면 니나네 집에 충분히 갈 수 있어."

심은 케니를 끌고 걷기 시작했다. 나는 따라가지 않았다.

"니나네 집에 갈 시간은 없어."

"2분이면 돼."

"니나한테 해코지해야 하는 건 아니라고 생각해. 난 안 갈래."

심은 계속 걸었지만, 케니는 이 발과 저 발 사이를 왔다 갔다 하면서 어찌할 바를 모른 채 우리 둘 사이를 맴돌았다.

"심, 블레이크는 안 간다잖아."

굳은 어깨를 보니 심은 마음을 돌릴 생각이 없었다. 꼭 해야만 한다면 혼자서라도 할 녀석이다. 하지만 우리의 우정은 너무나 강했다. 심은 어깨를 축 늘어뜨리더니 우리를 향해 고개를 돌렸다.

"뭐라고?"

심은 우리에게 다가오지는 않고 케니와 내가 다가가기를 기다리고 있었다.

나는 고개를 저었다.

"니나는 안 돼."

"왜 안 돼?"

"솔직히 얘기해? 왜냐하면 우리가 그렇게 하는 걸 로스가 바라지 않을 테니까."

심은 얼굴을 찌푸렸다.

"야, 우리가 스프레이로 메시지를 써야 할 곳은 학교여야겠지. 안 그래? 로스는 학교를 싫어했잖아."

심은 학교에 스프레이를 뿌릴 걱정에 심기가 불편해 보였다.

"하지만 로스는 우리가 어떤 곳에든 그러기를 원치 않을 거야."

나는 마저 말을 이었다.

심은 말싸움에 나설 태세였다.

"갑자기 우리보다 로스를 더 잘 안다고 생각하게 된 이유가 뭐냐? 너는 여기로 이사 오기 전까지 로스를 알지도 못했잖아. 케니랑 내가 먼저 알았다고."

"지금 그 말을 하려는 게 아니잖아."

나는 누가 우리 절친의 절친이었는지 가려내는 우스꽝스러운 논쟁에 말려들고 싶지 않았다. 하지만 케니는 아니었다.

"내가 로스를 제일 오랫동안 알고 지냈어. 다른 사람한테 절대 얘기하지 않았던 것들도 나한테는 다 얘기했다고."

"케니, 경쟁하자는 게 아니야."

"난 그냥 로스가 그랬다고 얘기하는 거야. 모르냐? 로스는 도망가려고 했을 때 나한테 가장 먼저 얘기했어."

"도망가려고 그랬던 거 아니었어. 그냥 스코틀랜드의 그곳에 가고 싶어 했던 것뿐이야."

내가 말했다.

"자기 자신이 어떤 사람인지 찾고 싶다고 했다고."

"실제로 로스라는 이름을 가진 동네에 가고 싶어 했던 것뿐이야. 로스가 로스에 가면 되게 멋질 거라고 생각했어. 하지만 도망치려고 했던 건 아니라고."

케니는 요지부동이었다.

"하지만 나한테는 이렇게 얘기했어. 계속 그러고 싶다고. 자기 자신을 찾고 싶다고 말이야."

"그래서, 자기 자신을 찾았어?"

케니는 모르겠다는 듯 어깨를 으쓱했다.

"리즈까지밖에 못 가봤다고 했어."

심은 스프레이 페인트 통을 손에 쥐고 있었다.

"야, 인마. 우리 다 동의했잖아. 로스를 위해서라고."

"잘하는 일이 아닌 것 같아."

내가 말했다.

"그게 뭔 소리냐?"

나는 머리를 쥐어짜면서, 큰 소리를 쳐서라도 이 상황을 설명해보려고 애를 썼다.

"그러니까, 잘하는 일 같지가 않다고."

케니는 전혀 마음이 움직인 것 같지 않았다.

"너도 거기 있었잖아, 블레이크."

장례식 얘기다.

"로스는 진짜로 장례식이 싫었을 거야."

케니가 말했다.

케니가 굳이 말을 하지 않아도 나는 안다. 나는 비좁고 갑갑

해서 폐소공포증이 생길 것 같은 화장장에서 엄마와 아빠 사이에 앉아 있었다. 내 절친의 장례식이라는 웃기지도 않는 연극이 진행되는 동안 뱃속은 꼬일 대로 꼬여서, 마치 뜨거운 매듭이 지어지면서 나를 조여오는 것만 같았다. 로스를 잘 알지도 못하는 사람들이 우리에게 로스 이야기를 해도 된다고 생각하고 있었고, 멍청한 목사는 생색을 내며 찬송가를 불렀고……. 로스는 이 모든 순간이 지긋지긋했을 것이다.

"너도 거기 있었잖아."

심이 말했다.

"거기 있던 사람들 중에 절반은 오지 말았어야 할 인간들이야. 학교에서 온 애들이 누구였어? 로스랑 말 한 번 안 해본 애들일 거야. 그냥 오후 수업을 빼먹으려는 거야. 위선자들 무리는 또 어떻고. 그런데 로스 아버지, 어머니, 누나까지도 아무 말이 없었어, 안 그래? 하지만 내 생각에, 진짜 살인자는 파울러 선생, 먼로, 그리고 니나야. 이 세 사람이 로스의 인생을 완전 비참하게 만들어버렸잖아. 거기에 도대체 뭐하러 왔던 거야?"

"그 사람들이 로스를 싫어했던 것만큼 로스도 그 사람들을 증오했어."

케니의 말에 나는 고개를 저었다.

"니나는 포함시키지 마. 니나가 먼로나 파울러 선생만큼 나쁘다고 할 순 없어."

"니나가 로스를 찼을 때 넌 거기 없었잖아. 나는 있었어. 로스 표정을 봤다고. 장난이 아니라, 진짜로, 진심으로 못된 년이야."

나는 아무 대답을 못 했다. 어떻게 해야 할지 알 수가 없었다.

"오늘 오후에 장례식에 온 위선자들 중에 그 셋이 최악질이야."

심이 손가락으로 그들을 하나하나 세며 말했다.

"니나는 로스를 사랑한다고 했어. 그러더니 갑자기 와서 로스를 차버렸어. 파울러 선생은 로스를 들들 볶으며 괴롭혔고 수업 시간에 콕 찍어서 엄마가 집에서 내쉬는 한숨보다 훨씬 더 심한 모욕을 줬어. 그리고 그다음, 먼로는 로스를 죽으라고 두들겨 팼어. 그런 자식들이 어떻게 그 자리에 와. 절대로 오면 안 되는 놈들이라고."

심은 말을 마치고 나를 가만히 바라보았다.

나는 할 말이 없다는 듯 어깨를 으쓱했다.

"그건 치욕이었어. 너도 말했잖아. 정말 엿 같은 일이라고."

나는 고개를 끄덕였다. 어느 선까지는 나도 동의한다. 하지만 나에게 정말 문제는 장례식 전체였다. 장례식장에서 벌떡 일어서서, 화장장 한가운데서, 무슨 말인가를 할 용기가 있었다면 얼마나 좋았을까. 우리가 지금 하고 있는 건 심이 계획한 복수이지, 내 생각은 아니다. 나는 사실 복수를 원하는지조차 잘 모르겠다. 나는 뭔가 더 큰 걸 원했다. 더 로스다운 것. 하지만 그게 뭔지는 잘 모르겠다는 게 문제다.

"너만 빠질 수는 없어, 블레이크."

케니가 말했다.

"빠지려는 거 아니야. 누군가의 집에 스프레이로 낙서하는 것쯤 무섭지 않아. 만일 우리가 잡힌다면, 그래, 좋아, 나도 내 몫의 벌을 받을 거야. 나 늘 그래왔잖아, 안 그래? 이건 그냥, 그러니까……."

하지만 또다시 나는 하고 싶은 말을 꺼내기 위해 낑낑대고 있었다.

그건 내 모습이 아니었다. 로스는 작가가 되고 싶어 했다. 하지만 영어 성적은 내가 1등이었고, 그전까지는 하고 싶은 말을 못해서 낑낑대본 기억이 없다. 나는 근사한 단어들을 많이 알고 있다. 하지만 이 상황은 열이 뻗치고 화가 난다. 나는 손을 허공에 뻗어가면서 생각을 모아 어떻게든 제대로 된 문장으로 만들려고 허우적댔다. 그러다가 다른 두 녀석이 나를 바라보는 시선을 느꼈다. 바보가 된 기분이었다.

나는 어깨를 으쓱해 보이고는 친구들에게서 등을 돌리고 돌아서서 바닷가를 향해 갔다. 조류가 바뀌어서 북해로 방향을 돌릴 수 있을 때를 기다리는 대형 선박들의 거대한 실루엣이 보였다. 우리가 말하는 바다는 사실 진짜 바다는 아니고, 회색빛 파도가 일렁이는 험버 강일 뿐이다. 하지만 해변엔 모래사장이 있고, 부두가 있고, 솜사탕 가게, 바위, 그리고 유원지가 있다. 이 정도면 바닷가라 해도 되겠지. 대형 선박들 뒤로는 저 건너편으로 스펀 포인트에 있는 등대가 꾸준히, 천천히 깜빡이며 빛을 내고 있었다. 그 불빛을 바라보았더니 몇 초 동안은 최면에 걸린 것 같았다.

케니와 심은 내가 무슨 말이라도 하기를 바랐다. 나는 등대 불빛이 한 번 더 깜빡이기를 기다렸고, 여전히 내가 할 수 있는 최선은 이 말뿐이었다.

"잘하는 일 같지가 않아."

케니는 내가 무슨 찐따라도 되는 듯 오만상을 찌푸렸다. 그래, 나는 찐따인지도 모른다. 누가 알겠는가?

"나는 그 셋이 로스에게 했던 짓을 절대 잊고 싶지 않아, 알아?"

심이 말했다. 심의 눈동자는 다시 포켓볼 공처럼 단단해져서 나를 물끄러미 보고 있었다.

"나는 그 인간들의 이웃이나, 그 인간들의 집을 지나가는 모든 사람이 이 일에 대해 다 알았으면 좋겠어. 그들이 지울 때마다 우리는 그냥 다시 가서 또 한 번 스프레이로 휘갈기는 거야. 하고, 또 하고. 그래야만 한다면 매일 밤이라도."

케니는 정말 그러고 싶은지 확신이 없어 보였다.

"수업이 있는 날 밤엔 난 못 해. 다음 날 수업이 있으면 우리 엄마가 나를 절대 내보내지 않을 거야."

"케니, 제발 좀……."

심은 이를 악물고 말하더니 몸을 돌려 레저 센터 방향으로 나갔다.

케니는 나를 바라보았다.

"너 때문에 심이 열 받은 거야."

내 말에 케니는 걱정스러운 얼굴이 되었다.

"하지만 네가 시작했잖아."

심을 따라잡으려면 뛰어야 했다.

"장례식에서 내가 진짜 괴상하다고 느낀 게 뭔지 알아? 목사야. 너는 괴상하다고 생각 안 했냐? 그 사람은 아마 내가 죽었어도 똑같은 내용으로 얘기했을걸. 안 그러냐? 사실 다른 누가 죽었어도 그랬을 거야."

케니가 말했다.

"그 인간은 분명 로스를 만나본 적도 없을 거야."

내가 말했다.

"그래, 맞아. 내 말이 그 말이야. 어떤 아이가 걸어 다니고 말을 하고 학교에 갔다는 얘기만 해대고 있었어. 하지만 그건 누구한테든 해당되는 말이야. 번호 순서대로 선을 이어 그리면 로스가 되기라도 할 것처럼."

"목사들은 모든 사람한테 똑같은 추도사를 할 거야. 진짜 그 사람이 어떤 사람인지는 상관 안 하고."

심이 말했다.

"우리한테 무슨 말이라도 시켰어야지. 우리가 로스를 가장 잘 아는데."

케니가 말했다.

아, 그것이 문제의 핵심이었다. 그렇지 않은가? 로스의 가장 친한 친구로서, 우리는 우리가 장례식 절차에 포함되었어야 한다고 느꼈다. 하지만 우리는 군중 속의 일부였을 뿐이다.

"장례식엔 우리만 있었어야 했는지도 몰라."

케니가 말하자 심은 이를 앙다문 채로 웃었다.

우리는 바닷가 인도를 따라 계속 걸었다. 레저 센터 주차장 뒤편을 빙 돌아서, 주도로에서 떨어져 몸을 숨기려고 한 것이다. 누군가가 우리가 써놓은 걸 발견하거나 먼로가 우릴 잡으러 오는 일에 대비해서 말이다. 그 뒤로 작은 철로를 건너 바다에서 멀리 떨어졌을 때, 내가 이미 말했음에도 심은 여전히 치체스터 가의 니나네 집으로 우리를 데려가고 있다는 사실을 깨달았다.

"로스네 가족은 선생들이 장례식에 오는 걸 막았어야 해. 아, 로스 엄마는 빼고."

케니가 말했다.

"로스 엄마는 선생이 아니야. 대학 강사지."

내가 말했다.

"그거나 그거나. 하지만 딘 선생님은 거기 있어도 괜찮았다고 생각해. 로스가 딘 선생님은 좋다고 했거든."

"딘 선생님은 사서잖아. 사서는 교사가 아니야. 우리를 성가시게 하지 않잖아. 만약 학교에 불이 나서 내가 선생이나 사서 중에 누굴 구할지 선택해야만 한다면, 선생은 언제나 불에 타고 말 거야."

심의 말에 케니와 나도 고개를 끄덕끄덕했다. 잔인하지만 사실이 그렇다.

"로스가 딘 선생님을 그렇게 좋아한 건 아니야. 매번 책을 한 아를 빌려가도록 해줬을 뿐인데 뭘."

케니가 말했다.

"사서들이 하는 일이 그거잖아, 케니."

"하하. 블레이크. 내 말이 그 말이야. 딘 선생님은 로스한테 책을 더 많이 빌리게 해줬어. 다른 누구보다 더. 로스는 항상 책을 읽고 있었어."

"로스는 작가가 되고 싶어 했잖아. 작가가 되려면 책을 엄청 많이 읽어야 할걸."

내 말에 심이 다시 화를 냈다.

"장례식에서 맘에 안 들었던 거 또 있어. 생각나냐? 11학년 여자애한테 로스가 쓴 글 읽게 한 거."

"제닌인가 뭔가 하는 애. 학교 연극에 매번 참여하니까 그 앨 선택했나 봐. 내년에 연기 학교에 입학할 예정이래."

내가 말했다.

심은 그 애가 누구이고 무얼 하는지 관심이 없었다.

"잘난 척하는 년 더는 못 참겠어. 그런 건 우리 중에 한 사람이 읽게 했어야지. 로스의 가장 멋진 작품도 아니었다고. 안 그래? 나는 로스가 쓴 거 다 읽어봤어. 나라면 다른 걸 골랐을 거야."

"로스 아버지가 고른 거 아니야?"

"어, 그렇지. 로스에 대한 관심이 딱 그 정도였단 거지. 모두가 그 글에 박수를 칠 때는 정말 돌아버리겠더라."

케니는 심이 무슨 말을 하는지 잘 이해하지 못했다.

"작가가 되고 싶다고 하니까 사람들은 항상 안 좋은 소리만 했잖아. 먼로 같은 놈들 말이야. 로스는 그런 사람들 때문에 늘 괴로워했어. 하지만 그 잘난 척하는 년이 글을 읽고 난 뒤에는 앉아 있던 모두가 박수를 치면서 로스가 정말 글을 잘 썼다고 했어."

"걔는 아마 자기한테 박수를 친다고 생각했을 거야. 나는 그 글에 박수를 쳤다고. 다들 사기꾼이야. 위선자들 같으니."

케니가 말했다.

"거기 와 있던 모두가 위선자야."

심이 말했다.

"우리 빼고."

"당연하지."

우리는 방치된 어린이용 물놀이장을 지나갔다. 요즘엔 그 안에 쓰레기밖에 없다. 그리고 놀이용 보트 타는 호수도 지나갔다. 물결은 잔잔했고, 까맣게 반짝거렸다. 누가 칠해놓기라도 한 것 같았다. 오리들은 방해꾼이 귀찮은지 우리가 너무 가까이 다가가자 꽥꽥거렸다.

나는 어른들한테 늘 실망하곤 했다. 말을 들어주지 않는 부모, 신경 써주지 않는 선생들, 주제넘게 나서는 낯선 사람들. 하지만 오늘 오후에는 정말 일생일대의 배신감을 느꼈다. 어떻게 그런 일이 일어나게 할 수 있지? 로스가 자기 장례식에서 정말 실망했을 거라고 생각하면 기분이 엿 같았다.

아무도 우리에게 의견을 물어보는 시늉조차 하지 않았다. 우리는 로스의 가장 친한 친구였고, 누구보다 로스에 대해 잘 알았다. 부모가 못살게 굴 때, 학교에서 곤란한 일이 생길 때, 숀 먼로와 다른 패거리들이 두들겨 팰 때, 로스는 우리에게 왔다. 우리가 로스의 친구였기 때문이다. 우리는 로스에 대해 뭐든 다 알고 있었다. 하지만 어른들은 로스를 화장시켜버린 뒤, 우리가 어떤 기분인지 물어볼 생각조차 하지 않았다.

"케니, 네 말이 맞는 것 같아. 장례식에 있어야 했던 사람은 우리뿐이었어."

내가 말했다.

우리는 호수 위 두 개의 아치가 있는 나무다리를 발을 쾅쾅 구르며 건너갔다. 케니는 다리 너머로 침을 뱉으면서 호수 표면에 생겨나는 잔물결을 바라보았다. 어린 시절, 로스와 케니가 그다지 멀리 떨어져 살지 않았을 때, 여름방학이면 우리는 이 근처에서 많이 놀았다. 이번 여름엔 로스 없이 무얼 해야 할까. 난생처음으로, 여름방학이 전혀 기대되지 않았다. 우리는 모래 놀이터에서 노는 아이들의 눈을 피해 주도로로 향해 나가는 작은 풀밭 언덕을 기어올랐다. 치체스터 가 꼭대기에 있는 웰로 호텔과는 반대 방향이다.

"우리가 해야 할 일은 이게 아닐까? 로스가 정말로 원했을 법한 장례식을 치러주자."

이제야 꼭 들어맞는 말을 찾았다. 머릿속에 환하게 불이 켜졌다.

나는 심의 팔을 잡았다.

"로스에서 진짜 장례식을 치러주자. 제대로 말이야."

나는 케니의 팔도 잡았다.

"스코틀랜드 로스에서 말이야."

친구들은 정신 나간 사람 보듯 나를 바라보았다.

"무슨 말인지 모르겠어? 로스를 로스에 데려가잔 말이야. 늘 가고 싶어 했잖아. 목사도 없고, 선생도 없고, 부모도 없을 거야. 오로지 절친인 우리뿐이야. 로스가 늘 하고 싶어 했던 걸 해주자. 제대로 된 추도식을."

희미한 불빛 아래서도 심이 내 아이디어에 솔깃해한다는 걸 눈치챌 수 있었다. 심은 고개를 끄덕였다. 내가 말하려고 하는 걸 이해하기 시작한 것이다.

"할 수 있잖아. 안 그래?"

케니는 아직 확신하지 못하는 눈치였다. 케니는 마치 내가 어린아이라도 되는 듯이 말했다.

"하지만 로스는 없어. 이미 화장했잖아. 항아리에 들어 있는데 어떻게 로스를 스코틀랜드로 데려간다는 거야?"

심은 얼굴에 슬며시 웃음을 띠었다.

"훔치자. 좋지?"

나도 웃었다.

"그거야."

케니는 신음 소리를 냈다.

4

 로스의 유골이 담긴 항아리는 내 앞 테이블에 놓여 있었다. 로스의 누나가 등을 돌리자마자 내가 그걸 훔치기로 했다. 로스를 말이다.

 누나는 그때 한시도 그것을 놓으려 하지 않았다. 매끄러운 표면을 계속 만지면서, 마치 알라딘의 램프라도 되는 듯이 문질렀다. 램프의 요정 지니처럼 로스가 튀어나오기를 바라는 것 같았다.

 항아리는 오래전에 만들어진 것 같았다. 땅딸막하지만 굴곡이 뚜렷했고, 잿빛 소용돌이무늬가 있는 흰 대리석 항아리였다. 나는 거기서 눈을 뗄 수가 없었다. 머릿속에서는 이상한 생각이 끊임없이 솟아올랐다. 예를 들면 이런 것들. 로스의 유골이 가장자리까지 꽉 찼을까? 로스는 깡마른 열여섯 살 소년이었다. 유골의 주인이 180킬로그램이나 나가는 거구의 도살업자라면, 항아리에 흘러넘쳤을까? 내가 항아리를 흔들어도 괜찮을까? 팔에서 나온 재와 다리의 재를 구별할 수 있을까? 정말 이상한 생각이지만, 멈출 수가 없었다.

또 한편으로는 한가한 생각이기도 했다. 로스가 영원히 사라져 버렸다는 사실, 나의 절친이 이제 항아리에 담긴 재에 불과하다는 사실은 여전히 말도 안 되고 낯설게 느껴졌다.

"이게 정말 내 동생이라고 생각하기 싫어."

캐럴라인 누나는 마치 내 마음을 읽은 것처럼 중얼거렸다.

"차라리 로스가 자기를 기억해달라면서 남기고 간 무언가라고 생각할래."

나는 동의에 가까운 중얼거림과 함께 고개를 끄덕였다. 불쑥 찾아왔지만 기꺼이 나와 이야기를 나눠주어 고마웠다. 내가 갑자기 나타나 유골 항아리 좀 볼 수 있겠냐고 물으면 혹시라도 누나가 무서워하거나 어디 아픈 애가 아닌가 여길 것 같기도 해서 겁이 좀 났다. 하지만 누나 역시 계속 항아리를 들여다보고 싶어 한다는 걸 알 수 있었다. 항아리는 우리를 잡아끄는 마력이 있었다.

캐럴라인은 눈앞에 드리워진 머리칼을 쓸어 넘겨 질끈 묶었다. 이마가 넓고, 코는 가늘고 곧게 뻗었으며, 턱에는 점이 있었다. 얼굴은 예쁜 편이었다. 하지만 눈물이 지나간 뒤에는 미모도 빛을 잃었다.

눈부시게 빛나는 6월의 토요일 아침이었고, 누나의 어깨 너머에 있는 창문을 통해 햇살이 부엌으로 들어오고 있었다. 헝클어진 머리칼이 햇빛에 반짝였다. 그곳은 더웠고, 통풍이 잘 안 되어 답답했다. 티셔츠가 몸에 달라붙었다. 나는 이 부엌에 적어도 100번쯤은 와보았고, 선반에 없어진 것이 무엇인지 알 정도였다. 하지만 같은 부엌이라도 오늘은 달랐다. 모든 문과 창문이 굳게 잠겨 있었다. 집 전체가 폐소공포증을 불러일으키는 듯했다. 집 안 가득한 슬픔은 질식할 정도로 내 얼굴을 내리누르는 베개 같았다.

"어제 모든 게 분명해졌어. 어제 장례식 전까지는 이게 사실일 리가 없다고, 모르는 척하려 했어. 아니면 뭔가 멍청한 실수 때문에 잘못 알았던 거라고."

나도 그렇게 생각했다. 장례식이 있었기 때문에, 지난주에 일어났던 일은 빼도 박도 못하는, 부인할 수 없는 사실이 되어버렸다. 엉터리 장례식을 증오하는 또 다른 이유였다.

누나가 우는 걸 보니 우리가 계획하고 있는 것을 솔직히 말해야 하는 건 아닌가 싶었다. 나는 누나를 좋아했다. 만약 누군가의 편을 들어야만 한다면, 캐럴라인은 우리 편을 들어줄 것이다.

심의 얼굴이 캐럴라인 뒤쪽의 창문에서 나타났기 때문에 내가 뭔가 말하려고 했던 건 아니다. 심은 선글라스를 끼고 안쪽을 염탐 중이었다. 내 주의를 끌기 위해 손을 흔들고 입을 오물거리면서 나에게 무슨 말을 하려고 했지만, 나는 심의 입 모양을 읽어낼 수 없었다. 곧 그 옆에서 케니가 머리를 쑥 내밀더니 둘이서 신호를 보내면서 뭔가 말하려는 듯 필사적으로 손을 흔들기 시작했다. 캐럴라인은 티슈를 한 장 더 뽑으려 하고 있었다. 나는 케니와 심을 바라보았다. 캐럴라인이 보기 전에 자기들이 무슨 말을 하려고 했던 건지 까먹기를 바라면서.

"지금쯤이면 눈물이 다 마를 거라고 생각했어, 솔직히. 너는 이

상황에 익숙해질 수 있을 것 같니?"

캐럴라인은 반쯤은 웃고 있었지만, 웃는 게 웃는 게 아니었다.

나는 케니와 심이 나에게 무슨 말을 하려고 하는지 파악하느라 정신이 없었다.

캐럴라인이 고개를 들었다.

"블레이크?"

나는 끄덕끄덕한 뒤에 고개를 푹 숙였다. 캐럴라인의 시선이 어깨 너머 창문을 향하지 않고, 테이블 위에 놓인 로스한테로 눈길을 돌리는 나를 따라오도록 하기 위해서였다.

"네. 어, 저는…… 음…… 뭐라고 하셨죠?"

"로스 없으니까 마음이 영 허전하다고."

캐럴라인은 항아리를 다시 만지기 위해 손을 뻗었다.

"집이 텅 빈 것 같아. 로스가 없는 이 집에 익숙해질 수 있을까? 너도 기분이 이상하겠지. 제일 친했으니까. 로스 없는 학교도 낯설 거야. 로스가 없는 학교에 익숙해질 수 있을 것 같니?"

나는 항아리를 물끄러미 바라보았다.

"아뇨. 절대로요."

나는 내 눈에서 눈물방울이 흘러내리지 않도록 세차게 머리를 흔들었다.

"너희는 늘 함께였지. 안 그래? 너랑 심, 그리고 또 다른 친구."

"케니요. 케니 잉글랜드."

캐럴라인은 고개를 끄덕였고, 나는 그 둘이 손을 흔들며 몸짓으로 신호해대는 것을 그녀의 어깨 너머로 바라보았다. 케니는 밝은 오렌지색 티셔츠를 입고 있었는데, 그 애한테 너무 컸다. 자루 같은 소매가 팔꿈치까지 내려와 마치 케니가 티셔츠 속에 빠져들고 있는 것 같았다. 케니는 나를 향해 팔을 계속 흔들어댔고, 소매는 마치 날개처럼 펄럭거렸다.

캐럴라인이 고개를 끄덕였다.

"너희 같은 친구가 있다니 로스는 운이 좋았구나."

진심으로 하는 말인지 알고 싶어서 캐럴라인의 눈을 똑바로 보았다. 캐럴라인은 늘 로스를 "남동생"이라고 불렀지, 로스라고 부르지 않았다. 누나는 열여덟 살이고 우리를 그냥 멍청한 아이들로 여긴다고 생각했다. 우리가 단지 로스의 친구이기 때문에 참아주는 거라고 생각했다. 그리고 당연하게도, 케니와 심과 나는 누나를 좋아했다. 로스는 이 사실을 무척 재미있어했다. (때로는 좀 짜증스러워했지만.) 캐럴라인은 마을 네트볼 팀 선수였고, 우리는 기회가 될 때마다 경기를 지켜보러 가곤 했다. 우리는 누가 이기는지는 관심이 없었다. 그저 캐럴라인이 선수복을 입은 모습이 멋져 보였으니까.

나는 로스가 이렇게 얘기했던 게 떠올랐다.

"아마 우리 누나가 오징어였더라면 나는 친구가 하나도 없었을 거야, 분명히."

우리 중에 누구 하나라도 "그건 아니야."라고 말해줬어야 했는데. 때늦은 후회였다.

오늘 캐럴라인은 내가 꿈속에 그려왔던 멋진 네트볼 선수와는 거리가 멀었다. 볼품없는 점퍼와 다 늘어나고 쭈글쭈글한 트레이닝복을 입고 있었다. 두 눈은 울어서 통통 붓고 충혈되었다. 슬픔 때문에 못나 보였다. 지난주에 누나가 로스와 대판 싸웠다는 것을 나는 알고 있었다. 아마 그 때문에 죄책감을 느끼고 있었을 것이다. 하지만 의기소침해 보이지는 않았다. 누나가 이야기하는 태도는 내가 느끼는 감정과 비슷했다. 나는 보호 본능 같은 것을 느꼈다. 케니와 심과 내가 상처를 극복하려고 애쓰는 것처럼 누나의 슬픔을 달래주고 싶었다.

캐럴라인은 양손으로 항아리를 꼭 잡았다.

"있지, 지금은 로스에 대해서 진짜 많은 추억들이 떠올라. 아주 작은 일들 말이야. 방학 동안 일어났던 일들이나 만일 로스가 기억하지 않았다면 백만 년 걸려서도 나는 절대 기억해낼 수 없는 그런 웃긴 이야기들……. 만약에 로스가 여전히…… 그러니까 만일 로스가 여기 있다면, 내가 그런 일을 전혀 기억할 필요가 없겠지. 아마 기억하고 싶어 하지도 않았을 거야. 참 이상하지."

캐럴라인은 희미한 미소를 띠었지만, 정말 웃는 것 같지는 않았다. 눈물을 애써 참고 있는 것이었다.

나는 고개를 끄덕였고, 우리 계획에 대해 진짜로 얘기해야겠다고 결심했다. 모든 걸 다 털어놓으려고 입을 벌리기까지 했는데, 바로 그 순간 현관문을 덜거덕거리며 열쇠로 여는 소리가 들려왔다. 그러고는 문이 열렸다.

"아버지 오셨다."

캐럴라인이 일어서며 말했다.

"어머니가 괜찮으신지 보러 가실 거야. 넌 여기 있어도 돼. 네가 온 걸 알면 정말로 기뻐하실 거야."

나는 로스의 엄마나 아빠를 보는 일만은 피하고 싶었다.

"일하러 가신 줄 알았는데요."

"아니야. 경찰서에 갔다 오시는 거야. 오늘 아침 엄청 일찍 호출을 하더라고."

캐럴라인이 벌써 현관문까지 절반이나 달려 나간 건 다행이었다. 내 얼굴에 갑자기 공포가 스치는 걸 보지 못했을 테니까.

먼로 아버지나 파울러 선생이 우리 낙서를 경찰에 신고했을 거라는 생각밖에 나지 않았다. 그렇다면 당연히 경찰에서 가장 먼저 연락할 사람은 로스의 부모님이었을 것이다. 다른 사람 집 담장에 아들의 이름이 휘갈겨 씌어 있으니까 말이다. 나는 로스의 아버지가 성큼성큼 다가와서 나를 추궁할 거라고 생각하며 부엌에서 기다렸다. 확실한 알리바이를 생각해내기 위해 머리를 짜냈다. 하지만 발소리는 2층으로 향했고, 로스 아버지는 아내를 먼저 보고 싶어 하는 것 같았다. 로스 아버지는 우리가 어젯밤에 뭘 했는지 모르는 걸까? 아니면 우리를 어떻게 할까를 놓고 아내의 의견을 구하려는 걸까? 로스 어머니는 굉장히 엄격한 분인데.

케니와 심은 여전히 부엌 창문에 달라붙어 있었다. 나는 싱크대로 몸을 기울여 끼익 소리를 내며 창문을 열었다.

"너 지금 뭐라고 구라 치고 있는 거야? 로스 아버지 차 봤어. 곧 집으로 올 거야."

심이 씩씩거렸다.

"벌써 집에 왔다."

나도 씩씩대주었다.

"그럼 서둘러, 인마. 얼른 로스를 우리한테 넘겨달라고."

심은 테이블 위에 놓인 로스를 가리켰다.

"로스 아버지, 경찰서에 다녀오는 길이래."

심이 뒷걸음질 쳤다.

"뭐?"

심이 머리 위로 선글라스를 추켜올렸다. 선글라스는 남들보다 유난히 뻣뻣한 심의 머릿결에 단단히 달라붙어 있었다.

"무슨 일로?"

"몰라. 하지만 확실히 짚이는 건 있어."

케니는 심의 어깨 높이에 있었다.

"그럼 그거네. 하지 말았어야 했어. 얼른 도망가자. 로스는 놔두고. 나 장난 아니야. 훨씬 더 골치 아픈 일에 휘말리게 생겼잖아."

나는 케니의 입을 막았다. 위층 발소리까지 다 들릴 정도로 집 안은 조용했다. 내가 속삭였다.

"안 돼. 우린 이 일을 꼭 해야만 해. 캐럴라인 누나가 우리를 돕도록 할 수 있을지도 몰라."

심은 달가워하지 않았다.

"그 생각 완전 후져, 블레이크."

"누나는 정말로 슬퍼하고 있어. 누나가 얼마나 상처받았는지 이야기할 때 슬쩍 말해볼게. 나, 진심이야. 누나도 우리랑 같이 가고 싶어 할 거야."

"뭐? 그렇담, 나는 누나가 간다면 안 할 거야."

케니는 자기 의사를 확실히 한다는 뜻으로 창문 안으로 거의 기어 들어오면서 말했다.

"이러면 못 하겠지. 못 따라온다고 말해. 원한다면 내가 얘기해 주지."

심은 케니를 노려보면서 조용히 하라고 경고하며 밀쳐냈다.

"지난주에 캐럴라인이 로스한테 한 일 잊었어? 기억하지? 전교생 앞에서 했던 짓. 로스를 빡 돌게 했던 당사자가 지금은 슬퍼서 어쩔 줄 모른다는 거야?"

나는 난처해져서 어깨를 으쓱했다.

"그래. 하지만······."

"캐럴라인이 누나만 아니었다면, 먼로나 파울러 선생만큼이나 나빠."

케니가 다시 얼굴을 들이댔다.

"캐럴라인이 한 짓, 아마 그게 니나가 로스를 차버린 이유의 절반은 됐을걸."

나는 그것이 사실이 아님을 알고 있다. 하지만 왜 아닌지 이유를 설명할 수 없었다.

"캐럴라인은 이해 못 할 거야. 캐럴라인은 장례식장에서 다른 사람들이랑 똑같았어. 아무것도 하지 않았다고. 안 그래? 그 누구도 아무것도 하지 않았어. 우리만큼 로스를 잘 아는 사람은 아무도 없었으니까. 그러니까 다른 누구도 이해 못 할 거야."

심의 말에 나는 고개를 끄덕였다. 심이 맞을지도 모른다.

심은 선글라스를 다시 원위치시켰다.

"봐, 우리가 지금 가지 않으면 낙서 때문에 체포될 거야. 그러면 다시는 이럴 기회가 없을 거라고. 엄마한테 오늘 밤 케니네 집에서 잔다고 이미 말했어. 케니도 우리 집에서 잔다고 말했고. 우린 벌써 일을 시작한 거야. 얼른 로스를 데리고 가자."

케니가 자기 시계를 내 얼굴에 들이대며 말했다.

"그래, 블레이크. 얼른. 벌써 10시 다 됐어. 기차는 10시 반에 떠나."

나는 뒤를 돌아보았다.

"좋아. 하지만 로스 아버지가 있는데 어떻게 몰래 빼돌리지?"

"우리한테 줘."

"나도 빠져나가야 해. 잊지 말라고. 가족들이 다시 와서 로스가 사라진 걸 알아챌 텐데 나더러 여기 있으라고?"

"로스를 데리고 창문으로 빠져나와."

심은 내 자리를 만들려고 뒤로 물러섰다.

"이 정도로 되겠어?"

케니가 물었다. 모욕적인 발언이었다.

나는 씩씩거리며 되받았다.

"물론 충분하지. 하지만 장난 아니게 시끄러운 소리가 날걸."

나는 싱크대 위와 주변에 놓인 도자기 그릇과 유리잔 들을 가리켰다. 내가 넘어가려다 보면 저것들이 박살날 것이다.

"가족들이 위층에 있을 때 현관으로 도망 나갈게. 모퉁이에서 날 기다리고 있어, 오케이?"

나는 테이블 위에 놓인 로스를 잡으려고 등을 돌렸다. 하지만 케니가 말렸다.

"다 필요할까? 조금만 퍼서 나오면 안 돼? 한 줌 정도 없어진 건 아무도 눈치 못 챌 거야."

심과 나는 전혀 내키지 않았다.

"너 미쳤냐? 그리고 무슨 수로 한 줌만 가지고 나와?"

심이 다그치자 케니는 어깨를 으쓱했다.

"반찬통 같은 거 있을 거야. 도시락통도 있었잖아, 안 그래?"

나는 좀 전에 했던 생각이 떠올랐다. 우리가 로스의 팔이나 다리, 또 그 어떤 부분을 골라서 데리고 간다고 말할 수 있을까?

"로스가 자기 몸 일부는 여기에, 또 다른 부분은 저기에 두고 싶어 할 거 같냐? 우리가 엄지발가락 하나 데리고 나오려고 이 고생을 하고 있는 줄 알아?"

케니는 말싸움을 할 태세가 되어 있었지만, 나는 계단을 내려오는 발소리를 듣고는 입 닥치라는 뜻으로 손을 흔들었다. 이제는 여기 갇히지 않고는 항아리를 밖으로 내보내기에 너무 늦었다는 것을 깨달았다. 욕이 나왔다.

"이제 어떡해?"

내 말에 둘 다 모르겠다는 듯 어깨만 으쓱거렸다.

나는 단호하게 말했다.

"5분 뒤에 모퉁이에서 봐. 알았지? 뛸 준비 단단히 하고."

둘은 고개를 끄덕였다. 그러고는 마치 누군가가 총을 겨누고 있기라도 한 것처럼 후다닥 고개를 숙였다. 캐럴라인이 부엌으로 다시 들어왔다. 로스 아버지가 뒤에 따라오고 있었다.

사고가 난 뒤로 어제 장례식장에서 로스 아버지를 처음 보았다. 좀 이상한 기분이 들었다. 아들은 죽었는데 나는 여전히 살아 있으니 나를 원망할지도 모른다는 생각에 걱정되었던 게 사실이다. 나는 그를 피했다. 그리고 이제는 다른 사람들 집 문과 차에다 로스의 이름을 스프레이로 쓰고 다녔다는 것 때문에 나를 증오할까 봐 무서웠다. 하지만 그는 나에게 다가오며 악수를 하고 손을 꼭 쥔 채 웃음을 지었다.

"블레이크, 만나서 기쁘다. 와줘서 좋구나."

어떻게 대답해야 좋을지 몰랐다. 그래서 뭔가 멍청한 말을 내뱉고 말았다.

"아! 저, 방금 창문을 조금 열었어요. 바깥 공기가 좀 들어오면 좋겠어서요."

내 얼굴에 붉게 드러난 죄책감을 흐트러뜨릴 아무 말이나 해야 했다.

"숨이 좀 막히지? 마음껏 열어놔도 된다. 우리가 지금 스스로를 가두고 있는 것 같구나."

나는 내가 달아날 수 있을 정도로 높이 창문을 열어젖혔다. 그러고서 몸을 창밖으로 최대한 내밀어 케니와 심이 엉금엉금 기어서 화단을 통과해 나아가는 것을 지켜보았다. 배낭을 끌고 가느라 마른 땅에 자국이 남았다. 뒤돌아서니 캐럴라인이 양손으로 로스를 감싸 쥐고 테이블에 앉아 있었다. 로스 아버지는 오렌지주스를 따라 마시는 중이었다. 나에게도 권했지만 나는 고개를 저었다. 우리가 낙서한 것에 대해 알게 되면 화가 나서 그 주스를 엉뚱한 용도로 쓰게 될 것이다. 그는 우리가 한 일에 대해 모르는 것 같았다. 적어도 아직까지는. 그렇다면 경찰서에는 왜 갔다 온 걸까.

로스의 아버지는 단정하고 검소한 사람이었다. 항상 똑같은 코듀로이 바지와 팔꿈치에 천을 덧댄 구식 카디건을 입는 것 같아 보였다. 로스는 옷장에 그런 옷이 한가득이라고 말했지만. 숱이 많지만 잘 다듬은 회색빛 수염을 기르고, 목둘레에 안경줄을 늘어뜨린 반달 모양 안경을 쓰고 있었다. 로스처럼, 아버지도 작가가 되고 싶어 했다. 아마 그런 식으로 옷을 입는 건 작가가 된 기분을 느끼고 싶어서가 아닐까 짐작했다. 로스 아버지는 로스 어머니와는 정반대였다. 어머니는 집에서조차 우두머리 선생 기질을 누그러뜨리지 않았다. 모든 사람에게 '좀 더 열심히 해라.' 하는 식으로 말했다. 지난해 로스는 웬일인지 자기가 입양되었다는 생각을 했다. 부모님 어느 쪽도 자기와 닮은 구석을 찾을 수가 없었던 것이다. 자기가 부모님과 얼마나 다른지 길디긴 목록을 작성해두었다. 아버지와 같은 야망을 갖고 있다는 것만이 유일한 닮은 점이었다.

"로스 엄마가 안부 전해달라는구나."

로스 아버지가 위층의 침실을 향해 고개를 돌리며 내게 말했다. 로스의 엄마는 로스가 죽은 이후로 침실에만 틀어박혀 있다. 캐럴라인이 어제 장례식에서 엄마가 지난주 이후로 집을 나선 건 처음이라고 이미 말해주었다.

"너를 보러 못 내려와서 미안하다고 하는구나. 의사가 너무 많은 약을 처방해줘서 불안정한 상태야. 여전히…… 불행히도 아직 많이 힘들어한다."

로스 아버지는 마치 나를 무한 신뢰한다는 듯 특별히 어른의 태도로 말했다. 나는 잘 이해했다는 것으로 받아들여지기를 기대하면서 고개를 끄덕였고, 어떻게 하면 그의 딸 손아귀에서 내 절친을 빼내올 수 있을까 계속 궁리했다.

"블레이크, 우리 집에 와줘서 기쁘구나. 안 그래도 너에게 물어보고 싶은 게 있어서 연락하려던 참이었다."

로스 아버지는 오렌지주스만 바라보고 있더니 지금은 나를 똑바로 바라보고 있었다. 눈에는 내가 이해 못 하는 근심이 서려 있었다.

"어떻게 이야기를 해야 할지 모르겠는데……. 음…… 네 눈에는 로스가 어때 보였니? 그러니까, 사고가 일어나기 전 며칠 동안 말이다."

나는 당황스러웠다. 로스 아버지에게서 눈을 돌려 캐럴라인을 바라보았다. 캐럴라인의 눈길은 여전히 로스를 향해 있었다.

로스 아버지는 코를 긁적이며 고개를 끄덕였다.

"좋다. 그러면, 로스를 괴롭히는 문제는 없었니? 네가 아는 한에서? 너한테 뭐 특별한 이야기를 한 건 없었고?"

나는 파울러 선생과 먼로, 니나를 생각했다. 캐럴라인은 내게 눈길도 안 주고 자기는 아무 상관 없다는 태도였고, 나는 지난주에 전교생 앞에서 그녀가 자기 동생을 비웃어서 당황시켰던 일이 다시 생각났다.

내가 입을 열었다.

"그냥 학교 일이죠, 뭐."

로스 아버지는 계속 고개를 끄덕이며 나에게 살짝 웃어 보이기까지 했다.

"너희들이 늘 참아야만 하는 그런 일상적인 문제?"

"음, 네. 그런 것 같아요."

나는 거짓말을 하는 게 아니다. 자세히 얘기하지 않을 뿐이다.

"불안해 보이지는…… 않았니?"

이 얘기가 어디까지 갈지 알 수가 없었다.

"그렇진 않았어요."

로스 아버지는 침묵했다. 오렌지주스를 한입 꿀꺽 삼키더니 한

숨을 내쉬었다.

"왜 물어보시는지 여쭤봐도 돼요?"

그는 놀라서 나를 다시 바라보았다.

"그래, 물론이다. 물론 물어봐도 되지."

하지만 대답을 하기까지는 시간이 한참 걸렸다. 그는 로스가 담긴 항아리를 물끄러미 바라보았다. 마치 그것이 십자말풀이, 스도쿠, 루빅스 큐브가 다 하나로 합쳐진 수수께끼라도 되는 것처럼.

"경찰에서, 음, 나에게 할 얘기가 있다더구나. 내 머릿속에서는 한 번도 떠올려보지 않은 이야기였어."

그의 눈길이 나와 딸 사이를 왔다 갔다 했다.

"그 누구도 생각해보지 않았을 거다. 하지만 우리는 무척이나 마음이 불편했다. 캐럴라인과 로스 엄마, 나 모두 말이다."

그는 힘겹게 말을 이어나갔다.

"로스를 친 운전사가 그 문제를 들고 나왔다. 로스가 고의로 사고를 일으켰을지도 모른다고 생각하는 것 같더라. 일부러 차에 뛰어들었다는 거야. 고의로 말이다."

무슨 얘긴지 알 수가 없었다. 나는 다음 말을 기다렸다.

그는 주스를 마시려고 컵을 다시 들었지만, 한 방울밖에 남지 않은 상태였다. 유리잔에서 그의 입까지 따라 내려가는 데 한참의 시간이 필요했다. 내가 할 수 있는 일이라곤 그저 앉아서 바라보는 것뿐이었다. 마침내 그가 식탁에 유리잔을 내려놓았다.

"로스는 네 친구였지, 블레이크. 로스가 엄마 아빠한테는 할 수 없던 이야기를 너한테는 많이 털어놨을 거라고 생각한다. 솔직하게 말해다오. 로스가 스스로 목숨을 끊었을 수도 있다고 생각하니?"

한 대 세게 얻어맞은 것만 같았다. 집 안의 공기가 나를 내동댕이쳤다.

"아니에요!"

나는 곧바로 외쳤다. 생각하고 말 것도 없었다.

1, 2초 정도 더 생각하고 난 다음이었다. 나는 머리를 힘껏, 세차게 가로저었다.

"아뇨, 아니에요. 그럴 수는 없어요. 그건…… 아니에요."

로스 아버지는 내 눈을 마주 보려 했다.

"아니에요."

나는 반복해서 말했다.

로스 아버지는 기운을 내보려고 하는 듯했다. 그는 똑바로 일어섰고, 입을 꾹 다물고 웃음을 지었다.

"그래, 그거다. 나도 지금 바로 너처럼 느끼고 있다. 그렇게 말해줘서 고맙다. 운전사가 왜 그렇게 믿고 싶어 하는지 이해를 할 것 같다만……. 하지만 로스 엄마는 그 이야기를 듣고 끔찍이도 괴로워하는구나."

"로스가 그럴 리 없어요."

이 말은 로스 어머니 아버지, 누나에게만 하는 말이 아니라, 나에게 하는 말이기도 했다.

"그래. 고맙다, 블레이크. 고맙다."

기운을 차린 로스 아버지의 미소는 턱수염 너머로 번져나갔다. 그는 나를 보며 고개를 끄덕였다.

"너를 다시 만나서 정말 기쁘구나. 케니와 심에게도 언제든 여기 와도 된다고 얘기해다오. 우리를 보러 꼭 와달라고 말이다. 우리는 너희와 늘 함께이고 싶단다. 정말로."

나는 죄책감 어린 눈빛으로 항아리를 보았다.

"너희 셋이 눈에 띄지 않는다면 이 집이 훨씬 이상하게 느껴질 거야."

로스 아버지는 말을 너무 많이 했는지 얼른 다른 얘기로 화제로 돌리려고 서둘렀다.

"있잖아, 케니에게 도와달라고 말 좀 해줄 수 있니? 부탁이다. 낡은 컴퓨터를 잘 다루는 아이 맞지? 내 컴퓨터가 뭔가 좀 맛이 간 것 같다. 내 소설이 날아갔어. 분명히 그 망할 컴퓨터 어디엔가 숨어 있을 거다. 하느님만이 어디 있는지 아시는 숨겨진 파일이 있을 거야. 케니라면 찾아줄 수 있을 거다. 그래, 케니는 그런 녀석이지. 지난 몇 년 동안 붙잡고 씨름했던 소설이라 이제 와서 포기는 못 하겠구나, 절대로."

그의 웃음소리는 너무 컸다.

나는 모호한 태도로 고개를 끄덕였다. 내 머릿속은 그가 로스에 대해 물어본 것으로 가득 차 있어서 그 생각과 씨름하느라 그의 소중한 소설이나 고장난 컴퓨터 같은 것에 신경 쓸 여력이 없었다. 그는 내 머릿속에 불을 붙였다. 뜨거운 불길이 쏴쏴, 탁탁거렸다.

그는 나에게 다가와 다시 악수를 청했다.

"그러니까, 음, 언제든 나가고 싶을 때 나가렴. 만나서 반가웠다, 블레이크. 네가 괜찮아서 정말 다행이야."

그는 마음을 가라앉히기 위해 내 손을 좀 오래 잡고 있었다. 촉촉이 젖어 반짝이는 눈을 보니 내 앞에서 그가 울까 봐 겁이 나고 당황스러워서 나는 눈길을 돌렸다.

마침내 내 손을 놓은 뒤, 로스 아버지가 말했다.

"캐럴라인, 사랑하는 우리 딸, 엄마에게 시원한 물 한 주전자 좀 갖다주겠니? 나는 가서 잠시라도 엄마를 좀 일으켜볼게."

로스 아버지는 부엌을 나가 위층으로 올라갔다.

캐럴라인이 항아리에서 손을 떼게 하려면 정말 부단한 노력이 필요할 것 같았다. 캐럴라인은 투명한 플라스틱 물병을 찬장에서 꺼내 싱크대로 옮겨왔다.

"누나도 로스 얘기 들었어요?"

내가 물었다. 캐럴라인은 수돗물을 틀어서 병에 차가운 물을 받았다.

"거짓말이야. 로스 사고 때문에 엄마는 너무나 괴로우셨는데, 이 일 때문에 훨씬 더 안 좋아지셨어. 자기 잘못이 아니었으면 하는 운전사 마음은 물론 이해가 가. 내가 친구들한테 얘기해보려고 했는데, 아버지가 너한테 먼저 얘기하고 싶으셨나 봐."

속에서 화가 치밀어 올랐다. 내가 아는 만큼 아들을 잘 알았더라면 그렇게 물어볼 필요가 없었을 것이다. 나는 테이블 위에 놓인 로스를 바라보았다.

캐럴라인은 복도로 발걸음을 옮기면서 말했다.

"곧 돌아올게."

눈을 깜빡이며 내가 여기서 무얼 하려고 했던가에 정신을 집중했더니, 이번이 로스를 훔쳐낼 마지막 기회라는 것을 깨달았다. 나는 간절함을 담아 항아리에 손을 뻗었다. 마치 피자의 가장 큰 조각을 향해 손을 뻗듯이. 캐럴라인은 나를 보더니 문 앞에서 멈칫했다. 나는 얼른 손을 뗐지만 누나는 이미 의심하고 있었다. 죄책감 때문에 붉어진 내 얼굴은 아무 도움이 안 됐다.

"블레이크?"

캐럴라인이 한 발짝 다가왔다. 마치 항아리를 가져가기라도 할 것처럼.

나는 캐럴라인이 항아리에 다시 손을 대기 전에 얼른 집어 들었다.

당황한 캐럴라인이 물었다.

"뭐 하는 거야?"

"어, 죄송해요. 로스를 위해서 그러는 거예요. 정말이에요."

캐럴라인은 찡그리며 문 앞에 서 있었다. 그녀가 당황하는 모습을 보니 내 안의 죄책감이 1, 2단계쯤 더 높아지기 시작했다. 그녀가 내 앞을 막아섰다.

나는 죄송하다는 말을 반복하며 그녀를 피해 복도로 나가려 했지만 그녀는 내가 지나가도록 내버려두지 않았다. 내가 그녀를 밀치면서 손에 든 물병을 치는 바람에 우리 앞으로 차가운 물이 쏟아졌다. 숨 막힐 듯한 분위기가 깨어졌고, 우리는 펄쩍 뛰며 서로한테서 물러섰다. 내 몸은 현관으로 향했다.

"블레이크? 너 지금……?"

캐럴라인의 목소리가 경고음처럼 울렸다.

로스 어머니와 아버지는 계단 꼭대기에 와 있었다. 로스 어머니는 긴 잠옷을 입고서 로스 아버지의 팔에 기대어 있었는데, 나이보다 열 배는 더 늙어 보였다. 나는 늘 로스 어머니가 엄격하고 까다롭다고 생각했고, 우리 엄마가 아니라서 참 다행이라고 여겼다. 어쨌든 오늘 아침에는 성미 급한 강사처럼 보이지 않았다. 그녀는 내가 기억하는 로스의 어머니라기보다는 유령에 더 가까워 보였다.

나는 복도 끝 현관문으로 내달렸다. 떨어뜨리지는 않을까 조심스러워하며 항아리를 꽉 붙들었다.

로스 아버지와 캐럴라인 누나가 나를 향해 뭐라고 소리를 지르고 있었다.

나는 멈춰 서서 설명을 하고 싶었고, 그건 진심이었다. 우리가 하려는 일은 그들에게 상처가 되겠지만 모두 로스를 위한 일이었다. 그럴 기회만 있었다면 그들에게 다 말할 수도 있었을 것이다. 하지만 나는 심의 말을 믿었다. 아무도 우리가 왜 이러는지 이해 못 할 것이라고. 그러니 그들도 우리가 이러는 걸 허락할 리가 없을 것이다. 나는 현관문을 박차고 나와 뒤도 돌아보지 않고 길가로 내달렸다.

케니와 심은 모퉁이에서 기다리고 있었다.

"얼른! 얼른!"

케니는 나를 재촉하며 서두르라고 말했다. 심은 우리의 배낭을 꽉 잡았다. 그리고 우리 넷은 다 함께 달렸다. 나, 케니, 심…… 그리고 로스.

5

"이건 납치가 아니야. 그러려면 로스는 살아 있어야 해. 진짜 납치라면 말이야."

케니의 말에 내가 대꾸했다.

"나도 그렇게 생각해. 하지만 그렇다고 우리가 덜 곤란해지는 건 아니야. 앞으로 어떻게 될지 뻔하잖아. 로스 아버지는 우리 집에 전화할 거야. 그리고 우리 엄마는 심네 집에 전화할 거고. 심 엄마는 너희 엄마한테 또 전화하겠지. 심 엄마는 아들이 너희 집에서 자는 게 아니라는 걸 알게 될 거고, 너희 엄마는 아들이 심네 집에서 자는 게 아니……."

"그리고 모두 난리 블루스를 추겠지."

심이 말했다. 이렇게 말하는 게 어쩔 수 없다는 듯한 말투였다. 케니는 훨씬 더 걱정스러운 표정이었다.

"몰래 빼돌릴 수 있을 줄 알았어. 네가 그랬잖아. 네가……."

"캐럴라인이 놔줄 생각을 안 했어. 나한테 마취제나 신경안정제 화살이 두 발 있었다면 누나가 의식을 잃은 사이에 손가락에서 빼낼 수 있었겠지. 그건 그렇고, 내가 이제 어떻게 해야 하는 거지?"

"우리한테 건네줘. 아까 말했던 것처럼."

"아, 그래. 그러고 나는 로스네 집에 갇혀서 어쩌다가 유골 항아리가 위로 들려 올라가더니 갑자기 흔적도 없이 사라졌는지 설명하라고?"

케니는 아무 말이 없었지만, 표정이 좋아 보이지 않았다.

로스의 집은 하디 가에 있었다. 내내 달렸지만, 기차역 지붕에 있는 시계탑은 앞으로 5분 남았다는 사실을 가리키고 있었다. 날은 점점 더워지고 있었고 나만 혼자 숨을 헐떡대는 것은 아니었다. 지금 티격태격 말다툼을 시작하고 싶지는 않았다. 기차를 타고 떠나야 한다.

"야, 경찰에서 로스 아빠한테 낙서 얘긴 안 꺼냈나 봐. 다행이지."

"그럼 경찰이 알고 싶어 한 건 뭐였는데?"

심이 물었다.

"말도 안 되는 얘기였어. 기차 타면 얘기해줄게. 누군가 우릴 따라잡기 전에 티켓 끊을 수 있겠지?"

케니는 구시렁대면서도 매표소로 갔다.

어젯밤 심은 설득하기가 쉬웠다. 로스를 로스에 데려가는 게 얼마나 의미 있고 멋진 일인지 심은 금방 파악했다. 로스 또한 이 일이 얼마나 멋진 일인지 알아볼 거라고 생각했다. "로스가 썼던

이야기 중에 하나처럼 말이지." 심이 말했었다. 로스는 모험 이야기를 썼고, 비록 이름은 바꾸었지만 우리는 그 주인공들이 우리를 바탕으로 했다는 걸 알고 있었다. 나는 심을 설득해서 니나의 집에 스프레이 낙서를 하지 못하게 했고 오늘의 계획을 세운 것이다.

케니가 걱정하는 것도 다 그만한 이유가 있었다. 무엇보다 우리가 지금 하고 있는 일은 낙서 따위보다 훨씬 심각한 일이라는 것. 다시 말해 우리는 훨씬 더 큰 문제에 발을 들여놓는 것이다. 심은 처음에 로스가 쓴 이야기로 케니를 설득하려고 했다. 로스가 쓴 이야기대로 실제 해보겠다는 걸 전에는 꿈이라도 꿔봤을까? 바로 그럴 때 내가 심리적 협박을 한 것이다. 만약 심이 말했던 만큼 그 장례식이 정말로 싫었다면, 자기 말대로 모든 사람들이 엄청난 위선자라고 생각했다면, 로스에게 진정한, 제대로 된, 합당한 장례식을 마련해주는 게 바로 우리가 해야 할 일이 아닌가? 케니의 문제는 어떤 때는 그렇다고 했다가 또 어떤 때는 아니라고 하는 것이다. 그래서 심과 나는 케니가 마음먹도록 하는 데 시간을 많이 들였다.

하지만 기차를 기다리는 동안, 우리는 모두 긴장하고 안절부절못하는 상태였다. 단정하게 이발을 하고 최신 유행 선글라스를 끼었으니 멋져 보일 거라고 생각했을 심조차도. 심은 어깨 너머로 계속 시계를 보면서, 나와 케니만큼이나 자주 시간을 체크했다. 기차가 연착하는 바람에 우리가 따라잡힐 수도 있다는 게 걱정이었다. 출발도 하기 전에 제지당하는 건 결코 멋진 일이 아니었다.

클리소프스 기차역은 플랫폼이 만천하에 다 드러나 있어서 숨을 데가 없었다. 우리가 '바다'라고 부르는 해변까지 다 보인다. 나는 왜 사람들이 휴가 때 여기에 오고 싶어 하는지 이해할 수가 없다. 다른 멋진 곳이 수백만 군데는 더 있을 텐데. 하지만 이 무렵 햇살 좋은 토요일 아침에는 이리저리 방황하는 수많은 여행자들이 있다. 사람들이 우리를 쳐다본다는 생각을 떨칠 수 없었다. 끔찍한 오렌지색 티셔츠를 입은 케니 옆에 서 있으면서 눈에 띄지 않기란 어려운 일이었다. 내가 여태껏 본 오렌지색 티셔츠 중에 가장 깨는 색이었다. 심이 선글라스를 낀 것도 무리는 아니다.

우리와 함께 플랫폼에서 기차를 기다리는 사람들이 십수 명은 되었다. 아는 사람은 없었고, 그러니 그들도 우리를 알아보지 못하기를 바랐다. 우리는 배낭 깊숙이에 로스가 숨겨져 있다는 데 죄책감을 느꼈고, 스코틀랜드행 티켓이라 눈에 띄기 쉽다고 생각했다. 게다가 클리소프스는 종착역이다. 기차는 여기까지만 온다. 회차하지도 않고, 왔던 방향 그대로 그림즈비를 향해 돌아간다. 기차가 늦게 들어왔으니, 우리 또한 훨씬 늦게 빠져나갈 것이다. 우리는 우물쭈물 안절부절못하며 발을 동동거리고 기찻길만 하염없이 바라보았다. 언제라도 서둘러 올라탈 태세로.

내 전화기가 울렸을 때, 케니와 심은 펄쩍 뛰며 나한테서 물러섰다. 시한폭탄이 똑딱거리는 소리가 갑자기 들렸더라도 이렇게 빠르지는 않았을 것이다. 전화기 너머에 누가 있을지 생각하니 처음에는 전화기에 손도 대고 싶지 않았다. 세상에서 가장 시끄럽고 기분 나쁜 전화벨 소리에 응답하는 것은 웃기는 일이라 생각했다. 하지만 지금은 웃을 수가 없다. 기차를 기다리는 다른 승객들이 몸을 돌려 우리를 바라보았다. 나는 주머니에서 전화기를 꺼내지도 않고 더듬더듬 버튼을 눌러 수신 거부를 했다. 그리고 내키지 않지만, 정말 내키지 않지만, 발신자 확인을 위해 전화기를 꺼냈다.

심이 먼발치에서 물었다.

"너네 엄마야?"

내가 고개를 끄덕이자 심은 욕을 내뱉었다. 그때 갑자기 자기 전화기가 울리자 낯빛이 백지장처럼 하얘졌다. 심은 서둘러 전화기 소리를 죽였다. 약간 창백한 얼굴로 심이 말했다.

"우리 아빠야. 로스네가 잠을 깨운 게 틀림없어. 아빠는 어젯밤 당직이었단 말이야."

"오, 하느님. 제발 우리 엄마한테는 전화하지 말라고 해주세요. 제발요, 하느님. 제발, 하느님……"

기도를 하던 케니는 결국 자기 전화기가 울리자 파랗고 맑은 하늘에다 주먹질을 했다.

우리는 전화기를 전부 진동으로 돌려놓았다. 이렇게 해야 그나마 무시하기가 쉬울 테니까. 하지만 전화기가 드르륵대니 손안에 잔뜩 성이 난 핀과 바늘 뭉치를 쥐고 있는 듯한 느낌이었다.

이제 알겠다. 로스의 부모님은 재빠르게 우리 부모님들에게 연락을 취한 것이다. 내 마음속의 눈에서는 엄마가 거실에 있는 전화기를 들었을 때 어떤 표정을 지었을지가 훅 떠올랐다. 나는 거부를 눌렀지만 엄마는 계속 전화를 걸어왔다. 전화를 받을 자신도 없었지만, 전화기를 용감하게 꺼버리지도 못했다. 엄마의 전화를 무시하는 것만으로도 충분히 위험한 일이다. 전화기를 꺼버리는 건 폭동에 가까운 짓이었다.

나는 나한테가 아니라 음성 사서함에 대고 엄마가 고함을 지르게 하기로 마음먹었고, 마침내 그게 먹혔을 때 감사한 마음이 들었다. 내 전화기는 곧 잠잠해졌다. 나는 마음을 놓고 케니와 심에게 씨익 웃어 보였다. 하지만 1, 2초뿐이었다. 엄마는 그렇게 쉽게 무시당할 사람이 아닌 것이다.

케니는 그 자리에서 춤추듯 펄쩍펄쩍 뛰고 있었다. 전화기에 마치 불이라도 붙은 것처럼 저글링을 하고 있었다.

"받지 마. 절대 받지 마!"

심이 케니에게 말했다.

"하지만…… 우리 엄마는…… 내가 안 받으면 돌아버릴 거야."

"그러니까 받지 말라는 거야."

심은 자기 전화기를 높이 들고서, 악마가 자기를 지켜주기라도 하는 것처럼 과장된 웃음을 짓더니 전원 버튼을 눌러버렸다. 액정이 깜빡이더니 미친 듯한 진동음이 뚝 그쳤다. 심은 어깨를 으쓱거리더니 청바지 주머니 깊숙이 전화기를 찔러 넣었다.

"우리 아빠가 날 반쯤 죽여 놓을 거야. 그래도 이건 그만한 가치가 있는 일일 거야."

케니는 확신이 없어 보였다.

"우리 엄마 알지? 어떤지 잘 알잖아. 그냥 하는 말이 아니라, 진짜로 날 죽이고 말 거야."

"너한테 그냥 집으로 오라고 할 거야. 안 그래? 집에 가고 싶냐? 너 벌써 우리랑 같이 다닐 생각이 없는 거냐?"

바로 그때, 케니는 '그렇다'고 말하고 싶어 했던 것 같다. 하지만 심과 내가 그렇게 쉽게 포기할 리 없다는 것도 알았다. 케니는 고개를 저었다.

"아냐. 그럴 리가 없지. 그냥……."

케니는 전화기를 가리키며 또 한 번 몸을 배배 꼬았다. 심이 전화기를 가로챘다.

"여기에도 전원 꺼짐 버튼이 있지, 맞지?"

"어, 아마도. 하지만 우리 엄마한텐 없을 거야."

심은 케니를 무시하면서 전화기를 꺼버렸다. 그러고는 나를 보았다.

나는 고개를 끄덕였다. 화가 난 엄마 얼굴을 마음속에서 지워 버리려고 애를 쓰면서, 꺼짐 버튼을 꾹 눌렀다. 과감한 반항에 몸이 떨렸지만, 표를 내지는 않았다. 나는 심을 향해 전화기를 들어서 액정이 꺼졌다는 걸 증명해 보였다.

"좋았어. 이제부터 협정을 맺자. 다시 집으로 돌아갈 때까지 전화기 안 켜는 거다. 오케이? 우리는 전화기 필요 없어. 우리 셋이 함께 있으면 아무 일도 일어나지 않을 거잖아? 집에 돌아갔을 때 부모들이 무슨 헛소리를 하더라도 그냥 받아들이는 거야. 하지만 그때까지 우리를 멈출 방법은 없어. 너무 늦었어. 일은 이미 저질러졌잖아?"

심은 자신의 논리에 만족한 것 같았다.

케니와 나는 왈가왈부할 기회가 없었다. 바로 그때 기차가 들어왔기 때문이다. 우리는 서둘러 올라탔다. 내 안에서 꿈틀대던 신경질적인 반항심 같은 것이 이제 완전히 폭발하는 것이 느껴졌다. 이런 반항심은 처음이었다. 부모님은 할 수만 있다면 곧바로 나를 막아섰고, 지금 같은 상황에선 분명히 나를 꾸짖겠지만 그럴 수가 없는 거다. 하지만 나는 여기 있고, 어쨌든 해냈다. 내 친구들과 함께 말이다.

그게 이렇게 기분 좋은 일인지 상상도 못 했다.

6

 마침내 기차가 역에서 출발하자, 숨을 참고 있었는 줄도 몰랐는데 긴 한숨이 터져 나왔다. 이제는 아무도 우릴 막을 수 없다. 돌아올 수 없는 강을 건넌 것이다.
 두 칸밖에 없는 작은 기차는 요란한 소리를 냈다. 우리는 두 번째 칸에서 빈자리를 찾아 공모자들처럼 모여 앉았다. 심은 남은 한 자리에 배낭을 올려 다른 사람이 앉지 못하게 했다. 머리카락이 거미줄 같은 할머니가 복도 건너편 자리에서 우리를 지켜보고 있었다. 내가 빤히 바라보자 할머니는 번쩍이는 고급 잡지를 읽기 시작했다.
 케니는 차창에 얼굴을 바싹 붙이고 우리 뒤로 멀어지는 역을 보고 있었다.
 "아무도 안 따라와. 아무도 우리를 못 알아봤어."
 우리 기차가 역에서 막 벗어나는 순간 자기 엄마가 특수기동대 한 부대를 끌고 역으로 들이닥치기라도 할 거라 생각한 모양이었다. 케니는 영화를 너무 많이 봤다.

"그런 티셔츠를 입었는데 기적이다."

심의 말에 케니가 돌아봤다.

"뭔 소리야?"

"그런 게 위장색이라고 할 순 없잖아?"

"이거 유명 브랜드거든?"

"오랫동안 보고 있으면 눈 아플 텐데."

내가 거들자 심이 물었다.

"선물 받은 거냐?"

"아니, 내가 샀는데."

심이 놀란 척했다.

"네 돈으로?"

하지만 케니는 낚이지 않고, 손으로 앞섶을 쓸며 주름을 폈다.

"내가 제일 좋아하는 옷이거든? 부러워서 그러는 거 다 알아."

뭔 소린지 심과 나는 감도 못 잡았다. 우리는 으하하 웃음을 터뜨렸다.

케니는 자기가 웃겼다는 게 기쁜지 우리를 향해 씩 웃었다. 그러곤 헝클어진 금발 앞머리를 눈까지 내리며 말했다.

"자, 블레이크. 지도 좀 꺼내봐. 우리가 정확히 어디로 가는지 알고 싶어."

하지만 심은 고개를 저었다.

"아니. 로스부터 먼저 꺼내주자."

우리는 신문지와 우리 앞에 탔던 승객들이 놓고 간, 반쯤 먹다

남은 샌드위치 찌꺼기를 치웠다. 케니는 테이블 위에 말라붙은 커피 자국까지도 문질러 지웠다. 친구가 쓰레기 위에 앉아 있는 걸 원치 않았으니까. 그러고 나서 건너편에 있는 할머니가 우리를 감시 안 한다는 사실을 확인한 뒤에, 내 배낭 밑바닥에 점퍼로 돌돌 말려 있는 로스를 조심조심 꺼내서 테이블에 올려놓았다. 기차가 덜컹거리며 이리저리 흔들려서 내가 계속 붙잡고 있어야 했다. 캐럴라인이 그랬던 것처럼 우리는 로스한테서 눈을 뗄 수가 없었다.

"죽은 사람이랑 이렇게 가까이 있는 거 처음이야."

케니가 말했다.

"이렇게나 작다는 게 아직도 믿어지지가 않아. 로스는 우리만큼 컸는데. 이제 저 안에 다 들어가 있다니."

심이 말했다.

"저게 로스의 전부라는 걸 어떻게 알아? 만일 잃어버린 데라도 있다면 어떻게 알아낼 건데?"

케니가 묻자 심은 믿어지지 않는다는 듯 말했다.

"누군가는 그게 직업이라는 건 믿어지냐? 자기야, 오늘 일은 어땠어? 어, 조금 널널했어. 오늘은 죽은 사람 유해를 네 명분밖에 못 모았거든."

"그 사람들이 너도 저 안에 넣을 수 있을까?"

케니가 나에게 물었다.

케니 표정을 보니 나를 열 받게 하려고 그러는 건 확실히 아니었다.

"아마도. 조금만 꾹 눌러 담으면 될 거야. 됐냐?"

나는 손바닥을 팔꿈치로 치면서 뚱뚱한 죽은 아이를 꽉 막힌 공간 혹은 그 비슷한 데 구겨 담는 시늉을 했다. 그러자 케니가 웃음을 터뜨렸다.

심이 항아리 뚜껑에 손을 뻗자 케니가 심을 막아섰다. 깜짝 놀란 것 같았다.

"뭐 하려는 거야?"

심은 손을 내저었다.

"안을 들여다보고 싶어서."

"안 돼. 그러면 안 돼. 옳지 않아. 그러니까…… 불경스러운 거야."

"친구를 도시락에다 넣으려고 했던 사람이 누구더라!"

케니는 나를 바라보았다.

"그러면 안 되는데……."

케니가 무슨 말을 하려는지 알았다. 하지만 캐럴라인과 함께 있을 때, 나 또한 들여다보기를 원하지 않았던가.

"좀 궁금하지 않냐? 죽은 사람과 이렇게 가까이 있는 게 처음이라면, 죽은 사람을 실제로 본 적도 없을 거잖아."

케니는 곰곰이 생각했다.

"모르겠다. 만일 쏟아지기라도 하면 어쩔래?"

"심이 뚜껑을 들 때 내가 꽉 붙잡고 있을게. 어때?"

케니는 여전히 내키지 않는 표정이었다.

"좋아. 하지만 우리 모두 코를 막아야 해. 장난이 아니라, 누가 재채기라도 하면 진짜 끝장나는 거야."

심은 머리 꼭대기로 선글라스를 추켜올렸다. 목을 길게 뽑아 주위를 둘러보고, 다른 승객 그 누구도 우리에게 주의를 기울이지 않는 것을 두 번이나 확인하고 나서 항아리 뚜껑을 들어 올렸다. 케니는 내가 항아리 아랫부분을 단단히 잡고 있는지 확인하려고 나를 지켜보았다. 심은 처음에 낑낑댔다. 뚜껑은 돌려서 열어야 했다. 심은 덜컹거리는 기차가 평탄치 않은 울퉁불퉁한 선로를 다 지날 때까지 기다렸다. 케니와 나는 최대한 바싹 몸을 기울였다. 그리고 마침내 심이 뚜껑을 들어 올렸다.

우리는 안을 응시했다.

그건 재였다.

물론 그건 재였다. 하지만 우리가 기대했던 것은……. 우리가 보고 싶어 했던 게 무엇인지 우리는 몰랐던 것 같다. 우리 중에 그 누구도 무슨 말을 해야 하는지 몰랐다. 실망해야 하는지, 겸허한 마음을 가져야 하는지, 아니면 스스로 멍청하다고 생각했어야 하는지 우리는 몰랐다. 우리 모두 말이 없었다.

그때 캐럴라인이 머릿속에 자꾸만 이상한 추억들이 떠오른다고 했던 말이 기억났다.

"정말 중요한 건 저 안에 있지 않아."

케니는 성의를 다해 똑바로 앉아 끄덕이며 내 말에 동조했다.

"그래, 그래. 그 말이 맞아. 두말하면 잔소리지. 그래서 우리가 이 모든 일을 하는 거잖아. 다른 중요한 것들 때문에."

심은 뚜껑을 다시 닫았다.

"사람들이 어제 장례식장에서 말하지 않은 것들 때문에 우리가 이러고 있는 거야. 다들 다 잊어버리고 있는 것들 때문에."

"어쩌면 처음부터 아예 알지도 못했을걸."

나도 한마디 덧붙였다.

거미줄 같은 머리카락의 할머니가 잡지 너머로 우리를 지켜보고 있다는 걸 내가 눈치챘다. 나는 할머니한테서 등을 돌리고, 로스를 내 점퍼로 돌돌 말아서 배낭 밑바닥에 다시 집어넣었다.

심이 목소리를 한껏 높였다.

"어떤 인간들은 진짜 남의 일에 관심도 많아."

내가 다시 돌아보았을 때 할머니는 마치 레몬이라도 빨아먹은 것 같은 찡그린 표정이었지만, 눈동자는 다시 잡지에 고정되어 있었다. 이제 출발을 했으니, 케니와 심에게 로스 아버지가 물었던 것을 이야기하고 싶었다. 로스 아버지가 내 머릿속 도화선에 붙인 불이 아직도 지직지직거리는 듯했다.

나는 테이블로 몸을 기울이며 속삭였다.

"경찰 말인데…… 로스 아버지를 왜 보자고 했는지 알아? 믿기 어려운 이야기인데 그 운전사가 로스가 일부러 그랬다고 생각한대."

"일부러 뭘?"

"그 사고."

하지만 케니는 여전히 무슨 말인지 알아듣지 못했다.

"어떻게? 어떻게 자전거를 일부러 넘어뜨려? 그러니까 사고라는 거 아니야, 안 그래?"

심은 화를 내고 있었다.

"운전사가 그렇게 말했다고?

"응. 로스 아버지가 나한테 로스가 그동안 괜찮았냐고, 무슨 문제 같은 거 없었냐고 물었어."

그 말이 나에게 얼마나 큰 상처였는지 깨닫고 나는 무척 놀랐다. 그건 우리, 그러니까 로스의 친구에 대한 공격으로 느껴졌다.

"그래, 로스한테는 문제가 있었지. 바보 얼간이 같은 아버지가 있다는 게 문제 중 하나고. 대체 왜 로스가 자살했을 거라고 믿고 싶어 하는 건데?"

심이 말했다.

"그렇게 믿는 것 같지는 않아. 하지만 진위를 확인하는 게 분명했어."

"그럴 필요가 뭐가 있어. 그 운전사가 곤경에서 벗어나려고 그러는 게 너무 명백하잖아. 개자식!"

케니가 물었다.

"어제 장례식장에 왔어야 한다고 생각해? 그 운전사 말이야. 우리 엄마 말이 화환을 보냈다더라. 하지만 그러니까…… 자기가 저지른 일에 대해…… 어떻게 하면 사과할 수 있겠어?"

"안 와서 다행이야. 그건 사고였고, 그게 전부야. 그렇다고 쳐도, 그 사람은 여전히 로스가 탄 자전거를 치고 로스를 죽인 사람이야. 그 이상도 그 이하도 아니라고. 게다가 그런 말도 안 되는 얘기를 하려고 한다면 더욱더. 나도 그 생각을 해봤어. 로스는 분명히 모퉁이를 돌다가 그 사람이 자기를 칠 수 있다는 걸 막 눈치챘을 거야. 너희, 자전거 타다가 자동차에 치일 뻔한 적 몇 번이나 있어?"

"수백만 번."

심의 물음에 케니가 답했다.

"학교 가는 날마다 늘."

내가 말했다.

심은 고개를 끄덕였다.

"그래, 맞아. 다 그런다고. 로스는 그저 운이 없었을 뿐이야."

우리는 친구가 가지지 못했던 우리의 행운에 대해 곰곰이 생각하며 침묵을 지키고 앉아 있었다. 하지만 운이 삶과 죽음을 가르는 미세한 선이라는 사실은 생각할수록 불편한 것이었다. 우리는 서로 눈길을 피하면서 기차를 따라 이리저리 흔들렸다. 박살이 난 로스의 자전거를 생각했다. 티브이는 우리 머릿속에 이런 장면들을 가득 심어놓았다. 혼자 돌고 있는 바퀴 하나, 모여드는 군중, 다친 몸에서 흘러나온 피. 그 가운데서 로스의 얼굴을 떠올리는 데는 그리 많은 상상이 필요 없었다.

로스가 죽었다는 소식을 듣고 내가 울음을 터뜨렸다는 사실을 아무에게도 고백하지 않았다. 하지만 절대 나만 그랬을 것 같지는 않다. 그럼에도 우리는 언젠가 그 얘기를 할지도 모른다. 우리는 우리가 세상에서 가장 가까운 친구들이라고 주장했다. 하지만 우리가 공유하지 못하는 것도 분명 있을 것이다. 체면치레라는 것이 있게 마련이다. 우리는 주저하지 않고 힘을 합쳐 세상과 싸워나가려고 했다. 하지만 울음을 터뜨리는 것은 늘 지극히 은밀하게 이루어졌을지도 모른다.

기차가 그림즈비 타운 역에 도착했다. 건너편 거미줄 여사님이 내리기를 바랐지만, 할머니는 꼼짝도 안 했다. 몇 안 되는 사람이 올라탔고, 그들 중 아는 사람은 없었다. 기차가 다시 출발하면서 차장이 모습을 드러냈다.

우리는 순진무구한 표정을 지었다. 하지만 지옥에서 온 사람들처럼 죄책감 어린 표정이었을지도 모른다. 차장은 우리가 무슨 짓을 하고 있는지 알 리가 없고, 알 수도 없었을 것이다. 피해망상은 그만두어야 한다고 혼잣말을 했다. 하지만 온 신경이 따끔따끔해지는 듯한 느낌은 가시지 않았다.

제복을 입은 차장은 우리를 굽어보고 있었다. 발은 단단히 바닥을 딛고 있었지만, 나머지 부분은 기차의 움직임에 따라 이리저리 흔들렸다. 여름의 열기에 땀을 흘리면서, 소매를 걷어올리고 있는데 팔뚝에 푸르스름한 문신이 절반쯤 드러나 보였다. 차장은 심의 티켓을 먼저 검사하고 펀치로 찍었다.

"거기까지 가려면 꽤 오래 걸리겠는걸. 다 같이 가니?"

우리는 말없이 고개만 끄덕였다.

차장은 케니의 티켓도 가져갔다.

"이건 돌아오는 티켓인데."

이 말에 케니는 티켓의 다른 한쪽을 찾기 위해 배낭을 뒤져야만 했다. 그동안 심과 나는 서로에게 곁눈질만 하고 있었다.

"환승역은 어디인지 다 알고 있니?"

우리가 다시 고개를 끄덕였지만 차장은 어쨌든 이렇게 말했다.

"돈커스터 역에서 갈아타라."

그러더니 시계를 보고 덧붙였다.

"다음 열차를 제시간에 타려면 돈커스터에 도착하는 대로 뛰어야 할지도 모른다."

이 열차가 늦게 출발한 데 대해서는 사과하지 않았다. 차장은 내 티켓을 가져가면서는 이렇게 말했다.

"방학인가 보네."

나는 첫 번째로 머릿속에 떠오르는 것을 말했다.

"친구네 집에 가려고요."

차장은 나에게 티켓을 다시 건넸다.

"갈 길이 한참 멀었구나."

그는 우리한테서 등을 돌리고, 할머니의 티켓을 검사할 때 우리 테이블에 엉덩이를 기댔다. 어깨 너머로 차장이 중얼거리는 소리가 들렸다.

"엄청나게 친한 친구인가 보네. 더 해줄 말이 없구만."

7

심은 다음 객차로 걸어가는 차장의 뒷모습을 멍하니 바라보았다.

"자기랑 무슨 상관이지? 우리는 티켓값을 냈어. 우리가 어디로 가는지 자기가 왜 신경 써?"

"티켓값을 낸 건 나지."

케니가 말하자 심이 눈을 부라렸다.

"그 돈 갚겠다고 했잖아. 안 그랬냐?"

케니는 입을 다물었다.

"나는 분명히 갚겠다고 했어. 전에도 늘 갚았잖아, 아니야?"

케니가 글쎄, 하는 표정으로 어깨를 으쓱하자 심이 헛웃음을 쳤다.

"야, 언제? 내가 안 갚은 적 있어?"

케니는 망설이는 듯 나를 바라보았다. 나는 양손을 들어 올렸고, 그 일에는 끼지 않았다. 나는 케니와 심 사이에서 일어나는 가벼운 입씨름에는 절대 말려들지 않겠다는 원칙을 세워놓았다.

"사랑싸움"이라고 로스는 말하곤 했다. 우리는 결과가 어떻게 될지 내기를 하곤 했다. 보통은 심이 이겼다. 하지만 오늘은 심이 영 불리해 보였다.

"언제 그랬어? 언제? 말해봐."

심이 다그치자 케니가 대답했다.

"수영하러 갔을 때."

"수영?"

"그래. 샐리 쇼랑 그 애 오빠랑 갔을 때."

"그건 2년 전이잖아!"

"좋아. 지난주에 내가 너한테 피자 샀었지. 그동안 사준 피자만 해도 한 무더기 될 거야. 너는 나한테 한 번도 사준 적 없어."

"치사한 새끼. 너 먹으려고 산 거였잖아. 나는 그냥 한 입 얻어 먹은 거고."

"나 먹으려고 라지 사이즈 샀겠냐?"

심은 코너에 몰렸다는 걸 알아차린 것 같았다. 하지만 씨익 웃더니, 기분이 좋을 때마다 늘 그러듯이 혀로 끌끌 소리를 냈다.

"아직 아닌 거지."

"뭐?"

"아직은 아니라고. 아직까진 사준 적 없는 거야. 나는 너한테 갚는다고 약속했지만, 너는 언제까지라고 시간을 정한 적이 없어. 안 그러냐? 내가 절대로 너한테 갚은 적이 없는 게 아니라면 나한테 거짓말쟁이라고 하면 안 돼. 내가 내일 죽는 바람에 네가 돈을 못 돌려받는다면 그땐 거짓말쟁이라고 해도 돼."

케니는 몹시 기분이 언짢아 보였다.

"야, 그렇지만……."

"사실이 그렇잖아. 블레이크, 말해봐."

이런 식으로 심이 곤란한 상황을 얼버무리는 방식은 정말 감탄스럽다고 할 수밖에 없다.

케니는 손가락으로 심을 가리켰다.

"그래, 좋아. 이제부터 하는 말은 진심이다. 알았지? 제대로 밟아주겠어."

심은 자리에 앉아 등을 기댔다. 그러곤 선글라스를 끼고 손을 쫙 폈다.

"내가 뭐 하는지 보이냐? 기다리고 있다."

케니가 말했다.

"아직은 안 했을 뿐이야. 하지만 언젠가는 할 거야. 아직 안 했을 뿐이지."

심은 더 크게 씨익 웃을 뿐이었다. 심과 나는 몇 분 동안 신나게 케니를 약 올렸다.

사실은 이렇다. 케니는 내 티켓값도 냈다. 만약 케니가 우리 셋 몫의 현금을 감당하겠다고 하지 않았더라면 여기까지 올 수 없었을 것이다. 우리는 앞으로 어딘가에서 하룻밤을 자야 한다는 것도 알고 있다. 밥도 먹어야 하고, 심과 나는 케니가 어떻게든 해줄 거라고 믿고 의지하고 있는 것이다.

공정하게 한마디 하자면, 케니는 돈이 많다. 케니는 외동아들이다. 케니의 부모님은 아들이 아홉 살인가 열 살 때 이혼했는데, 부유한 사업가인 아버지가 캐나다로 이민을 갔다. 케니가 아버지를 볼 기회가 그 뒤로 별로 없었을 거라는 뜻이다. 이혼한 뒤로 아버지를 다섯 번밖에 못 봤다고 얘기한 적이 있다. 케니는 보기와는 달리 그렇게 어리석지 않다. 자기 아버지가 오직 죄책감 때문에 그렇게 자꾸 돈을 준다는 것을 알고 있다. 그렇다면 어떻게 해야 할까? 거절해야 할까?

얼마 전 케니에게 아버지가 보고 싶지 않냐고 물어보았다.

"가끔은. 하지만 실제로 만나면 내가 어렸을 때만큼 잘해주지는 않아."

심의 부모님은 아직은 같이 살고 있지만, 심의 눈에는 안 그런 것이나 마찬가지였다. 아버지는 경비원인데, 주로 야간 당직을 선다. 어머니는 테스코 슈퍼마켓 계산원으로 일한다. 한 사람이 현관을 나서면 다른 한 사람은 집으로 돌아오는 것이다. 심의 형이 독립해 나간 뒤로 부모님은 침실도 따로 써서 서로 전혀 귀찮게 할 일이 없다. 심은 부모님 눈에 안 띄는 게 무척이나 쉽다는 걸 알고 있다. 계획만 잘 짠다면 길게는 일주일 정도 두 사람 누구의 눈에도 안 띄고 지낼 수 있다. 냉장고에 메모를 붙여두는 걸로 대화를 대신하면서. 심의 형은 헐 시에 있는 한 클럽의 경호원인데, 험버 강 남쪽에 사는 그 누구에게도 이제 관심이 없다. 심은 형 얘기는 꺼내지도 않는다. 그냥 자기 하고 싶은 대로 하면서 살 뿐.

나는 두 분 모두 새 가정을 꾸려서 좀 복잡한 가족의 일원이다. 부모님은 갈라서면서 나를 위해 가까이에 살기로 합의했다. 가끔 만나면서 행복한 척 크리스마스를 보내거나 나들이 때 억지로 웃음을 짓는 삶인 것이다. 아버지는 새엄마 킴과 그녀가 데려온 두 아이와 함께, 어머니는 새아빠 피트와 새로 태어난 남동생 해리와 함께 산다. 나는 엄마보다 새엄마 킴과 더 잘 지내서, 엄마가 티나게 기분 나빠 할 때가 있다. 새아빠 피트와는 같이 살기 때문에 잘 지내야만 한다. 하지만 굉장히 피곤한 일이다. 얄밉게 구는 나를 한 대 갈기고 싶은 일도 꽤 많을 게 분명하지만, 그래도 새아빠는 어쨌거나 마음을 잘 다스리면서 지내고 있다.

부모와 지내는 것은 늘 전략과 전술의 문제 같다. 여전히 잘 지내는 척하기, 서로의 새로운 가족들과 잘 지내는 척하기. 그러고 나서 어머니와 아버지는 서로에게 나를 흉본다.

두 사람은 모두 로스의 장례식에 참석했다. 아빠는 새엄마 킴을 데려왔지만, 엄마는 혼자 왔다. 믿거나 말거나인데, 이 문제로 싸움이 났다. 나는 새엄마가 왔으면 좋겠다고는 말했지만, 엄마한테 새아빠 피트를 데리고 와도 된다는 말은 안 했기 때문이다. 사실 새엄마가 로스를 두어 번 만난 적이 있고 언제 한번 놀러 오라고 했기 때문인데……. 새아빠한테 손편지로 초대장을 보내면서 장례식에 와서 즐거운 시간 보내시면 좋겠다고 하기 싫어서가 아니라는 말이다. 될 수 있으면 장례식은 피하는 게 대부분의 사람들 인생 목표 아닌가. 하지만 엄마에게 이 얘기를 했을 때, 엄마는 주의를 주었다. 내가 어떤 때는 나 자신의 이익을 위해 너무 약게 군다고. 그러다가 언젠가는 큰코다칠 일이 있을 거라고.

"로스처럼?"

내가 물었다. (하지만 큰 소리는 아니었다.)

부모님한텐 아마 말 못 하겠지만 케니, 심, 로스가 진짜 가족 같았다. 나는 그들이 좋았기 때문에 친구로 선택했다. 하지만 세상 그 누구도 가족을 선택할 수는 없다. 그냥 나에게 쿵 하고 던져졌을 뿐이다.

기차가 역에 들어서면서 속도를 늦추었다. 우리는 어디쯤인지 보려고 목을 길게 빼고 내다보았다. 심이 표지판을 먼저 읽었다.

"벌써 스컨소프야. 블레이크, 지도 좀 꺼내봐."

나는 좌석 아래서 배낭을 꺼낸 다음 오늘 아침 새아빠 차에서 슬쩍해온 영국 지도를 꺼냈다. 타고 내리는 승객들이 전부 복도를 비집고 지나가기를 기다렸다가 지도를 내 앞에 착 펼쳤다. 처음에는 교과서 크기 정도나 되는가 싶었는데 부스럭거리며 계속해서 폈더니 침대보만 한 크기가 되었다.

"케니, 네 가방 치워야겠다."

내가 말했다. 케니는 아까 티켓을 꺼내려고 뒤적이고 난 뒤에 가방을 테이블에 그대로 두었다. 머리 위 선반에 가방을 올리려면 좌석을 밟고 서야만 했다. 건너편 거미줄 머리 할머니가 사나운 눈빛을 보냈다. 우리는 할머니를 무시하고 거대한 지도 위에 한 덩어리로 모였다.

"스코틀랜드 지도만 갖고 왔어야지."

심이 말했다.

"새아빠가 갖고 있는 건 이것뿐이었어. 게다가 몰래 꺼내와야 했단 말이야."

나는 지도 위로 몸을 숙이고 우리가 가려는 그곳을 다시 찾아보았다. 내가 커다란 십자 표시를 해놓았기를 바라면서. 기차가 역을 막 벗어나려고 할 때, 나는 스코틀랜드 남서쪽 해안을 손가락으로 가리키며 말했다.

"여기네. 여기가 우리가 가려는 곳이야."

심과 케니 둘 다 지도를 들여다보았다. 내 손가락이 '로스'라는 곳에 표시된 동그라미를 완전히 덮고 있어서 나는 손가락을 치워야만 했다.

"거기야? 거기가 로스야?"

심의 물음에 나는 고개를 끄덕였다.

"엉. 여기야."

"거기엔 뭐가 있어?"

이번에는 케니가 물었다.

"크기를 보니 집이 세 채쯤 있겠네."

내가 대답했다.

"해변이 있을지도 모르겠는데."

심이 한마디 했는데, 나에게는 너무 희망에 부푼 소리로 들렸다.

"거기 스코틀랜드 확실하지? 스코틀랜드는 저기 한참 위쪽에서 시작되는 것 같은데. 봐, 에든버러는 여기 있잖아."

의심스러워하는 케니의 질문에 내가 답했다.

"경계선은 서쪽 해안의 칼라일 바로 위부터야. 그리고 여기 아일랜드 쪽으로 튀어나온 곳 보여? 여기가 전부 덤프리스 갤러웨이야. 명백히 스코틀랜드지."

"생각했던 만큼 먼 곳은 아니네, 그럼. 우리가 위로 한참 올라가야 하는 줄 알았어."

심은 네스 호 북쪽을 가리켰다.

"클리소프스에서 420킬로미터 떨어진 곳이야. 그래서 내가 내일이면 집에 갈 수 있다고 한 거야. 가는 데 하루, 오는 데 하루. 만약 우리가 그 난리를 치면서 로스를 훔쳐 오지 않았다면……."

"난리를 치면서 로스를 훔친 건 너지."

케니가 말했다.

"……않았다면, 아무도 우리가 사라졌는지조차 몰랐을 거야."

심은 지도에서 우리가 가야 할 길을 짚어보고 있었다.

"이제 우리가 스컨 뭐시기를 방금 지났나……? 돈커스터에서 갈아타야 한다고 했지? 그다음엔 어디로 가?"

"돈커스터에서 뉴캐슬까지 가고, 뉴캐슬에서 칼라일로, 칼라일에서 덤프리스로 가야 해. 거기서부터는 버스를 타야 하고. 인터넷에서 찾아봤는데, 겨우겨우 버스를 탈 수 있을 것 같아. 안 그러면 좀 걸어야 할지도 몰라."

"듣도 보도 못한 곳에 있으니까."

케니가 말했고, 나도 동의했다.

"그렇지. 하지만 로스가 늘 가고 싶어 하던 곳이었어."

케니가 자기 앞으로 지도를 끌어당겼다.

"로스가 나한테 처음 얘기했을 때, 그냥 그 자리에서 지어낸 얘기인 줄 알았어."

"여기서 보니 진짜 같네."

나는 케니의 눈동자가 지도 한참 아래쪽, 플리머스 근처에 꽂혀 있는 것을 알아챘다. 나는 다시 한 번 로스를 가리켰다.

"저 위에 있어, 케니. 스코틀랜드에 있다고."

"어, 알아. 혹시 케냐라는 지명이 있는지 그냥 찾아보는 거야. 나도 언젠가는 거기 가보고 싶어서."

심과 나는 눈빛을 교환했다. 잠시 뒤 심이 물었다.

"네 성이 뭐지?"

케니는 콘월 지방 해안가를 손가락으로 훑어가는 중이었다.

"몰라서 묻냐. 잉글랜드잖아."

우리는 가만히 참고 기다렸다. 1분 가까이 시간이 흘렀다.

그제야 케니도 깔깔 웃기 시작했다.

"잉글랜드! 맞다……. 나는 갈 필요가 없네. 내가 여기 살고 있는데 뭘."

케니는 그게 세상에서 가장 웃긴 일이라고 생각한 것 같았다. 돈커스터까지 가는 동안 거의 내내 낄낄거렸으니까.

케니 때문에 심과 나도 실컷 웃었고, 갑자기 우리는 즐거워졌다. 우리는 지도에서 듣도 보도 못한 우스운 발음의 지명들을 계속 찾았다. 팔레이 월럽, 넴프네트 트러브웰, 놉 같은 곳들. 우리는 서로 소리 내어 이 이름들을 외치면서 더 생뚱맞은 이름이 없는지 지도를 붙잡고 씨름했다. 우리는 신나게 떠들고 까불었다. 복도 건너편 할머니가 얼굴을 찡그리며 쯧쯧 소리를 내는 것마저도 칭찬으로 받아들였다. 친구들과 바보처럼 노는 것은 즐겁고 신나고 멋진 일 같았다. (다른 대부분의 소년들처럼, 결국 우리가 가장 잘하는 것은 이것이었다.) 로스가 죽은 뒤 지난 일주일은 울부짖는 부모님과 잠 못 이루는 밤들로 암울하고 숨이 막혔다. 하지만 지금은 우리가 꼭 해야 할 일을 하고 있다. 로스가 정말로 원했던 일을 하고 있는 것이다. 우리 스스로 좀 풀어져도 될 것 같다고 느꼈다. 로스가 이 순간 우리와 함께하지 못하는 것이 정말 속상했다.

나는 건너편 할머니의 머리를 가리키면서, 마치 거미줄이 마구 뒤엉킨 것 같다고 말했다.

"거미가 무더기로 모여 있으면 뭐라고 하냐?"

내가 묻자 심이 대답했다.

"Clutter."

나는 수군대며 말했다.

"저 할머니는 미장원에 안 가. 밤마다, 할머니가 잠들었을 때, 거미 떼가 할머니의 벗어진 두피 위를 졸졸 기어 다니면서 다음 날 하고 갈 머리를 해주거든."

그러고서 우리는 하이에나 무리처럼 끽끽 웃었다.

돈커스터까지 남은 몇 킬로미터를 덜컹대는 기차 속에서 계속 찧고 까불었다. 우리가 탄 기차가 연착되었으니 연결 편 기차를 타려면 서둘러야 한다는 차장의 경고는 까먹고 말았다. 안내 방송을 통해 이제 돈커스터에 도착했으며 연착되어 죄송하다는 말을 듣고서야 퍼뜩 그 생각이 났다.

나는 배낭에 고개를 처박고, 우리가 갈아타야 할 역들을 스크랩한 종이와 그 위에 휘갈겨 쓴 시간표를 찾았다. 우리는 원래 11시 36분에 도착했어야 한다. 뉴캐슬로 가는 기차는 11시 49분에 출발한다. 하지만 시계를 보니 이미 11시 45분이었다. 창문으로 내다보니 다른 플랫폼에서는 이미 길고 매끈한 125호 열차가 대기 중이었다.

"얼른! 짐 챙겨!"

케니와 심은 어쩔 줄 몰라 했다.

"2분밖에 안 남았어. 기차 놓치겠어!"

패닉 상태로, 심은 배낭을 꼭 붙잡고, 케니는 지도를 다시 접으려고 낑낑댔다. 우리가 탄 기차는 덜컹거리다가 끼익 소리를 내며 플랫폼 가장자리에 맞추어 섰다. 케니는 커다란 지도가 원하는 대로 접히지 않자 구겨진 지도에 대고 욕을 퍼부었다. 처음부터 다시 접어야 했다. 나는 케니를 도우려고 했지만 서두르다 보니 우리 둘이 해놓은 건 훨씬 더 엉망이었다. 나는 접은 자국을 따라서 지도를 북 찢고 말았고, 노퍽 지역은 둘로 나뉘었다. 다른 승객들은 다 일어나서 문 앞으로 나가고 있었다.

심은 자리에서 일어난 뒤 최대한 공손하게 밀치며 할머니 옆을 빠져나가려고 애썼다.

"오버 좀 하지 마. 지도가 제대로 접히든 안 접히든 무슨 상관이야?"

나는 케니의 팔을 홱 잡아당겼다.

"별문제 아니야. 걱정하지 마."

나는 어깨에 배낭을 둘러메고 심을 따라갔다. 연결 편을 놓친다면, 로스까지 가는 데 시간이 얼마나 더 걸릴지 모른다. 케니는 최선을 다해 지도를 챙겼다. 우리 둘은 부지런히 심을 쫓아 나갔다. 우리가 밀치고 나가자 다른 승객들이 화를 냈다.

기차 문이 열리자마자 우리 셋은 플랫폼으로 튀어나가 끝에 있는 지하도를 향해 달렸다. 내려가서 지하도를 통과해 맞은편에 있는 북쪽 방향 플랫폼으로 가야 한다. 심이 앞장서면서, 우리가 뛰어 내려가야 할 계단으로 올라오고 있는 사람들 사이를 요리조리 피해 나갔다.

"죄송합니다. 실례해요. 죄송합니다."

심을 따라가려니 발이 화끈거렸다. 케니도 많이 뒤처지진 않았는데, 커다란 지도가 머리 위에서 마치 찢어진 돛처럼 펄럭거리고 있었다. 아무리 우리가 헐레벌떡 뛰어도, 그 어떤 바보라도 우리가 서두르고 있다는 것을 분명히 알 수 있었을 텐데도, 우리가 먼저 가게 그냥 비켜주기만 하면 되는데도 사람들은 도와줄 마음이 없었다. 심은 그 사이를 이리저리 통과했다. 우리의 쿵쾅대는 발소리가 지하도에 울려 퍼졌다. 나는 가볍게 뛸 수가 없어서 꽤 많은 사람들과 어깨를 부딪쳤다. 케니는 머리 위에서 펄럭대는 지도 때문에 사방을 잘 볼 수가 없었고, 결국은 한 얼간이를 등으로 밀어 넘어뜨렸다.

우리는 지하 터널 끝까지 경주하듯 달렸고, 한 번에 두 계단씩 뛰어 올라가면서 북쪽 방향 플랫폼으로 번개처럼 뛰어 올라갔다. 역무원은 호루라기를 입에 물고 출발 신호를 내리고 있었다.

"기다려요! 기다려!"

우리 셋은 입을 모아 외쳤다. 목소리가 엔진 소음에 묻혀 들리지 않을까 봐 겁이 났다.

역무원이 우리를 발견하고 얼른 오라고 손짓했다. 이제 우리가 뛰어들 때까지 2초 정도는 확보된 셈이다. 하지만 우리는 0.5초 만에 뛰어들었고, 출입문은 재빠르게 삑 소리를 내며 덜컹 하고 닫혔다. 케니가 갖고 있던 지도 끝부분이 문에 낄 뻔해 낸 심과 웨일스 지방 대부분을 잃을 뻔했다. 호루라기 소리가 들리더니 기차는 쿵 소리를 내면서 움직이기 시작했다.

우리는 덜컹대는 기차 소리가 훨씬 더 크게 들리는 객차 연결 부위에 서 있었다. 창밖으로 돈커스터 역이 멀어져갔다. 우리 셋은 서로를 보며 씨익 웃었고, 서로의 등을 찰싹 때렸다. 이 위기일발 상황에 흥분이 되었던 것이다. 나는 숨을 헐떡거렸다. 덩치는 클지 모르지만, 나도 필요할 때는 뛸 수 있는 것이다. 그게 늘 자신이 없었다. 나는 무릎에 손을 짚은 채 몸을 구부리며 다리를 풀어주었다. 우리 모두 땀범벅이었다.

"우리 기차 제대로 탄 거 확실해?"

심의 한마디에 우리 셋은 다시 패닉 상태가 되었다. 셋 다 욕을 내뱉으며 안절부절못했다. 팔레이 월럽, 넴프네트 트러브웰…… 이런 곳으로 갈 수도 있다. 우리가 아는 대로만 하면 마지막엔 클리소프스로 무사히 돌아갈 수 있을 텐데. 나는 이 기차가 맞을 거라고 추측했을 뿐이다.

그때 케니가 열차 출입문에서 이 기차가 거쳐 갈 역들을 적어 놓은 표지판을 발견했다. 플라잉 스코츠맨 노선도. 이 기차는 에든버러 직행이었지만, 뉴캐슬에서 잠시 정차할 예정이었다.

안도와 기쁨, 웃음과 허세가 다시 돌아왔다. 또 다른 파국은 피했다. 비록 경험은 없지만 육감으로 잘 찍었으니 우리는 어쨌든 성공했다. 심은 이제 어디 가서 좀 앉자고 했다. 케니와 나는 마침내 지도를 제대로 접었고, 나는 케니에게 가방에 잘 넣으라고 했다.

"내 가방."

케니의 얼굴이 하얗게 질렸다.

"내 가방!"

케니는 널빤지로 뒤통수를 세게 맞은 사람 같았다.

"아까 그 기차에다 놓고 내렸어. 내 물건 가방에 다 있는데. 내 돈도 거기 다 있는데!"

8

 기차는 우리를 태우고 북쪽으로 덜컹이며 나아갔다. 우리는 객차와 객차 사이에 잠자코 서 있었다. 덜컹거리는 소리가 가장 큰 곳이었다. 화장실이나 식당 칸에 가는 다른 승객들은 흔들리는 기차 때문에 벽에 손을 짚은 채 비틀거리며 이곳을 지나갔다. 우리는 서로 바짝 붙어 서서, 남들 눈에 띄지 않기 위해 최선을 다하며, 고개를 숙이고 조용히 속삭였다.
 "돌아갈 수는 없어. 그건 불가능해."
 심의 단호함에 케니는 발을 동동 구르며 징징거렸다.
 나는 심의 눈을 바라보았다. 나와 같은 생각을 하고 있었다. 어쩐지 이 여행이 별로 어려움 없이 흘러가더라 했다……. 케니의 돈이 없다면 이 여행은 십중팔구 악몽으로 변할 것이다.
 "돌아가야 해. 농담 아니야. 우리는……."
 심은 케니의 말을 자르며 화를 냈다.
 "어떻게? 기관사한테 기차 돌리라고 얘기할래? 내가 해?"
 "하지만 내 가방이……."

내가 말했다.

"우리가 탔던 기차는 맨체스터로 곧장 가게 되어 있어. 다시 돈 커스터로 돌아갈 일은 없단 말이야."

케니는 거의 애원하고 있었다.

"그 안에 모든 게 다 들어 있어. 그러니까, 돈만 있는 게 아니라고. 내 아이팟이랑 전화기……. 비가 올까 봐 방수 케이스도 했는데."

"네가 아끼는 티셔츠는 입고 있잖아. 그건 아직 갖고 있는 거네."

심은 내 말이 전혀 도움이 안 된다는 듯이 쏘아보았다. 케니가 말했다.

"다 챙겼단 말이야. 칫솔도 있고. 여행용 보드게임 세트도 있어."

그러자 심은 어이없다는 듯이 고개를 절레절레 저었다.

"세상에나. 야, 케니! 네가 찾고 싶어 하는 게 뭐……? 너 진짜 어이없다. 어떻게 그만 걸 다 챙길 수 있냐, 자기 가방 챙기는 건 까먹은 애가?"

"그래도 티켓은 갖고 있겠지?"

케니는 뒷주머니에서 티켓을 냉큼 꺼내더니 내 눈앞에 흔들어 보였다.

"당연히 티켓은 갖고 있지."

케니한테서 티켓을 받아 들고, 나는 헛웃음을 지었다.

"이건 돌아오는 표잖아."

케니는 티켓을 낚아채갔다. 아마 내가 계속 놀리는 줄 알았나 보다. 하지만 나는 진실을 말했을 뿐이다. 케니는 눈을 감고, 고개를 푹 떨구었다.

케니가 딱하게 느껴졌다. 케니는 정말 노력형 인간이다. 만일 케니가 죽어서 묘비명을 쓴다면 '나는 노력했노라'라고 쓰일 것 같다. 케니는 컴퓨터나 기계 같은 분야에 있어서는 내가 아는 가장 똑똑한 사람인데, 상식적인 소프트웨어는 탑재되지 못했다. 그게 문제다.

내가 말했다.

"티켓은 새로 살 수 있을 것 같은데. 거기까지라면 편도 티켓만 끊으면 되잖아, 안 그래? 지금 우리한테 돈이 얼마나 있지?"

우리는 주머니 깊숙이까지 탈탈 털어보았다. 내 주머니 밑바닥에는 꼬깃꼬깃해진 10파운드 지폐가 두 장 있었다.

심은 잔돈을 세며 말했다.

"5파운드 조금 넘어. 5파운드 38펜스 있어."

케니한테는 이제 아무것도 없다.

"가방 안에 적어도 100파운드는 있었는데……."

심이 말했다.

"25파운드 38펜스. 티켓 새로 사기에는 어림도 없는 액수다."

나는 긍정적으로 들릴 수 있도록 애를 쓰며 말했다.

"그렇긴 한데, 적지만 뭐라도 할 수 있는 돈이야. 먹을 거라도 살 수 있잖아. 맥도날드 햄버거 두 개."

케니는 풀이 죽었다.

"오늘 밤 묵을 호텔은 어떡하지?"

"너 정말로 로스에 호텔이 있을 거라고 생각한 거야? 지도에서 봤잖아. 코딱지만 한 동네 아니야?"

"하지만……."

나는 한껏 과장한 말투로 이야기했다.

"그리고 누가 호텔이 필요하대? 지금은 여름이야. 안 그래? 너 별빛 아래 잠이 든다는 말 못 들어봤냐? 이건 모험이라고, 알아?"

케니는 발끈했는지 기운을 내 나를 공격했다.

"언제든 네 바지를 텐트로 쓰면 되겠다."

"그래, 너의 방사능 티셔츠를 태우면 따뜻할 거고."

심이 말했다.

"티켓은 어떡할 거야?"

둘 다 나를 바라보았다. 내가 모든 것을 제자리에 돌려놓기를 간절히 바라는 눈빛이었다. 이것은 애초에 내가 하자고 한 일이었다. 내가 말했다.

"티켓 없이 한동안 갈 수 있을지도 몰라. 이 기차로는 뉴캐슬까지만 가면 되잖아. 뉴캐슬에서 덤프리스까지 가는 티켓값은 충분한 것 같아. 가까이 갈수록 티켓값은 더 싸질 거야."

케니가 말했다.

"하지만 뉴캐슬부터 가야 하잖아."

심이 말했다.

"고개를 푹 숙이고 있어. 자는 척하거나 뭐 그러고 있는 거지. 할 수 없다면 화장실에 짱박혀 있어."

케니는 마음이 불편해 보였다.

"그러다 붙잡히면 어떡해?"

내가 대답했다.

"너를 바깥으로 내던지기 전에 기차를 세우기는 할 테니까 걱정 마."

우리는 앉을 자리를 찾아 나섰다.

기차는 시골길을 따라 힘차게 나아갔다. 들판과 나무들이 차창 밖으로 획획 지나갔다. 사람이 많기는 했지만, 만원은 아니었다. 이제는 우리를 누가 알아볼까 봐, 우리가 아는 누군가를 불쑥 만날까 봐 걱정할 필요는 없다. 기차 안에는 어린아이를 데리고 여행하는 가족들, 얌전히 앉아 있는 학생들, 두세 명씩 모여 앉은 여행자들이 있었다. 대부분은 '여행하는 표정'을 짓고 있었는데, 무표정하고, 조금은 지루한 듯하고, 거의 모두가 말끔히 차려입었다. 아까처럼 셋이 모여 앉을 수 있는 빈 테이블을 찾을 수 있기를 바라며 두세 개의 객차를 누볐지만, 그런 행운은 오지 않았다. 차장이 티켓 검사를 하는 객차에 도착했을 때, 우리는 당황해서 어쩔 줄 모르고 왔다 갔다 하면서 원래 왔던 자리로 서둘러 되돌아가려고 하다가 서로 발에 걸려 넘어지기도 했다. 결국 우리는 처음 있던 곳으로 돌아왔다.

케니는 쫓겨날까 봐 전전긍긍했다.

"그러니까, 음……. 그럼 이제 어떻게 하지? 다음 역에서 내가 내려야겠지? 그치?"

내가 말했다.

"우리 앞에서 쪼다처럼 굴지 좀 마."

"쫓겨날 사람은 나잖아. 네가 아니라."

나는 심을 바라보았다.

"쪼다들이 모여 있는 걸 뭐라고 하냐?"

"쪼다가 모이면 그걸 뭘 세냐. 한 줌도 안 되겠지."

나는 케니에게 말했다.

"케니, 제발 겁먹지 마. 이게 다 모험의 한 부분이란 말이야, 알겠어?"

나는 케니가 포기하고 집에 갈까 봐 걱정이 됐다. 이 여행은 우리 셋 모두가 함께해야만 하는 것이다. 로스도 분명히 우리 셋이 함께하는 걸 원할 거다.

케니는 확실히 불행해 보였다. 케니는 내가 놀리는 걸 좋아하지 않았고, 쪼다라고 불리는 것은 더더욱 안 좋아했다.

심은 침착한 척하려고 다시 선글라스를 썼다.

"너는 화장실에 가서 숨어 있으면 돼."

"하지만 붙잡히면 어떡해? 그럼 경찰을 부를지도 몰라. 불법행위를 한 거잖아, 안 그래? 나 농담 아니야. 누군가가 우리 엄마한테 꼰지를 거라고."

"그러니까 붙잡히지 말라고."

"잘났다. 고맙다. 그렇게 말하니까 가뿐하고 좋냐?"

"그럼 내가 뭐라고 말해야겠냐? 어젯밤에 파울러 선생네 집이랑 먼로네 차에다가 스프레이 뿌릴 때는 법이고 뭐고 걱정도 안 했잖아."

"걱정했어. 내가 말했잖아, 우리……."

"그리고 티켓 잃어버린 사람은 너야. 그러니까 그만 징징대."

케니는 얼굴을 찌푸리면서 발을 쿵쿵 구르며 어디론가 갈 것처럼 등을 돌렸다. 하지만 발을 구르며 갈 곳이 없다는 것을 금세 깨달은 것 같았다. 결국 케니는 몸을 축 늘어뜨렸다.

"왜 나한테 늘 이런 일이 일어나는 거야? 맞잖아. 이런 거지 같은 일은 나한테만 벌어진다고. 왜 나는 늘 썩은 동아줄만 잡는 거야?"

심은 케니가 자기 연민에 빠지는 걸 못마땅해했다.

"잘 극복해봐."

"그래, 고맙다. 아주 고마워. 넌 정말 좋은 친구야. 그래, 그렇지."

케니는 심이 한 번 더 물어뜯을 태세인 걸 눈치채고 재빨리 선수쳤다.

"닥치고 있어. 네가 뭐라고 지껄이건 신경 안 써. 왜냐면 나는 정말 운도 지지리 없는 놈이니까."

"아무리 생각해봐도, 내가 아는 놈들 가운데 가장 운 없는 놈은 로스야."

심의 정리에도 케니는 멈추려 하지 않았다.

"너는 방금 100파운드 잃어버린 사람 아니잖아."

심이 비웃었다.

"나는 애초에 100파운드나 가지고 다닐 만큼 운이 좋지가 않지."

"그냥 돈만 얘기하는 게 아니야! 다른 물건들은 어떡하고. 내 아이팟은?"

"여행용 보드게임 세트도 있지."

내가 한 가지 사실을 더 일깨워주자 케니는 감정이 북받쳐올라 얼굴이 시뻘게졌다.

"안 중요한 게 없다고! 나는 늘 그래. 진짜야. 한두 번도 아니고 계속, 말도 안 되는 일은 항상 나한테만 일어난다고."

마음 한구석으로는 케니 말이 맞다고도 생각했다. 선생들은 케니한테 예의가 없다고 했고, 여자애들은 가끔 케니를 괴짜라고 했다. 하지만 둘 다 아니었다. 진실을 말하자면, 현실 세계는 케니의 속도보다 빠른 보폭으로 움직인다는 것이다. 케니는 자기 주변에서 실제로 일어나는 일들을 따라잡느라 늘 너무 바빴다. 그러니 마음 한편으로는 케니가 딱하다고 생각하면서도 스스로 자초하는 부분이 많다고도 생각하지 않을 수 없었다.

'네 문제는 네가 알아서 해결하는 법을 배워야지, 안 그러냐? 신세 한탄해봤자 아무 도움이 안 돼. 네가 문제를 장악하고 해결

방법을 찾지 않는다면 일이 얼마나 더 꼬이겠냐?'

하지만 케니는 불안하고 비참해했다.

"나도 너희만큼이나 스코틀랜드에 가고 싶어. 물건 좀 잃어버렸다고 이러는 거 아니야. 장례식 치러주고 싶어. 로스를 위해서. 너희 마음처럼. 하지만 내가 모든 걸 망쳐버리고 있잖아. 그게 사실이잖아. 안 그래? 다 내 잘못이야."

케니는 기차 벽을 걷어찼다.

"하느님, 저는 가끔 제 자신이 너무 미워요. 제가 로스 대신에 죽어야 했는지도 몰라요."

심이 으르렁거렸다.

"그렇게 찌질하게 굴지 마."

"내가 찌질하게 구는지 어쩌는지 네가 어떻게 알아? 말이 너무 심하잖아."

"케니, 너 말하는 거 찐따 같아."

"야, 심! 이 개새끼야! 닥쳐. 너 그딴 식으로 말할래? 너무하잖아. 내 말이 그런 뜻이 아니라는 거 모르냐?"

하지만 심은 동정심을 베풀 마음이 전혀 없었다.

"그러니까 엄마 젖이나 더 먹고 얼른 커라, 이 새끼야."

케니는 머리끝까지 화가 났다.

"내가 너보다 생일 더 빨라."

"다섯 달 빠르지. 아유, 엄청 차이 나네. 그럼 뭐해. 아직도 기저귀 찬 애같이 구는걸."

기차가 쿵 흔들리면서 우리는 서로 발이 걸렸다. 케니와 심은 거의 머리를 찧을 뻔했다. 케니는 이를 바드득 갈면서 분노에 차서 심을 밀쳐냈다.

　그다지 좋은 방법은 아니지만, 내가 둘 사이에 체중을 실어 끼어들었다.

"야, 가만히 좀 있어봐."

　나는 케니를 향해 날리려고 하는 심의 주먹을 꽉 쥐었다.

"이미 엎질러진 물이잖아. 일은 벌어졌어. 안 그러냐, 케니? 네가 운이 없었던 건 사실이지만, 이젠 어떻게 해야 할지 스스로 고민해봐야 해. 맞지, 심?"

　하지만 곧 최악의 상황이 닥치고 말았다. 결국 나는 이 말다툼에 말려들었고, 우리는 서로를 향해 바보처럼 소리소리 지르고 있었다. 아무도 차장이 오는 걸 보지 못했고, 이미 때는 늦어버렸다.

"표 좀 보여주시죠."

2부

친구들

9

 우리는 배낭을 발밑에 축 늘어뜨린 채로(아, 배낭은 나와 심만 갖고 있었다.) 요크 역 플랫폼에 서서, 우리를 내려놓은 기차가 북쪽을 향해 가는 것을 지켜보았다. 나는 흔히들 말하는 '유체 이탈'처럼 나 자신이 우리 셋을 내려다보고 있는 장면을 상상했다. 분주한 플랫폼 한가운데, 양쪽으로 사람들이 서두르며 어디론가 흘러가고 있었지만, 우리만 침묵의 공간에 외로이 서 있는 것 같았다. 위에서 내려다보니, 심의 입에서는 단검과 비수 같은 독설이 흘러나왔다. 다행히 특별히 누구를 겨냥하고 있지는 않았고, 허공을 빙빙 돌다 햇살에 사라질 뿐이었다. 케니는 물에 젖은 회색 솜이불을 어깨에 두른 사람처럼 온몸이 구부정하고 시무룩했다. 풀 죽은 내 모습은 구멍이 나서 바람이 빠진 풍선 같았다. 뜨거운 공기가 빠져나간 내 피부는 주름지고 축 처졌다. 하지만 그런 모습을 본 건 100만분의 1초나 될까 말까 하는 순간뿐이었다. 눈을 깜빡이자, 역에서 들려오는 호루라기 소리와 함께 내 눈앞이 다시 번쩍 트였다.

우리는 멍하니 서 있었다. 기차가 햇빛 속으로 반짝이며 사라지는 뒷모습을 바라보면서.

차장은 기이해 보이는 짧은 콧수염을 기르고 눈빛이 불안정한 사람이었지만, 클리소프스에서 탔던 기차의 차장보다는 덜 무서웠다. 우리가 어떤 곤경에 처했는지에 대해 서로 엎치락뒤치락하며 이야기할 때 귀를 기울여 들어주었다. 심지어는 그것 참 정말 난처하겠구나 공감해주기까지 했다. 하지만 어쨌든 케니가 티켓 없이 여행하는 건 안 된다고 했다.

우리는 돌아오는 표를 차장 앞에 흔들어 보였다. 심과 나는 우리 표에 적힌 날짜와 시간이 그 표에 적힌 것과 일치하지 않느냐며 한참을 옥신각신했다. 아마 심이 가장 목소리를 높였을 것이다. 결론은, 케니가 다음 역에 내려서 여행자 센터를 찾아가 잃어버린 티켓을 재발행해줄 만한 사람을 찾아봐야 한다는 것이었다. 차장이 직접 해줄 수 있는 일이 아니었다. 우리는 연결 편에 문제가 있었다고 계속 설명했고, 시간에 쫓기고 있다고도 말했다. 애걸복걸이었다. 1, 2초 동안 차장의 마음이 조금 흔들리는 듯했고 어쩌면 뉴캐슬까지 그냥 가도록 해줄지도 모르겠다고 생각했다. 하지만 그때 심이 "아, 완전 꽉 막힌 아저씨네." 하고 말해버렸다. 그리고 우리는 지금 여기에 있다.

요크. 뉴캐슬에서는 한참 떨어진 곳이다. 로스에서는 더 멀리 떨어져 있다. 우리는 기차가 떠난 자리만 하염없이 바라보았다.

주절대던 심도 결국 입을 다물었다. 심은 깊이 한숨을 쉬더니 후 하고 내뱉었다.

"그래, 좋아."

심은 마치 강아지가 몸에 묻은 물을 털어내듯이 분노를 털어냈다. 심은 마음을 가다듬고는 다시 선글라스를 썼다.

"망할 놈의 다음 기차는 언제 오냐?"

요크는 클리소프스에 비하면 커다랗고 폼나는 역이었다. 엄청 기다랗고 넓은 플랫폼이 여럿 있었고, 그 위로 높고 거대한 아치형 지붕이 있었다. 화려하게 장식된 인도교가 선로와 선로 사이에 놓여 있었다. 상점과 카페 중에 어떤 곳들은 아주 오래되었거나 그렇게 보이도록 만들어진 것 같았다. 사람들이 굉장히 바삐 오가는 역이기도 했다. 기차가 한 대 들어오면 또 다른 기차는 빠져나갔다. 수많은 사람이 떼를 지어 다니고 있었다. 심은 군중들 사이를 성큼성큼 걸어 나갔다. 케니와 나는 그 틈새를 비집으며 뒤를 따랐다. 역 중앙 홀 한가운데에는 커다란 출발 안내 전광판이 있었다. 우리 셋은 물끄러미 안내판을 올려다보았다.

심이 전광판을 가리키며 말했다.

"바로 30분 뒤에 다른 기차가 오네. 애버딘행 1246호. 뉴캐슬 정차."

나는 고개를 끄덕였다.

"그걸 타면 제시간에 닿을 수 있겠지."

케니는 근심스러운 얼굴로 이리저리 방황했다.

"내 티켓은 어쩌지?"

내가 말했다.

"자, 서둘러."

"무슨 말이야?"

나는 주위를 둘러보고는 한 곳을 가리켰다.

"저기 있잖아."

"뭐가 있어?"

"여행자 센터. 36분 남았어."

심이 정정해주었다.

"35분이야."

케니는 당황스럽고 걱정되는 눈치였다.

"하지만 난 잘 모르는데…… 만약에……."

"뛰어!"

케니는 잽싸게 내게서 떨어졌다. 케니의 얼굴은 충격과 비참함 사이의 어떤 표정이었다.

"그렇지만……."

심이 고래고래 소리 질렀다.

"뛰어, 이 새끼야! 뛰라고!"

케니는 사람들 사이를 이리저리 헤치며 여행자 센터를 향해 내달렸다.

심과 나는 케니가 가는 모습을 지켜보았다. 심이 말했다.

"쟤만 내리게 했어야 했나 봐. 너랑 나는 계속 기차를 타고 가고."

"그런 생각을 했어?"

"응."

"하지만 그렇게 안 했을 거잖아. 절대로."

심은 한숨을 쉬었다.

"나는 강아지 한 마리도 버린 적이 없어."

우리는 배낭을 다시 챙겨 들고 케니를 따라갔다.

이번 여행은 사실 별것 아닌 수월한 여행이어야만 했다. 아무도 우리가 사라진 줄도 모르게 갔다가 돌아오는 여행. 하지만 문제가 하나둘 점점 더 높이 쌓이더니만, 우리 앞길을 가로막는 거대한 대소동의 벽이 만들어졌다. 처음에는 놀랐다가 그다음부터 회의감이 몰려왔다. 과연 이만한 노력을 쏟아부을 만한 값어치가 있는 일인가. 나는 이 생각을 떨쳐버렸다. 어깨에 멘 배낭 속에 죽은 내 친구가 들어 있다는 사실을 다시금 떠올렸다.

아주 잠시 동안이지만, 내 눈에 로스가 보인 것 같았다. 바로 내 앞에, 군중 속에서 말이다. 눈을 돌리면 보일 것 같은 거리에. 로스의 뒷모습이.

나는 발걸음을 딱 멈추었다. 하지만 다시 정신을 차리고 보았을 때, 그건 그냥 로스보다 더 나이 든 누군가였다. 머리색이 같고, 키가 같고, 뭐 그런.

로스를 봤다고 생각한 건 이번이 처음이 아니었다. 처음에는 내 등 뒤로 서늘한 번개가 쩌르르 치고 가는 느낌이었다. 하지만 이제는 앞으로 익숙해져야만 하는 어떤 일로 여겨졌다.

"괜찮아?"

심이 물었다.

"어, 괜찮아. 걱정 마."

나는 고개를 끄덕이며 어색한 웃음을 지었다.

여행자 센터 안의 구불구불 늘어선 줄 끝에 케니가 있었다. 세어봤더니, 케니 앞에 스물여덟 명이 있었다. 심은 불안한 듯 눈동자를 굴리더니 기다리는 게 질색이라는 둥 중얼거리고는 왔던 길로 되돌아 나갔다. 나는 케니 옆에 가서 섰다.

"심 진짜 열 받았지?"

케니는 목을 쭉 빼면서 눈길로 심을 좇아갔다.

"열 받아서 돌아버렸냐는 거야? 아니면 뼁 터져버렸냐는 거야?"

하지만 케니는 웃지 않았다. 질문을 할 때도 나를 보지 않았다.

"나 빼놓고 갈 거지? 내가 표 다시 받아내기 전에 기차가 오면 말이야."

나는 솔직히 말했다.

"그럴까 싶기도 하지. 만약 우리가 아까 그 기차에 그대로 있었다면, 문제는 훨씬 더 단순했을 거야. 어떻게 하면 좋을지 계속 생각했어. 하지만 기차를 따라잡아서 오늘 밤까지 로스에 가려면, 뉴캐슬에서 연결 편으로 갈아타는 게 훨씬 쉬울 거야."

"오늘 밤에 거기 도착 못 하면?"

"내일 도착하는 건 쉬워. 그건 아무 문제도 아니야. 하지만 거기 갔다가 내일 안으로 다시 클리소프스로 돌아가는 기차 시간이 안 맞아. 무슨 말이냐면, 월요일이 되어야 집에 돌아갈 수 있다는 거지. 우리가 밖에서 하룻밤을 더 잘 수 있을까? 클리소프스로 돌아가기까지 시간이 더 걸린다면, 더 심각한 문제가 생기겠지."

케니는 발끝만 내려다보았다.

"우리 망한 거네. 미안해. 진짜 미안해, 블레이크. 그러려고 한 게 아닌데······."

케니는 기차에서의 바보짓 때문에 여전히 어쩔 줄 몰라 했다. 지금은 기분을 더 상하게 할 때가 아니었다.

"응, 알아."

내가 말했다. 케니가 어쩔 줄 모르게 하기 정말 좋은 때는 새로 티켓을 받아서 우리가 뉴캐슬에서 기차를 갈아탔을 때일 것이다. 원래 계획대로. 그때가 되면 실컷 놀려먹어야지.

나는 시계를 두 번이나 들여다보았다. 줄은 몇 센티미터 줄어들었다. 우리가 두 발짝 정도 움직였으니까. 하지만 원래 있던 자리에서 조금이라도 앞으로 나갔는지 어쨌는지는 모르겠다.

여행자 센터 앞쪽에는 기다란 카운터가 있었다. 그곳에서 역무원들이 컴퓨터 앞에 앉아 시간표를 체크하고 티켓을 발행하고 있었다. 절망적인 것은, 열 개의 창구 중에 누군가가 앉아 있는 창구는 네 개밖에 안 된다는 것이었다. 나는 목을 길게 빼고 줄을 훑어보면서 우리 앞에 몇 명이나 있는지 다시 세어보았다. 이제 스물여섯 명이다. 자세히 살펴보니 어떤 사람들은 두 명씩 짝을 이

루고 있고, 세 명이 모여 있는 데도 있었다. 밝은 색의 조개껍데기 같은 배낭을 멘 세 명의 여행자들. 그러니 우리 앞에는 스물여섯 명이 꽉 차 있는 게 아닐지도 모른다. 사실은 스무 명이나 스물한 명일 것이다. 이렇게 말하니 훨씬 희망적이었다. 잘됐다고 할 수는 없지만, 그래도 더 나은 것이다. 나는 다시 시계를 들여다보았다. 30분이 채 안 남았다.

심이 우리 뒤에 나타났다.

"무슨 일 있어?"

"큰일은 없어."

이 말을 증명이라도 하듯 줄은 한 발짝 앞으로 움직였다. 우리 앞에 이제 스물다섯 명이 있다.

"어디 갔다 왔어?"

"저쪽에 안내 데스크 같은 게 있어. 거기 있는 사람한테 좀 도와줄 수 있냐고 물어봤어."

"그래서?"

심은 얼굴을 찌푸리고는 창문 너머에 있는 직원을 가리켰다.

"케니가 직접 와봐야 한대. 이다음 기차가 뉴캐슬에 도착하는 시각도 봐달라고 했어. 칼라일로 가는 기차가 출발하기 3분 전이래."

"맞아."

내가 말했다.

심이 고개를 끄덕이며 나에게서 등을 돌렸다. 심도 역시 줄에서 있는 사람이 몇이나 되는지 세고 있었다.

"여기 계속 서 있기만 하다가는 거기까지 못 갈 거야."

심이 말했다.

문득 아이디어가 떠올랐다. 하지만 입 밖으로 내서 말하기까지는 몇 초가 걸렸다.

"캐럴라인 누나한테 전화하면 어떨까."

심은 별로 안 좋은 기색이었다.

"농담 아닌데. 캐럴라인한테 전화해서 차로 데려다 달라고 하자."

"진짜 병신 같은……."

나는 방어 태세를 갖추었다.

"오늘 아침에 누나가 어땠는지 얘기했잖아. 우리 계획을 안다면 도와주려고 할 거야, 진짜로."

"그래, 하지만 누나가 온다면 로스가 좋아할까? 그걸 생각해봐. 누나가 로스의 공책이랑 시로 장난한 것 때문에 니나가 로스를 찼을 거야. 진심으로 말하는데, 분명히 다 거기서 시작됐어."

케니가 말했다.

오늘 아침 일이 생각났다. 로스 아버지가 로스한테 무슨 큰 문제라도 있었는지 물을 때 캐럴라인이 고개를 푹 숙이던 것을. 아니라고 대답했을 때 나는 진심이었다. 하지만 알고 있었다. 로스와 캐럴라인이 서로 말 안 하고 지냈다는 사실을.

로스는 늘 가지고 다니는 작은 공책이 있었다. 거기에 이야기

소재 같은 걸 적어놓았다. 니나에게 보내는 사랑의 시도 쓰곤 했다. 지난주 캐럴라인은 그 공책을 훔쳐서 점심시간에 전교생 앞에서 로스가 쓴 시를 읽었다. 식당 뒤 풀밭에는 학생들이 모여 앉아 있었고, 캐럴라인은 아마추어 연극인으로 시내에서 공연도 한 적 있었다. 난 처음에는 그냥 장난으로 여겼는데, 사람들은 로스한테 달려들어서 잔인할 정도로 놀려댔다. 이런 말 하긴 싫지만, 그때 내가 로스가 아니어서, 혹은 니나가 아니어서 다행이라고 생각했다. 쥐구멍이라도 있으면 들어갔을 것이다.

하지만 나중에 로스와 그 일에 관해 이야기했을 때, 로스는 괜찮아하는 것 같았다. 누나가 그냥 질투가 나서 그랬다고 했고, 그건 사실이었다. 캐럴라인은 더 나이가 많고, 더 영리하고, 더 인기가 많았지만 로스는 재미난 얘기로 늘 사람들의 관심을 더 많이 받았다. 로스는 큰 대회에서 상도 받았다. 많은 선생님들이 그 뒤로 로스가 정말 굉장한 아이라고 칭찬했다. 교장이 전교생이 모인 자리에서 로스에게 박수를 쳐주라고 했을 정도다. 캐럴라인은 샘이 났을 거다. 다른 시험에서 A를 받았어도 그런 주목은 받아본 적이 없었을 테니까. 하지만 나는 로스가 아무도 안 본다고 생각할 때 공책을 찢어서 버리는 모습을 보았다.

케니와 심은 내가 무슨 말이라도 하기를 기다리고 있었다.

"그냥 한번 해본 소리야."

심은 콧방귀를 뀌며 조롱했다.

"어, 멍청한 소리네."

심은 다시 한 번 줄을 훑어보았다. 혀를 끌끌 차는 걸 봐선 뭔가 자기만의 생각이 떠오른 것 같았다.

심은 선글라스를 벗고 우리 앞에 있는 할머니의 어깨를 톡톡 쳤다. 할머니는 밖에 6월의 햇살이 비치는데도 불구하고 두꺼운 갈색 코트를 입고 있었고 나이가 들어서인지 정신이 없는 것 같았다. 우리를 보고 웃자 주름살이 눈가로 몰려들었다.

"안녕하세요. 실례 좀 하겠습니다. 정말 죄송한데, 저희가 굉장히 급합니다."

심은 숙제를 안 했을 때 선생들에게 쓰는 말투를 쓰고 있었다.

"저희가 타야 할 기차 시각까지 2분 남았어요. 그걸 못 타면 진짜 곤란해지게 생겼습니다."

할머니는 심을 보고 나를 보고 케니를 보았다. 우리는 최선을 다해 상냥하고 공손하게 웃었다. 다행히도 할머니는 케니의 티셔츠를 보고 겁먹지 않았고, 친절하게도 우리를 자기 앞으로 세워 주었다. 우리는 몇 번이고 굽신거리면서 감사하다고 인사했다.

심은 줄 서 있는 앞사람에게도 이 방법을 썼다. 젊은 커플이었다. 하지만 남자는 심을 보지도 않고 말했다.

"친구, 그쪽만 급한 건 아니거든요."

남자는 우리보다 그렇게 나이가 많지도 않았고, 심보다 심지어 덩치도 작았다. 약 1초간 나는 심이 그에게 덤벼들지 않을까 생각했다. 심의 눈동자가 딱딱하게 굳어진 걸 보고 또 시작이구나 생각했다. 나는 심의 어깨를 감싸 안을 준비를 했다. 무슨 일이 벌어지든지 간에 말이다. 나는 싸움엔 전혀 소질이 없다. 내 덩치 때문에 가끔 사람들이 흠칫할 뿐이다.

심은 한 발짝 뒤로 물러서며 말했다.

"아무것도 안 해주셔서 감사합니다, 친구."

심은 한쪽으로 물러서서 줄 전체를 신중히 관찰했다. 저 녀석 여기 있는 사람 전부랑 싸울 셈인가?

심이 외쳤다.

"여러분, 실례하겠습니다! 실례합니다! 여러분!"

모두가 그를 돌아보자 심은 말을 이었다.

"다들 바쁘시다는 걸 잘 알고, 줄 서는 데 지치셨다는 것도 잘 압니다. 하지만 저와 제 친구들이 지금 엄청 급한 처지입니다. 만약 뉴캐슬까지 가는 다음 기차를 타지 못하면 아주 곤란한 지경이 됩니다. 엄청나게요. 만약 저희를 다음번 순서로 해주신다면, 정말 더 바랄 게 없겠습니다. 이 은혜는 정말 잊지 않겠습니다. 여러분은 저희에게 사상 최대의 호의를 베풀어주시는 겁니다."

심은 반은 애절한 표정으로, 반은 뻔뻔한 표정으로 서 있었다.

줄 선 사람들 사이에서 웅성거리는 소리, 어깨를 들썩이는 소리, 중얼거리는 소리가 났다. 우리 앞에는 여전히 스물 몇 명이 있었고, 사실 그중 절반 정도가 우리에게 양보할 의향이 있어 보였다. 하지만 모두가 기꺼이 양보해주거나 너그럽게 굴어줄 태세는 아니었다.

납작한 모자를 쓴 노인이 낑낑대며 말했다.

"나는 이미 30분 넘게 줄 서 있었네. 하지만 아무한테도 좀 끼워달라고 부탁하지 않았어."

다른 누군가도 말했다.

"다 급해. 다들 가야 할 곳이 있고."

"안내문에 보면 줄을 서서 기다리라고 되어 있어."

"너희를 앞에 끼워주면, 모두가 내 앞으로 가고 싶어 할걸."

저 끝에서 역무원 한 사람이 자기 창구에서 일어나 외쳤다.

"조금만 기다려주시면 감사하겠습니다. 가능한 한 신속하게 처리해드릴게요."

심은 모든 사람에게 빈정이 상한 듯 보였다. 심은 돌아와서 케니와 내 옆에 다시 섰다. 심이 나에게 으르렁대듯 물었다.

"이제 얼마나 남았지?"

"20분."

"헐."

심은 줄 서 있는 사람들을 찬찬히 바라보면서 이를 갈았다. 그러더니 역사로 다시 나갔다.

"아, 진짜 다 재수없어."

우리 듣기 좋으라고 하는 말치고는 너무 큰 소리였다.

케니와 나는 줄 서 있는 사람들의 기분 나쁜 눈빛과 중얼거림을 계속 마주해야 했다. 우리는 고개를 숙이고, 기회가 올 때마다 두 발자국씩 앞으로 나갔다. 서로 말도 하지 않은 채로 시간이 흘러가는 동안 그저 시계만 계속 바라봤을 뿐. 우리 앞에는 아직도 열다섯 명 정도가 있었다.

케니가 말했다.

"이러다가 놓치겠어."

"엉."

나도 같은 생각이었다. 심은 뭐 하느라고 돌아다니는 거야. 화가 났다. 도대체 어디를 간 거야. 심을 찾으러 간다고 하고 케니를 떼놓고 갈까 하는 유혹에 빠졌다.

"저...... 나 티켓 새로 끊어야겠지?"

"어떤 마음을 먹느냐에 따라 다르지. 다음번 기차에 너를 몰래 태우려고 한다면, 뉴캐슬까지는 안 들키고 갈 수 있을지도 몰라. 운이 좋다면 말이지. 하지만 우리는 칼라일까지 가는 기차를 타야 하고, 덤프리스까지 가는 기차를 또 타야 해. 행운이 세 번 연속 찾아올 거 같아?"

"나도 로스에 가고 싶어. 무슨 수를 써서라도. 엄마가 뭐라고 하든 상관없어."

"월요일까지 집에 못 가도?"

케니는 망설이더니 말했다.

"응. 내 생각에도 심이 말했던 것처럼 반쯤 죽을 만한 값어치가 있어."

케니는 공을 나한테 넘겼다. 낙서를 하고 유골 항아리를 훔쳤는데, 고작 학교 빠지는 걸 걱정한다면 웃긴 일이다. 사실 나는 돈 한 푼 없이 이틀이나 외박하는 게 더 걱정이었다. 하지만 케니가 자기 앞에 닥친 문제를 해결해보겠다는데, 나도 그래야 하지 않겠나 하는 생각이 들었다. 심은? 우리도 학교를 빠질 거라고 하면 심은 신이 날 것이다.

도대체 돈 한 푼 없이 이틀 밤을 어디서 보내야 할까 하는 걱정은 미루어놓았다. 클리소프스로 돌아가는 기차를 언제 탈 수 있을까 하는 걱정도. 바로 그때, 내 배 속에서 꼬르륵꼬르륵 소리가 났다.

"좋아. 그럼 티켓을 새로 끊자. 이제부터 다른 문제는 없을 거야."

우리는 다음 기차가 출발하기 전까지 마지막 몇 분을 계속 기다렸다.

바로 그때, 심이 여행자 센터로 뛰어 들어왔다.

"야, 가자."

기다리기를 포기했다는 말인 줄 알았다. 우리가 탈 기차의 도착을 알리는 안내 방송이 스피커에서 막 나오는 참이었다. 5분 뒤에 플랫폼으로 들어온다고 했다.

나는 심에게 말했다.

"걱정하지 마. 다음 기차 탈 수 있을 거야. 케니 티켓이 있어야 하잖아."

"기차는 집어치워. 태워주겠다는 사람이 있어."

우리는 헐레벌떡 심을 따라 나갔다. 분주한 역 중앙 홀을 통과해 주차장을 향해 장애물을 뚫고 군중 속을 헤치며 나아갔다.

나는 심의 팔을 잡고 물었다.

"로스까지? 심? 심! 로스까지 계속?"

이게 사실이라면 얼마나 좋을까.

"아니면 덤프리스까지?"

거기까지만이라고 해도 굉장한 일이었다.

심은 고개를 저었다.

"블랙풀까지."

"블랙풀?"

케니는 당황스러워했다.

"우리가 블랙풀에 가는지는 몰랐어."

"안 가지."

내가 케니에게 말했다.

"심, 도대체……."

"여기보다는 블랙풀에서 더 가까워. 생각해봐. 우리는 이 나라의 오른편에 있는 거야. 그렇지? 덤프리스까지 가려면 기차를 타고 쭉 가야 해. 서쪽으로 쭉."

나는 확신이 없었다. 심의 말이 맞는지도 모른다. 케니는 내 배낭의 가장자리 주머니에서 지도를 꺼내, 걸어가는 동안 버둥거리며 펼치더니 블랙풀을 찾아보려고 애썼다.

심은 우리를 주차장으로 데려갔다. 우리보다 나이가 많아 보이는 두 청년이 커다랗고 검은 택시 옆에 서서 담배를 피우고 있었다.

"저희 준비됐어요."

심이 알은척을 했다. 그러고는 나와 케니를 가리켰다.

"애들이 제 친구들이에요."

지저분한 머리를 뒤로 묶은 키 큰 청년이 우리를 보며 고개를 끄덕였다.

"좋아. 그럼 이제 출발해볼까."

그는 스무 살, 스물한 살 정도 되어 보였다. 택시 운전사가 되기는 너무 어렸다. 그는 담배를 기차선로를 향해 털어서 껐다. 지금 막 역을 떠나는 기차를 향해서. 우리가 탔어야 하는 기차였다.

나는 의심에 가득 차 제자리에 서 있었다.

"우리 택시 타는 거야?"

심은 자기가 내 기사라도 되는 양 차문을 열었다.

내가 사실을 다시 한 번 일깨웠다.

"25파운드 38펜스 남았어."

심이 말했다.

"진짜 택시 아니야."

"내 눈에는 얄짤없는 택시인데."

심은 지나치게 의기양양해 보였다.

"초조해하지 말고 타기나 해. 응?"

케니가 내 팔을 잡아당겼다.

"여기가 블랙풀이야."

케니는 지도를 구깃구깃 접어서 나에게 내밀었다.

나는 고개를 끄덕였다.
"어, 알아."
"하지만 로스하고는 영 멀잖아."
나는 한숨을 쉬었다.
"어. 알아."

10

 택시 뒷좌석에는 290밀리미터짜리 흙 묻은 발자국 두 개가 찍혀 있었다. 구겨진 담배꽁초, 바스락 소리 내며 부서지는 빈 담뱃갑도 있었고, 바닥에는 빈 맥주 캔이 몇 개 굴러다녔다. 빼빼 마른 머리 묶은 청년은 맥주 캔과 담뱃갑을 비닐봉지에 쓸어 담으면서 어깻짓으로 재빨리 미안하다는 신호를 보냈다.
 "어젯밤 파티를 좀 했거든."
 청년은 쓰레기를 버릴 만한 데를 찾아 주위를 둘러보았지만, 쓰레기통은 너무 멀리 있었다. 그는 쓰레기로 가득한 비닐봉지를 옆에 주차된 차 밑에 쓱 밀어 넣었다. 그러더니 나에게 슬쩍 윙크를 했다.
 나는 심의 귀에 가까이 대고 말했다.
 "심, 너 이거 진짜로……?"
 하지만 심은 내내 웃으며 부산을 떨었다.
 "얼른 타. 타."
 심은 혀를 끌끌 차며 소리를 냈다. 기분이 아주 좋다는 뜻이다.

다른 청년이 우리를 위해 문을 잡아주었다.

여전히 확신이 없는 채로 나는 뒷좌석으로 미끄러져 들어갔다. 케니가 내 뒤를 따라 들어오며 속삭였다.

"우리가 아는 사람이야?"

"아닌 것 같아. 아니야."

"그럼 왜……?"

"내 말이."

나도 같은 생각이었다. 심이 털어놓은 것보다 더 많은 걸 알고 있기를 바랄 수밖에.

머리를 묶은 청년이 운전을 했다. 엄청나게 키가 크고, 엄청나게 마르고, 마치 햇빛을 한 번도 본 적 없는 사람처럼 창백했으며, 눈동자는 진짜진짜 파란색이었다. 더 다부진 몸집의 갈색 머리 청년은 케니와 심과 나와 함께 뒷좌석으로 들어와 앉았다. 벽돌처럼 길쭉하고 단단한 몸집의 청년이었다. 뾰족하고 작은 염소수염을 기르고 있었는데, 마치 턱에 붓 자국이 지나갔다가 들러붙은 것 같았다. 그 사람과 심은 운전사와 등을 맞댄 채로 접었다 폈다 하는 좌석에 앉았다. 머리는 운전자 보호창에 기댄 채로 케니와 나를 마주 보고 있었다. 우리 배낭까지 다 실었지만 자리는 충분했다. 기차의 굉음이 아닌 자동차 엔진 소리와 함께 우리는 블랙풀로 향했다.

우리는 서쪽으로 가는 길이다. 해러게이트로 가는 중간쯤에 심이 어찌 된 일인지 얘기해주었다. 돌아가기엔 너무 늦은 때였다.

하지만 그때까지 그 누구도 돌아가기를 원하지는 않았을 것이다.

운전사 이름은 조. 얘기는 조가 거의 다 했다. 담배를 피워대면서, 룸미러를 통해 보거나 슬쩍슬쩍 돌아보며 우리에게 말했다. 좀 시끄러웠지만, 자신만만하고 유쾌한 사람이었다. 어젯밤 파티 이후에 제정신으로 집을 찾아갈 수 없었던 친구 두 명을 기차역까지 태워주었다고 했다. 강한 리버풀 억양을 지녔는데, 나는 리버풀에서 온 사람을 한 번도 만나본 적이 없기 때문에 그의 목소리는 마치 티브이 너머로 들려오는 소리 같았다. 우리와 같이 앉아서 간 사람은 거스였다. 어디 출신인지는 모른다. 말을 안 했으니까. 거스는 그냥 담배만 피웠다. 자기들이 스포츠 과학을 전공하는 학생이고, 요크 대학에서 이제 막 1학년을 마쳤다는 사실을 얘기해준 것도 조였다. 블랙풀에 사는 친구를 만나러 가는데, 놀이공원에서 여름방학 동안 일자리를 마련해준다고 했다나.

심이 외쳤다.

"형한테 달려간 게 얼마나 큰 행운이었나 몰라요."

조가 대답했다.

"너한테 달려든 건 나였을 텐데."

자동차 여행은 시끄러웠다. 택시는 가장 조용한 교통수단과는 거리가 멀었고, 우리는 자동차 열기 때문에 창을 내리고 가야 했다. 하지만 심은 내내 상기된 표정이었다. 자기한테 찾아온 행운 때문만이 아니라 대학에 가서 공 차는 것을 배울 수 있다는 사실을 새로 알아냈기 때문에 더욱 그랬다. 그렇게 완벽하게 시간과 에너지 낭비를 할 수 있는 기회가 있다니. 마침내 심에게는 야망이 생겼다.

조가 어깨 너머로 소리를 쳤다.

"택시를 타고 이리저리 떠돌다 보면 부랑아와 떠돌이 들을 태우는 데 익숙해지게 돼."

그는 룸미러를 통해 우리에게 씨익 웃어 보였다.

"네가 늘 하는 얘기잖아. 그렇지, 거스?"

거스는 고개를 끄덕였다. 여전히 담배를 입에 문 채로.

심이 말했다.

"우리는 제정신이 아니었어요."

조가 동의했다.

"그렇게 보이더라."

"진짜 죄송했어요. 음…… 그따위로 행동해서."

"걱정할 것 없어. 우리한테 해 끼친 것도 없는데 뭐. 안 그래, 거스?"

거스는 상관없다는 듯 어깨를 으쓱하며 담배 연기를 뿜었다.

사실은 이랬다. 여행자 센터를 박차고 나간 뒤에, 심은 버스 시간표를 확인해봐야겠다는 생각이 떠올랐다. 혹시나 우리 여행에 도움이 될 만한 게 있을까 해서 말이다. 하지만 버스 정류장 표지판을 따라서, 표지판이 가리키는 곳이 어디일까 궁리하며 고개를 두리번거리며 걷다가 바로 주차장으로 가버린 것이다. 그러다가 후진해오던 조의 차에 등을 꽝 부딪히고 말았다. 심이 그 성질머리에 고분고분하게 굴었을 리가 없다. 고함을 치고 욕을 하고 급기야 차 문을 꽝꽝 차기까지 했다. 거스가 재빨리 심을 때려눕히려고 했는데, 다행히도 조가 한발 앞서 거스를 진정시켰다.

조가 말했다.

"심의 엉덩이를 차서 앉힌 다음에 너희 티켓에 문제가 있다는 얘기를 들었다. 우리가 해줄 수 있는 건 차를 태워주는 거라고 바로 생각했지."

우리는 A59번 도로를 달렸다. 붐비는 자동차 전용 도로다. 우리 양옆으로는 대부분이 산울타리나 들판이었고, 가끔 로터리가 나와서 단조로움을 깨주었다. 케니는 무릎에 지도를 펴놓고 있었다. 보이는 표지판마다 이름을 눈여겨보고 우리가 어느 방향으로 가는지 확인하고 있었다. 우리는 '넌몽크턴 3'이라고 하는 지점을 지났다.

"얼마나 남았어요?"

내가 물었다.

"겨우 이만큼 왔어. 블랙풀까지 얼마나 걸릴 거라고 생각하냐?"

전혀 알 수가 없었다. 심을 보았지만, 심은 나를 무시했다.

"이 택시는 누구 거예요?"

심이 거스에게 물었다.

"얘기하자면 길어."

조가 대답했다. 우리 쪽의 도로는 공사 때문에 막혀 있어서, 임시로 설치된 교통 신호등을 기다리며 꼬리를 물고 있는 자동차들의 긴 줄에 천천히 합류했다. 조는 핸드브레이크를 당기고 좌석에서 몸을 돌려 우리 쪽을 향했다.

"지금은 내 거야. 사연이야 어쨌든. 우리 삼촌이 오스트레일리아로 이주했거든. 택시 운전사였는데, 택시 운전에 싫증이 났어. 주말에는 맥주에 잔뜩 취해서 몸도 못 가누는 바보들이 온종일 사방에 토해대고 싸우고 하는 데 아주 넌덜머리가 났지. 구찌 가방을 흔들어대면서 고함지르고 욕을 하고 KFC까지 가는 택시비를 떼어먹으려고 하는 여자들도 있었어. 게다가 코가 부러지기까지 했는데, 어떤 녀석이 뒷좌석에 케밥을 온통 흘려놔서 내쫓으려고 하다가 한 방 맞은 거야."

조는 고개를 절레절레 흔들었다.

"별일이 다 있지. 대가리에 케밥만 들었나, 자식들. 그 사람들 땜에 삼촌은 돌아버리겠더래. 그래서 일을 쉬기로 했지. 내가 학교 기숙사로 짐을 옮길 때 하루나 이틀 택시를 빌려 써도 된다고 했는데 그러다가 결국 나보고 보관해달라더라. 다시는 돌아오지 않을 거라고 하면서. 절대로."

"오스트레일리아에서는 뭘 하신대요?"

내가 물었다.

"빵 터질걸."

조가 말했다.

"네? 무슨 말이에요?"

"택시 운전하셔."

우리 모두 빵 터졌다.

신호등이 초록색으로 바뀌고 조는 기어를 바꾸면서 도로 공사 현장을 지나 다른 차들을 따라갔다.

"삼촌 말은, 그래도 여기랑은 다르대. 거기선 그 일이 좋다고 하더라고. 마을에서 따로 떨어진 어딘가에 계시는데 머리에 케밥 들어 있는 인간들이 아니라 캥거루 때문에 골치가 아프다나."

"자기 소유의 택시로 여기저기 다닐 수 있다는 건 진짜 멋진 일이에요."

케니가 말했다.

"웃긴 일이지. 안 그래, 거스?"

거스는 낄낄 웃었다. 담배 연기가 콧구멍에서 새어 나왔다.

우리는 소리를 내며 나아갔다. 한참 동안 차창 밖으로 지나는 풍경을 감상했다. 택시는 속도를 내기 위해 개조한 차가 아니었고, 쨍쨍 내리쬐는 햇살 때문에 교외에 사는 여행객들이 여기저기에서 몰려들어 우리 앞에 놓인 길은 꽉 막혔다. 기차를 놓치고 계획한 일정과 어긋난다는 걱정이 마음 한구석에 자리 잡고 있었는데, 나는 그 걱정을 떨칠 수가 없었다. 하지만 심의 말이 맞을지도 모른다. 우리는 서쪽 해안을 따라 올라가는 기차를 탔어야 하는 게 아닐까. 다시 기회가 온다면 어떨까. 틀릴 수도 있겠지. 심은 조와 농담 따먹기를 하고 있었다. 전혀 걱정되지 않는 표정이었다. 케니조차도 마음 편한 자세였다. 여전히 지도를 펴놓고 있었지만 눈에 띄는 표지판과 지명을 일일이 체크하는 일은 그만두었다. 의식적이든 아니든, 우리 모두 이 여행이 알아서 순조롭게 흘러갈 거라는 사실을 깨닫기 시작했던 것 같다.

조가 자기 아이팟을 택시의 카 오디오에 꽂았다. 레드 제플린 – 거스가 가장 좋아하는 음악임이 분명했다. 거스는 가사를 따라 부르며 기타를 연주하는 시늉까지 했다.

케니는 별로인 것 같았다. 케니는 나와 심을 향해 불안한 듯 눈동자를 굴렸다.

로스는 레드 제플린을, 그런 스타일의 오래된 록밴드 음악을 다 좋아했다. 데이비드 보위, 핑크 플로이드. 그것 때문에 케니와 말다툼을 하곤 했다. 케니는 최신곡이 아니면, 나온 지 몇 달 정도만 되어도 그런 걸 갖고 있는 건 공간 낭비라고 생각하기 때문이다. 케니는 자기가 트렌드 세터라는 데 자부심이 있었다. 로스는 뭔가 좋은 것은 이미 누군가가 발견했거나, 해놓았거나 오래전에 발명되었다고 생각했다. 케니는 로스한테 '분위기 깬다'고 하곤 했고, 로스는 케니를 '호구'라고 했다.

"그래서, 블랙풀에 가면 뭐가 있냐?"

조가 물었다.

우리 셋은 서로 눈빛을 교환했다. 아무도 대답하지 않았다.

조는 룸미러를 통해 우리를 계속 흘끔흘끔 엿보았다. 우리 중에 누군가가 대답하기를 기다리고 있었다. 아니면 무슨 말이라도 하기를. 나는 배낭을 내 발밑으로 더 가까이 끌어당겼다. 마치 안에 있는 것을 보호라도 하듯 다리로 배낭을 감쌌다.

마침내 심이 입을 열었다.

"아, 그게……."

"알았다……. 대답하기 싫구나."

조가 말했다. 그는 자동차 핸들에 한 손을 얹은 채 담뱃불을 붙였다.

"화제를 바꾸지 뭐. 그게 좋겠지? 블랙풀에 가지 않는다면 너네는 뭐 하냐? 집에 돌아가면 뭘 하려고 해?"

"저희는 아직 학생이에요."

케니가 말했다.

"그래. 어쨌든 뭔가 스토리가 있을 거 아니야? 지금 너희가 푹 빠져 있는 건 뭐냐? 학교가 모든 걸 다 해주진 않잖아."

조가 무슨 뜻으로 말하는지 알 수가 없었다.

"그러니까, 컴퓨터 같은 거? 저한텐 컴퓨터예요. 저는 그런 종류의 일을 잘해요."

"프로그래밍 같은 거?"

조가 케니를 보며 물었다.

케니는 입고 있는 티셔츠와는 어울리지 않게 얼굴을 붉혔다.

"직접 게임을 만들어보기도 해요……. 가끔은."

심은 케니의 팔뚝을 장난스럽게 한 대 쳤다.

"얘 되게 잘해요. 보기보다 그렇게 멍청하진 않답니다."

로스 아버지가 케니에게 도와주었으면 좋겠다고 했던 말이 기억났다.

"로스 아버지가 언제 한번 와서 컴퓨터를 좀 고쳐주면 좋겠다고 너한테 전해달래. 소설 쓴 걸 잃어버렸다나."

심이 고개를 저으며 비웃었다.

"역사상 가장 위대한 소설은 아니겠지!"

조도 껄껄 웃었다. 심이 비웃는 투로 말했기 때문이다.

"무슨 얘기야?"

심은 그 사람이 누군지는 얘기하지 않고 넘어가면서 설명했다.

"저희가 아는 어떤 사람인데요. 유명한 작가가 되고 싶어 하는데, 같은 책을 지금 7년인가 몇 년인가 아무튼 계속 쓰고 있는 중이에요. 지금쯤이면 분명 백만 페이지는 썼을 거예요. 늘 그 얘기만 하거든요."

로스는 아직까지 쓰이지 못한 역사상 가장 유명한 책이라고 말하곤 했다. 그 생각을 하자 쿡쿡 웃음이 나왔다. 하지만 케니는 뭔가 좀 불편해했다.

"도와드릴 거지? 걸작을 잃어버리게 놔둘 수는 없잖아."

내가 물었다.

"나 그거 이미 알고 있었어. 로스가 전화했었거든. 그걸 날려버린 건 로스야."

"뭐? 언제?"

케니는 조와 거스는 빼고 얘기하고 싶은 듯 내 쪽으로 몸을 기울였다. 우리가 고함치지 않는 한 앞좌석의 조는 우리 얘기를 들을 수 없고, 거스는 별로 관심이 없는 듯했다.

케니가 말을 이었다.

"지난주에. 로스가 약간 멘붕인 것 같았어. 하지만 나는 진짜 바빴어. 가볼 수가 없는 상황이었다고."

다시 내가 물었다.

"어쩌다가 완전히 다 날렸대?"

"음, 다 날리진 않았을 거야. 아마 어딘가에 남아는 있을걸. 뭔가를 완전히 날려먹는다는 건 불가능해. 로스한테 두 가지 정도 해보라고 했는데, 내 말뜻을 못 알아듣더라고."

심이 말했다.

"분명 빡쳤을 거야. 로스 아버지도 계속 기분이 안 좋았겠지. 그 작업이 날아가버렸으니."

케니는 침울해 보였다.

"왜 가서 도와주지 않았는데?"

"바빴다니까."

"야, 인마. 적어도 도와주기는 했어야지."

"나중에 가보려고 했지. 하지만 바로 그날…… 그러니까……."

심과 나는 깜짝 놀랐다.

"지난 토요일에?"

케니는 고개를 끄덕였다.

기분이 이상했다. 나는 질투심이 났다. 내가 로스를 마지막으로 보고 이야기를 들은 것은 지난 금요일 학교에서였다. 그러니까 케니가 로스와 이야기를 나눈 마지막 친구였던 것이다. 나는 그게 나였기를 바랐다. 나랑 있었더라면 자전거에서 넘어지지는 않았을 텐데…….

"도와주지도 않았다는 거지. 참 좋은 친구였네, 너."

내가 비꼬자 케니는 무슨 말을 하려는 듯 몸을 비틀었지만, 아무런 변명도 하지 못했다. 조가 룸미러로 계속 우리를 보고 있었기 때문이다.

"괜찮은 거냐?"

우리는 어깨를 으쓱했다가, 고개를 끄덕였다가, 다시 어깨를 으쓱했다.

조는 뭔가 궁금한 눈치였다. 하지만 캐묻지는 않기로 한 것이 틀림없다. 반면에 거스는 여전히 지루해 보였다.

"자, 너는 어떠냐, 블레이크? 네 스토리는 어떤 거야?"

조는 끊긴 대화를 다시 이어가려고 했다. 문제는 내가 말문이 막혔다는 것이다. 내가 뭘 좋아하더라? 컴퓨터도 아니고 글쓰기도 아니다. 내 인생의 대부분을 차지하는 것은 그저 학교다. 제기랄. 이건 나쁜 건가?

심이 나를 구해주려고 애썼다.

"이 녀석은 똑똑해요. 반에서 늘 1등이어서 선생님들이 등에 대고 키스해주죠."

"똑똑해서 나쁠 건 없지."

조의 말에 케니가 고개를 끄덕였다.

"네, 그럴 거예요. 하지만 이 자식은 그걸 잘 이용해먹어요. 진짜예요. 자기가 얼마나 똑똑한지 절대 안 까먹게 할걸요."

"너도 지적이고 싶어 하잖아."

내 말에 케니는 얼굴을 찌푸렸다.

"내 말 무슨 뜻인지 몰라? 허세 부리다 큰코다치는 수가 있어."

"그 말은 네가 다크호스라는 거겠네?"

이번엔 조가 심에게 물었다.

"너는 어떠냐? 셰익스피어 연극배우, 아이스스케이트 선수, 뭐 그런 거냐?"

"꿈 깨셔요."

"얘는 늘 말썽이에요. 하지만 그마저도 잘 못하죠."

케니의 말이 끝나기가 무섭게 심이 케니를 한 대 쳤다. 이번에는 우욱 소리를 낼 정도로 세게.

"형이랑 거스 형이 공부하는 걸 할 것 같아요. 대학에서 스포츠 전공하기."

"내가 말했잖냐. 스포츠 과학을 전공하기 위해서 꼭 축구를 잘할 필요는 없어. 두말하면 잔소리지. 안 그러냐, 거스?"

거스는 고개를 끄덕였다.

내가 조에게 말했다.

"심이 잘하는 게 뭔지 알려드릴게요. 동물 이름 하나 대보세요. 아무 동물이나."

조는 담배를 물었다.

"기린."

"tower."

심이 말했다.

조가 찡그렸다.

"뭐?"

"하나 더 말해보세요. 자, 좀 더 어려운 걸로요."

내 제안에 조와 거스는 호기심이 당기는 눈치였다.

"하마."

심은 조금도 망설이지 않았다.

"bloat."

대학생 둘이 당황스러운 표정을 지었다. 케니와 나는 낄낄대며 웃었다.

"얘는 다 알아요. 기린 떼를 뭐라고 하지? tower. 하마 한 무리를 뭐라고 하지? bloat."

조가 말했다.

"아, 그래. 전에 들은 적 있어. 특별한 단어들이 있다고."

내가 말했다.

"집합명사요."

"그래, 맞아. 고슴도치는?"

심이 대답했다.

"prickle."

조는 룸미러로 우리를 보며 벙긋 웃었다.

"오, 멋지네. 그런 걸 어디서 배웠냐?"

"초등학교 때부터 기억하는 거예요. 선생님이 그거에 대해 시를 쓰라고 했었거든요. 되게 재미있다고 생각했어요. 어디선가 그런 단어의 목록을 잔뜩 얻었어요."

그러자 조가 말했다.

"내가 학교 다닐 때 어떤 애 하나는 세계 모든 나라의 수도를 맞힐 수 있었어. 아무리 낯선 나라라고 해도 말이야. 둘이 꼭 만나야겠다. 퀴즈 대회를 휩쓸겠는걸."

심은 조금 당황스러워하며 씨익 웃었다.

조가 다시 말했다.

"달팽이."

"walk."

"햄스터."

"horde."

스킵톤 근처에서 주유를 하기 위해 멈출 때까지 이러면서 우리는 즐겁게 놀았다.

11

 우리는 작은 주유소에 차를 세웠다. 아직 A59번 도로였다. 스킵톤과 클리서러 사이 어디쯤이었다. 우리 말고 다른 차 두 대가 기름을 넣고 있었다. 한 대는 소형 트럭이었는데 앞쪽에는 부모들이, 뒤쪽에는 티격태격하는 꼬마들이 우르르 타고 있었다. 반대편 주유구에 있는 차는 화려한 컨버터블이었고, 화려한 차림의 커플이 타고 있었다. 케니, 심과 나는 소형 트럭에는 별로 눈길을 주지 않았다. 우리 모두 같은 생각을 하고 있다는 걸 알 수 있었다. 저런 거 몰고 다니느니 로스처럼 끝나는 게 낫지. 우리는 컨버터블에 관심이 훨씬 많았다. 그리고 조수석에 앉아 있는 금발 여인. 얼굴도 무척이나 예쁠 것 같았는데 인공 선탠을 해서 잘 알아보기는 힘들었다.
 심이 케니에게 말했다.
 "넌 앞으로 저런 차 몰겠네."
 "마음을 바꿨어. 먼로 아버지가 몰던 차 같은 거 이제 별로야. 대신 이런 차 살래. 진짜야. 내가 운전면허 시험만 통과하면, 나

택시 몰 거야."

"뭐? 왜?"

"왜라니? 저 사람 봐. 컨버터블에는 한 명만 태울 수 있잖아. 택시 몰면 떼로 태울 수 있는데."

심이 고개를 저었다.

"네가 떼로 사귈 수나 있겠냐."

우리는 다리를 쭉 뻗고 기지개를 켜려고 차 밖으로 나왔다. 나는 배낭을 챙겨 나왔다. 그걸 좌석에 남겨두어 눈에 안 보이면 마음이 편치가 않았다. 내 티셔츠는 땀에 절어 날씨처럼 끈적거리고 불편했다. 내가 기억하는 한 가장 더운 날이었다. 차라리 택시 안이 열린 창문 사이로 바람이 들어와서 더 시원했던 것 같다.

거스는 디젤 호스를 들어서 택시의 연료 탱크에 노즐을 집어넣고 거대한 방아쇠를 당겼다. 주유기는 우르릉 소리를 냈고 액정 화면의 숫자는 깜빡이며 계속 올라갔다. 이런 더위에 석유 냄새를 맡자니 기분이 썩 좋지 않았다. 나는 잔디밭 가장자리로 물러나 길에 차들이 끊임없이 지나다니는 것을 지켜보았다.

케니와 심이 나를 따라왔다. 심이 내게 물었다.

"지금 몇 시야?"

"2시 반. 방금 지났어."

심이 거스에게 소리 높여 물었다.

"블랙풀까지는 얼마나 걸릴 것 같아요?"

거스는 조를 보았다. 조는 지갑을 열더니 현금을 셌다.

"4시쯤?"

조는 올려다보지도 않고 말했다.

심이 나에게 몸을 돌렸다.

"어떻게 생각해? 기차를 탈 수 있을 것 같냐?"

"내가 어떻게 알아? 이건 네가 세운 계획이잖아. 앞으로 어떻게 할지 네가 다 생각하고 있을 줄 알았는데."

"그냥 서쪽 해안을 따라 올라가면 훨씬 더 쉬울 줄 알았지. 뉴캐슬이니 뭐니에서 시간 낭비할 필요도 없고."

나는 심이 잊어먹고 있는 사실을 다시 일깨웠다.

"케니한테는 여전히 새 티켓이 필요해."

심은 선글라스를 다시 썼다. 태연하게.

"아직 시간 많아."

휴게소 상점 쪽으로 몸을 돌리며 케니가 말했다.

"나 뭐 좀 먹어야겠어."

내가 물었다.

"무슨 돈으로?"

케니는 발걸음을 멈추었다.

"1파운드만 빌려줄래, 블레이크? 나 배고파 미치겠어. 과자 같은 거 좀 사서 나눠 먹자."

조가 택시 쪽으로 다가왔다.

"돈 얘기를 좀 해야겠는데……. 이런 말 하기 싫지만, 기름값 좀 보태면 안 될까?"

손에는 20파운드가 들려 있었다.

"10파운드 정도면 돼."

나는 케니와 심을 바라보았다. 우리가 가진 게 얼마나 보잘것없는지 잘 알고 있었다. 내가 조에게 물었다.

"한 사람당 10파운드요?"

"다 같이 내도 돼."

"저희는 그럴 수가 없어요. 왜냐하면……."

나는 케니의 말을 잘랐다.

"아니에요. 문제없습니다. 괜찮아요. 10파운드면 괜찮습니다."

나는 조와 거스 앞에서 말다툼하고 싶지 않았다. 당황스럽고 폼 안 나는 일일 테니까. 슬쩍 묻어가거나 하는 애들로 보이고 싶지는 않았다. 나는 주머니에 넣어둔 지폐 한 장을 꺼냈다.

"여기 있어요."

조는 받지 않았다. 대신 잔뜩 얼굴을 찌푸린 케니를 바라보고 있었다.

지폐를 건네며 내가 말했다.

"진짜예요. 괜찮다니까요."

나는 지폐로 조의 손을 살살 찔렀다.

"저희를 태워주셔서 정말 감사해요. 그리고……."

조가 나에게 물었다.

"돈 얼마나 있나?"

나는 머릿속으로 세는 척했다.

"25파운드쯤요. 아마 그 정도 될 거예요."

조는 심에게도 물었다.

"너는 얼마나 있어?"

"어, 어. 그 정도요. 25파운드 정도."

그다음은 케니 차례.

"너는 한 푼도 없고?"

케니는 고개를 끄덕였다.

"너희 셋이 합쳐 50파운드야? 세상에. 물론 아니기를 바라지만 혹시……."

하지만 조는 내 표정을 살폈다.

"아니야? 25파운드가 전부인 거냐? 그거 가지고 도대체 어디까지 가려는 거야?"

케니가 입을 뗐다.

"제가 가방을 잃어버렸어요. 100파운드 정도 있었는데, 그만……."

케니가 말끝을 흐렸다.

조는 잠시 생각하더니 거스를 소리쳐 불렀다.

"그 정도면 됐어!"

거스는 19파운드에서 주유를 멈추었다.

나는 초라하고 비참한 기분이 들었다.

"괜찮아요, 형. 빌붙을 생각은 아니에요. 주소를 알려주시면 나중에 부쳐드릴게요. 괜찮죠?"

케니와 심 둘 다 고개를 끄덕였다.

조는 아무 말도 없이 기름값을 내러 가면서 거스에게 뭐라고 속삭였다. 내 머릿속을 스쳐간 첫 번째 생각은 그들이 우리를 여기 두고 갈지도 모른다는 것이었다.

심도 마찬가지 생각이었다.

"우릴 두고 가려나 봐. 난 여기가 어딘지도 모르는데. 그러니까, 클리서려는 듣도 보도 못한 곳이라고."

그러고는 기다렸다는 듯이 케니를 비난했다.

"가방을 잃어버릴 만큼 멍청한 줄은 생각도 못 했어. 이런 일은 일어나지 않았을 텐데, 네가……."

케니도 지지 않았다.

"나랑 블레이크는 티켓을 새로 사려고 했었어. 블랙풀에 가자고 했던 사람은 너야. 그리고 블랙풀은 여기랑은 전혀……."

"야, 이 새끼야. 너 입……."

나는 둘을 그냥 내버려둔 채 조를 쫓아갔다.

휴게소 상점 안에는 에어컨이 돌아가고 있었다. 처음엔 너무 서늘해서 깜짝 놀랐지만, 이내 편안해졌다. 스피커에서는 듣기에도 끔찍한 소프트록이 흘러나왔다. 티브이에서 자동차 프로그램을 보는 아버지들이 좋아할 만한 음악이었다. 조는 짧은 통로를 걸어 내려가면서, 파티에서 쓰는 대용량 사이즈의 초콜릿 스낵바를 선반에서 집어 들었다. 나는 아직 10파운드를 들고 있었다.

내가 말했다.

"형. 형, 있잖아요. 우리는……."

"너희 지금 도망치거나 뭐 그런 거냐?"

"뭐라고요? 아니에요."

"집에서 아니면 다른 데서 도망치는 중이 아니란 말이지. 사회복지사나 경찰이 따라오는 거 아니야?"

"설마! 아니에요. 그런 거 아니라고요. 우리는…… 우리는 그냥 블랙풀까지 가고 싶은 거예요. 그러니까 선탠 의자나 회전목마 같은 거, 놀이공원에 있는 거 좋아한다고요."

조는 껄껄 웃으며 자기 티셔츠를 가리키더니 거기 쓰인 문구를 잡아당겼다.

"미안. 이 말을 해야 했는데. 이게 헛소리 방지용 티셔츠다."

그는 내가 무슨 말이든 지껄이기를 기다렸다. 무슨 말을 해야 할지는 알 수가 없었다.

조는 자기 뒷머리를 묶은 고무줄을 잡아당기면서 나를 찬찬히 살폈다. 초콜릿 스낵 바 한 봉지는 겨드랑이에 낀 채, 조는 얼굴로 흘러내린 머리카락을 양손으로 쓸어 올리면서 머리를 다시 묶었다. 그러고는 파란 눈동자로는 나를 날카롭게 쏘아보았다.

나는 발끝만 바라보고 있었다. 무슨 말이라도 해야 할 것 같은 의무감을 느꼈다.

"생각하는 그런 거 아니에요."

"그러면 몇 미터 물러나서 너희끼리 숙덕숙덕한 건 뭐지? 너희 지금 곤란한 처지인 거잖아, 맞지?"

나는 웃음을 터뜨릴 뻔했다. 하지만 웃을 수는 없었다.

"네, 곤란한 건 맞아요. 하지만 형이 생각하는 그런 거 아니에요."

"나랑 거스까지 휘말리게 할 생각이야?"

"아니에요. 정말 아니에요. 맹세코 그런 거 아니에요."

조는 입술을 깨물더니 짧게 한숨을 내쉬었다.

"좋다. 블랙풀까지 태워줄게. 하지만 무슨 일인지 우리한테 얘기해줘야 해. 알았냐? 우리는 너희에 대해서 모르잖아. 너희가 왜 그렇게 신경을 곤두세우고 너희 그림자에도 화들짝 놀라는지 몰라. 그리고 왜 네가 단 한 순간도 그 가방을 절대 놓지 않는지, 전혀 짚이는 데도 없어."

나는 움찔했다. 내가 죄를 지은 것 같아 보이는구나. 현행범으로 쫓기는 것 같구나.

우리가 뭘 하려는 건지 다른 사람에게 알리는 것이 좋을까. 확신이 없었다. 조는 좋은 사람 같고, 믿을 만한 사람 같지만 또 누가 알겠는가? 그리고 다 털어놓는 거에 대해 케니랑 심이 어떻게 생각할지 알 수가 없었다. 우리가 하려는 것은 우리 셋만 알고 있어야 할 개인적인 일이라는 생각도 들었다. 그걸 다른 사람과 공유하고 싶지 않았다.

조는 어깨를 으쓱했다.

"나름의 스토리가 있을 거라고 생각한다. 미안하지만, 그건 확실해. 그리고 너희가 내 호기심을 자극했어. 아마 거스도 그럴걸.

우리는 진실을 알고 싶어. 거스와 내가 여태껏 들은 것 중에 가장 멋진 스토리일 거 같은데."

조의 마지막 말이 내 마음을 움직였다. 조가 계속 '스토리'라고 표현하는 게 좋았다.

로스는 우리가 함께했던 모험을 이야기로 쓰면서 꼭 캐릭터를 만들곤 했다. 로스는 이렇게 말했다. "너 자신에 대해 이야기할 수 있는 걸 스토리로 꼭 만들어봐. 만일 아무런 스토리가 없다면 인생에 무슨 재미가 있겠어?"

나는 조에게 말했다.

"좋아요. 하지만 알아둬야 할 게 있어요. 아무리 말을 잘해도 실제의 절반에도 못 미칠 거예요."

"좋아. 아직 시간은 많다."

나는 계산대로 따라갔지만, 여전히 조는 내 돈을 받으려 하지 않았다. 조가 갖고 있던 초콜릿 스낵 바가 보이지 않았다. 돌아가서 그걸 사올까 하는 유혹에 시달렸다. 케니를 즐겁게 해주려면 필요한데. 하지만 조는 너무나 빨리 돈을 지불했고, 나는 지금 가진 행운까지 걷어차면서 굳이 조를 붙잡고 싶지 않았다.

우리가 택시로 돌아왔을 때, 케니와 심은 초조한 기색으로 말없이 서 있었다.

조가 말했다.

"타라. 어서 가야지."

케니와 심은 나를 바라보았다. 내가 고개를 끄덕이자 재빨리 차 안으로 돌진해 들어갔다. 얼굴에는 안도의 표정이 번졌다.

차가 도로로 들어섰을 때 케니가 말했다.

"과자 안 사온 거 같은데, 맞아?"

내가 미처 대답하기도 전에 조가 초콜릿 스낵 바 봉지를 티셔츠 안에서 꺼내 케니에게 건넸다. 나는 조가 그걸 거기에 감추었는지 눈치조차 못 챘다. 이 사람, 작은 기적을 계속 일으키네.

조는 리버풀 억양을 강하게 쓰면서 나에게 말했다.

"자, 그럼 이제 어린이 여러분의 스토리를 들려주시죠."

12

우리가 왜 이러고 있는지, 무엇을 하려고 하는지를 얘기하는 데는 한 시간 반이 넘게 걸렸다. (중간중간 케니와 심이 계속 끼어들었다.) 레드 제플린은 두 번째로 돌아가고 있었다. 우리는 블랙번과 프레스턴을 지나 A59번 도로를 벗어나 M55번 도로를 타고 상당한 속도로 달렸다. 조는 마치 기차선로를 달리듯이 도로 한가운데로 차를 계속 몰았다. 여기서 블랙풀까지는 내내 직진으로 갈 것이다. 여태껏 티브이에서만 보고 들었을 뿐 아직 한 번도 발 디딘 적 없는 낯선 지방으로 가고 있는 것이다. 우리는 익숙한 곳에서 점점 더 멀어지고 있었다.

그들은 우리 이야기가 진짜라는 걸 충분히 받아들였고, 나는 배낭에서 로스를 꺼내서 증명까지 해 보였다. 거스는 그걸 보고 움찔했다. 그 안에 그냥 재가 아니라 진짜 피와 살이 가득하기라도 한 듯이 항아리를 자꾸 뒷눈질했다. 아마 내가 그걸 쏟기라도 할까 봐 걱정했던 것 같다. 하지만 조는 훨씬 더 침착했다.

조가 말했다.

"그래, 미키 지. 그 친구가 그랬지."

나는 조가 굉장히 친한 친구 얘기를 하는 거라고 생각했다. 대리석 항아리에 담긴 친구는 아니겠지. 그렇더라도, 조금 당황스럽긴 했다. 심도 마찬가지였다.

"죽은 친구가 있어요?"

"아니. 나랑 같이 자란 친구가 있는데, 믹이라는 애였어. 우리는 늘 함께 다녔지. 우리 엄마 말로는 일심동체였대. 그러니까, 사람들이 나를 보면 믹이 그 근처에 있겠구나 생각할 정도였어. 믹을 보면 내가 있겠구나 했고. 우리는 웃을 때도 소리 맞춰 웃곤 했어."

조는 증명이라도 하듯 껄껄 혼자 웃었다.

"그 친구는 어떻게 됐어요?"

"사실 잘 몰라."

"아직도 만나는 거 아니에요?"

"오랫동안 못 만났어. 학교에 다니질 않았거든. 첫 번째 기회가 왔을 때 학교를 그만뒀어. 엄마 말로는 여전히 우리 동네에 살고 있다고 해. 요즘에는 그 애 엄마를 슈퍼마켓이나 뭐 그런 데서 여전히 마주친다고 하시니까."

케니와 심의 표정을 보니 이 말에 나만큼이나 충격을 받은 게 분명했다.

케니가 중얼거렸다.

"그렇다면 진실한 친구였을 리가 없어요."

"무슨 말이야?"

케니는 우물쭈물했다.

"어, 아마, 그렇게 좋은 친구는 아니었을 거예요. 그러니까, 더 이상 연락이 안 된다는 거잖아요?"

"아냐, 좋은 친구였어. 우리는 어릴 때부터 같이 자랐고, 서로의 집에서 사는 거나 다름없었거든. 나는 그 친구네 집에서, 그 친구는 우리 집에서. 우리는 피를 나누는 의형제도 맺었어. 열두 살인가 열세 살 때였는데, 서로 손목을 그었지. 아직도 어딘가에 그 상처가 남아 있는데."

조는 증거를 찾기라도 하듯 팔목을 살폈다.

내가 물었다.

"그럼 왜 더 이상 안 만나요?"

"어, 그건 좀 설명하기 힘든데. 어쩌다 보니 그렇게 됐어. 세상사가 그렇지 뭐."

그는 거스의 머리 뒤로 드리워진 운전자 보호창을 똑똑 두드리며 씨익 웃었다.

"이제 새 친구가 생겼으니까. 안 그러냐, 거스?"

거스는 고개를 끄덕였다. 입술 사이로 담배 연기가 새어 나왔다.

우리 셋은 서로를 바라보았다. 영문을 알 수 없었다. 그런 일은 우리에게 일어나지 않을 것이다.

조가 물었다.

"친구 이름이 뭐라고 했지?"

심이 말했다.

"로스요. 로스 펠."

"그 애가 어떻게 됐다고?"

"차에 치였어요."

조가 말했다.

"세상에."

"어떤 사람들은 그 애가 고의로 그랬다고 생각해요."

케니가 말했다. 심과 내가 노려보자 케니는 쓱 물러서며 우물거렸다.

"하지만 그건 사실이 아니에요."

조가 물었다.

"왜? 무슨 일이 있었는데?"

"말도 안 되는 소리예요."

심은 딱 잘라 말했고, 내가 덧붙였다.

"그 차를 운전한 사람이 할 법한 소리죠 뭐. 그러니까, 당연히 자기가 비난받고 싶지 않을 거 아니에요. 누가 그러고 싶겠어요? 우리만큼 로스를 잘 아는 사람이라면 일부러 그런 짓을 벌인다는 건 정말 말도 안 되는 멍청한 생각이라는 걸 잘 알 거예요."

조는 피워 문 담배 끝을 바라보며 말했다.

"아니 땐 굴뚝에 연기 나는 법은 없지."

우리는 한목소리로 외쳤다.

"말도 안 되는 얘기라고요. 절대로 그럴 리가 없어요."

심이 말했다.

"로스가 어떤 애였냐 하면요. 지난주에 그 자식이 저를 곤경에서 꺼내줬어요. 자기 역사 숙제를 베껴도 된다고 했거든요. 그런데 우리 답안지가 너무 똑같아서 들켜버렸어요. 분명 제 잘못이었죠. 하지만 파울러 선생이 로스를 지목해버렸어요. 로스는 내가 보여달라고 부탁했다고 쉽게 고자질할 수 있었지만, 안 그랬어요. 집에 통신문이 배달되어서 그 자식 어머니가 혼내기까지 했는데도 저를 끌어들이지 않았어요. 얼마나 좋은 친구였다고요. 이런 애가 나가서 자살을 할 애 같아요?"

이번엔 케니가 말했다.

"작문 시간에 상도 받았어요. 로스가 쓴 글 중 한 편은 곧 출판도 될 예정이었다고요. 신문에 사진도 났고요. 늘 작가가 되고 싶어 했어요."

심은 조에게 항의하듯 손가락질을 했다.

"그럼 유서가 있을 거 아니에요? 자살하는 사람들은 다 유서를 남겨요. 왜 그런 선택을 했는지 적어서 말이죠. 로스 유서는 어디 있는데요?"

조는 항복의 뜻으로 손을 들어 올렸다.

"그 친구에 대해서는 네가 나보다 잘 알잖니."

심이 말을 이었다.

"제가 진짜 열 받는 거는, 그 말을 믿을 사람들이 있다는 거예요. 그렇게 믿고 싶어 하는 사람들도 있을 거고요."

"먼로 같은 인간."

케니의 말에 심과 나는 고개를 끄덕였다.

조는 먼로가 누구인지 알고 싶어 했다.

"로스를 계속 괴롭혔던 녀석요. 심이 방금 얘기한 거 있죠, 로스가 역사 선생한테 혼났다고요. 근데 먼로가 더 망쳐놓았어요. 걔가 그 선생의 자전거 보관대 뒤쪽에다가 낙서를 했는데, 파울러 선생은 로스가 그랬다고 생각했어요. 그 숙제 문제 때문에 앙심을 품었다고 생각한 거죠."

내 얘기가 끝나자 심이 덧붙여 말했다.

"그건 먼로 짓이에요. 증명할 수가 없었을 뿐이죠. 파울러 선생이 로스를 불러서 야단칠 때 우리는 식당에 있었는데, 로스는 선생이 뭘로 그러는지 알지도 못하던걸요. 파울러 선생은 고래고래 소리를 질러댔어요. 얼굴이 막 붉으락푸르락해서는 곧 있으면 폭발이라도 할 것 같았다니까요. 게다가 전교생이 다 지켜보고 있었어요. 로스는 곧 우리한테 와서는 차라리 자기가 썼다면 좋았겠다고 했어요."

케니한텐 이 말이 굉장히 멋있게 들렸나 보다.

"그랬어? 진짜? 몰랐네."

심이 고개를 끄덕였다.

"파울러 선생이 걸어 나갈 때, 그렇게 중얼거렸거든. 그런데 파울러 선생이 그걸 들었어. 로스를 교장한테 보내서 엄청나게 혼을 냈지. 그리고 엄마 아빠한테 또 편지를 써서 보냈어."

나는 조에게 말했다.

"로스 엄마가 이번엔 더 화를 내셨어요. 제가 거기 있었거든요. 자기는 자전거 거치대에 아무것도 쓰지 않았다고 로스가 계속 말했는데, 로스 엄마는 집으로 통신문이 두 장이나 온 거에 대해서 그냥 화를 내고 있었어요. 로스가 했느냐 안 했느냐는 중요한 게 아니었어요. 엄마는 로스가 파울러 선생한테 사과해야 한다고 했고, 로스는 하지도 않은 일로 사과하는 건 말도 안 된다고 했어요."

조가 물었다.

"뭐라고 씌어 있었는데? 자전거 거치대에 말이야."

"파울러 돼지 새끼 꺼져!"

조가 깔깔 웃었다. 거스도 담배 연기를 캑캑거리며 뿜어낼 만큼 우스워했다.

"그 정도면 혼쭐이 날 만도 하네. 근데 진짜냐?"

"뭐가요?"

"파울러 선생. 꺼져버려야 할 돼지 새끼?"

심이 씩씩대며 말했다.

"100퍼센트 맞는 말이죠."

"근데 로스가 학교에서 괴롭힘 당하던 거 아니야?"

"무슨 뜻이에요?"

"너희 친구 로스 말이야. 먼로라는 애한테 당하고 있었다며. 어떤 애들은 그런 일로 자살하기도 해. 안 그러냐?"

나는 고개를 저었다.

"네. 하지만 로스는 아니에요. 로스는 그 어떤 것에도 굽힘이 없었어요. 자기한테 닥친 역경은 자기가 이겨내고 싶다고 늘 말했거든요."

먼로와 그 패거리가 그다음 날 로스를 만났던 일이 기억났다. 걔네는 로스를 하버스토 공원으로 몰아넣고 두들겨 팼다. 그 낙서에 대해 누구에게도 발설하지 말라는 경고였다. 로스는 집으로 돌아가기 전에 우리 집에 와서 상처들을 씻었다. 엄마 아빠가 그런 모습을 보는 걸 원치 않았던 거다. 코피가 나서 우리 집 타월로 닦았고, 나는 엄마가 그걸 보고 곤란한 질문을 하기 전에 치워야만 했다.

그때 나는 로스에게 말했다.

"심한테 말해서 복수해주자."

하지만 로스는 그럴 생각이 없는 듯했다.

"내가 더 이상 스스로를 지킬 수 없는 날, 그런 순간이 오면 나가서 죽어야지."

그 주의 마지막 날에 스스로 목숨을 끊을 예정인 아이의 말로는 들리지 않았다.

케니가 말했다.

"파울러 선생이랑 먼로한테는 그래도 복수를 했잖아. 그치?"

케니는 우리가 낙서를 해놓은 무용담을 들려주었다.

조가 충격을 받았는지, 재미있어했는지, 아니면 그냥 놀랐는지는 잘 모르겠다. 다만 조는 이렇게 말했다.

"그래, 너희가 하려는 거, 멋지다. 좀 미친 짓 같기도 하지만, 아주 멋져. 배짱이 있는 녀석들이네. 이 말은 해줘야겠어. 이봐, 거스! 너는 유괴범 만난 적 있냐?"

케니가 말했다.

"죽은 사람을 유괴할 수는 없어요."

조가 어깨를 으쓱했다.

"항아리 유괴범이네, 그럼. 유골 유괴범이거나."

케니가 걱정스러운 눈초리로 물었다.

"그걸로 붙잡혀갈 수 있어요?"

심이 눈알을 부라렸다.

그때부터 화제가 전환되었다. 케니, 섐과 나는 로스에 대한 이야기를 계속했다. 지역 레저 센터의 여성 탈의실로 잠입해 들어갔던 때, 나무 위에 집을 지었는데 집뿐만이 아니라 나무 절반이 로스한테로 무너져 내려서 결국 병원 신세를 졌던 일, 험버스톤에서 온 정말 예쁘게 생긴 여자애한테 로스가 말을 걸었는데 케니랑 데이트를 하게 됐던 일.

나는 로스를 점퍼로 다시 감싸고 배낭 아래로 깊숙이 밀어 넣었다. 다시 한 번 가슴이 쩌르르했다. 우리는 죽은 사람에 대해 이야기를 하고 있는 것이다. 이런 깨달음은 다른 모양과 형식으로 계속 슬그머니 나를 찾아왔고, 어떤 건 유난히 마음을 아프게 했다.

지금까지 가장 고통스러웠던 건 바로 이거다. 우리가 로스에 대해 이야기한다는 건 우리에게 스토리를 만들어 들려주는 사람이 이제 우리 옆에 없다는 뜻이다. 그게 가슴에 사무쳤다. 그런 사람을 다시는 볼 수 없는 것이다.

13

 우리는 4시가 막 지난 시각에 블랙풀 외곽에 도착했다. 조의 예측은 꽤 잘 들어맞은 셈이다. M55번 도로를 빠져나올 때 헤매서 결국 시내로 접어들기까지는 멀리 돌아가야 했다. 그리고 문제는, 우리 중에 그 누구도 기차역을 어떻게 찾아가야 하는지 모른다는 것이었다. 우리 모두 눈알이 빠져라 표지판을 들여다보았지만 행운은 찾아오지 않았다.
 조가 말했다.
 "역이 두 개가 있는 것 같아, 내 생각엔. 어느 역으로 가야 할지 알아?"
 케니, 심, 그리고 나는 약속이라도 한 듯 어깨를 으쓱했다.
 "그럼 이렇게 하자. 나랑 거스한테 일자리를 주겠다고 한 친구를 만나러 갈 건데, 그 친구라면 알 거야. 여기서 쭉 살고 있거든. 지금도 일하고 있을 테니까 놀이공원도 한번 살펴보고. 좋지?"
 조는 바다 쪽으로 차를 몰았다. 진짜 택시인 줄 알고, 떼 지어 모인 사람들이 두 번이나 우리에게 손을 흔들며 차를 세우려고 했다. 날씨는 여전히 뜨거웠다. 그리고 눈부시게 환했다. 저 사람들은 이런 날을 그냥 흘려보내지 말고 즐겨야만 한다고 생각하는 거겠지. 그러고 싶은 사람들이 사방에 많았다. 반바지를 입고 햇볕에 그을린 사람들.

케니가 가장 먼저 유명한 타워를 가리켰다. 우리는 널따란 중심가를 지나가고 있었다. 중앙 대로에서 남쪽 대로 방면으로 나갔다. 한쪽은 해변이고, 다른 한편에는 술집, 싸구려 기념품 가게, 아케이드 상가가 끝없이 이어져 있었다. 열린 창문으로 슬롯머신을 두고 오가는 탐욕스럽고 소란스러운 소리가 들려왔다. 우리는 두 대의 트램을 슬쩍 비켜갔는데, 꽤 스릴 있고 재미있었다. 아일랜드 해로 뻗어 있는 기다란 부두는 구식이지만 꽤 인상적이었다. 가로등 꼭대기에 내려앉은 갈매기들은 불 켜진 간판에 그림자를 드리우거나 쓰레기들 사이에서 티격태격했다. 해변에 매어 놓은 당나귀들은 지루해 보였다. 버거킹, 맥도날드 등의 거대한 간판은 이제는 아무도 찾지 않는 작은 매점들을 겁주려는 것만 같았다.

저 멀리 위로 롤러코스터 출발대가 지평선을 꽉 채웠다. 세계적으로 유명한 놀이공원이었고, 조의 친구라는 사람이 거기서 일한다고 생각했다. 하지만 조는 놀이공원이 아니라 맞은편의 진짜 해변 쪽을 가리켰다. 처음에는 내가 보고 있는 게 뭔지 파악을 못 했다. 모래밭에 커다란 크레인 같은 게 세워져 있었는데 사람들이 그 주위에 모여 있었다. 그런데 갑자기 어떤 사람이 꼭대기에서 몸을 던지는 것이 아닌가! 그러더니 해변에 떨어지기 전에 튕겨 올랐다. 발목에 묶여 있는 두꺼운 고무줄 같은 밧줄에 끌려 공중으로 낚아채 올려진 것이다.

조가 말했다.

"베이컨은 번지점프대 운영자야. 그 자식 아버지가 도박장 하나랑 오락실을 갖고 있거든. 열여덟 번째 생일날 베이컨한테 번지점프 사업을 물려줬지 뭐냐."

심이 케니를 보면서 말했다.

"아버지가 부자라면 나쁠 게 없네."

하지만 케니는 흥 하고 코웃음을 쳤다.

"우리 아빠가 나한테 번지점프대를 물려줬다고 쳐. 그걸 어따 갖다 놓냐? 뒷마당에?"

심이 중얼거렸다.

"그 정도면 충분하지 뭐."

우리는 뒷골목에 차를 세우고 다시 남쪽 대로를 건너서 해변에 있는 베이컨의 번지점프대로 걸어갔다. 조는 주차권을 받을 수 있을 거라고 생각했지만, 택시가 공식적으로는 아직 삼촌의 소유였기 때문에 - 게다가 멀리, 아주 멀리 살고 계시다 - 그거 하나 받자고 삼촌을 귀찮게 할 수는 없는 노릇이었다. 등 뒤로 내리쬐는 햇살은 마치 오스트레일리아의 햇살 같았다. 겨드랑이에는 땀자국이 나 있을 거고 티셔츠를 갈아입으면 좋겠다고 생각했다. 하지만 그러자고 사람들 앞에서 허여멀건 배를 드러내는 건 싫었다.

케니가 조에게 물었다.

"진짜로 이름이 베이컨이에요?"

"다들 그렇게 불러. 그 친구 아버지가 베이컨을 엄청 좋아해서 말이지, 자기 아들을 베이컨이라고 부르기 시작했대. 그러다가 그렇게 된 거래."

나는 내 배낭과 로스를 같이 짊어지고 다녔다. 해변으로 내려가기 위해서는 가드레일을 타고 넘어가야 했다. 발끝으로 모래를 차올리면서, 모여든 수많은 구경꾼과 커다란 음악 소리를 향해 나아갔다. 가까이서 보니, 사람들은 위쪽이 뻥 뚫린 엘리베이터 같은 크레인을 타고 비좁은 출발대로 올라갔다. 갈매기도 손에 잡힐 수 있을 만큼 높은 곳이었다. 다가갈수록 햇빛에 눈이 부셨다. 그래서인지 꼭대기에서 뛰어내리는 사람의 실루엣이 마치 땅에 떨어지는 이카로스 같았다. 바닥에 있던 구경꾼들이 함성을 질렀다.

케니가 물었다.

"누구?"

내가 반복해 대답했다.

"이카로스."

"미첼 선생님네 반에 있는 똑똑한 폴란드 애?"

나는 고개를 저었다.

"됐어."

심이 조에게 말했다.

"와, 저거 짱이네요."

조는 고개를 끄덕였다.

"재미있겠지. 그렇지, 거스? 멋진 여자애를 만날 수도 있고. 여름 내내 이렇다면, 카나리제도에서 여름을 보낸 것처럼 멋있게 그을린 채로 요크로 돌아갈 수 있을걸."

번지점프대 한쪽에는 작은 오두막이 있었는데, 번쩍거리는 밝은 색 페인트로 칠해져 있어서 금빛 모래와는 영 안 어울렸다. 번지! 블랙풀! 번지!라고 벽 가장자리를 따라 크게 씌어 있었다. 공포심 극복! 미지의 세계로 뛰어들어봐! 자, 어서! 과일 상자만 한 스피커 두 대가 문 앞에 놓여 있었고, 베이스가 강한 음악을 쾅쾅 틀어대고 있었다. 조는 안으로 들어가 베이컨을 찾았다. 우리는 거스와 함께 있으면서 보조자들이 일하는 모습을 보고 있었다. 땅바닥에서 2미터쯤 떨어졌을 무렵에는 더 이상 튕겨 올라가지 않아서 보조자들이 끌어내려줘야 했다. 그러고 나서 발목에 묶인 끈을 풀어주었다. 다리는 좀 떨리고 있는 것 같아 보였지만, 두 다리를 딛고 무사히 섰을 때는 군중들이 또다시 환호성을 보내주었다. 뛰어내린 사람은 안도감에 휴우 한숨을 내쉬었다.

내가 거스에게 물었다.

"공짜라면 한번 해볼 거예요? 여기서 일한다면 말이에요. 한번 해보고 싶은 생각 있어요?"

거스는 담배를 바닥에 떨어뜨린 뒤 엄지발가락으로 모래를 덮어서 묻었다. 그는 등을 뒤로 젖히고 출발대 꼭대기를 내내 올려다보았다. 손차양을 만들어 눈을 가렸다. 그러더니 탐탁잖은 표정을 지으며 어깨를 으쓱거리곤 조와 함께 오두막으로 들어갔다.

케니가 말했다.

"난 하고 싶어. 돈만 안 잃어버렸다면."

심과 나는 그 말을 믿지 않기 때문에 아무 대꾸도 하지 않았다.

우리가 왜 침묵을 지키는지 너무나도 잘 알고 있던 케니가 다시 말했다.

"나라면 한다니까. 진짜야. 남는 돈이 있었다면, 나는 했을 거야."

그제야 심이 침묵을 깨고 입을 열었다.

"너한테 돈이 없어서 참 다행이다. 안 그래? 그래서 너를 쪼다 같은 겁쟁이 거짓말쟁이라고 할 수가 없으니까."

"너라면 하겠냐?"

심은 고개를 저었다.

"내 목숨이 저기 달려 있다면 모를까. 네 목숨이 달려 있더라도 안 해. 얼마나 많은 사람이 번지점프 하다 죽었는지 들어봤냐?"

"그냥 죽으나 저거 하다 죽으나 똑같지 뭐. 안 그러냐?"

"무슨 말인지 모르겠냐. 고관절에서 다리를 꺼낼 수 있어. 압력 때문에 네 눈알이 튀어나와. 그리고 엉덩이에서 등뼈를 꺼낼 수도 있을걸."

심은 엉덩이에서 등뼈가 뽑혀 나오는 듯한 소리를 냈다. 듣기 좋은 소리는 아니었다.

"겁대가리 상실한 놈들이나 하는 거야."

다음 주자가 불안한 표정으로 승강기를 타고 올라가는 모습을 지켜보았다. 내 눈은 다시 꼭대기까지 따라 올라갔다. 내가 저만큼 용감한 척이라도 할 수 있으면 좋겠구만…….

"내가 저러는 건 바라지도 마라. 절대로."

그때 우리 뒤에서 누군가의 목소리가 들려왔다.

"야, 그걸로 걱정할 거 없어. 네 무게를 지탱할 만큼 튼튼한 번지 줄이 있을지 모르겠다."

뒤를 돌아보았더니 조와 거스가 괴상하게 생긴 친구와 함께 있었다. 두 사람과 나이는 같았지만 훨씬 키가 컸다. 그는 내 배를 쿡쿡 찌르더니 콧소리를 내며 큭큭 웃었다. 대꼬챙이처럼 빼빼 마른 사람이었다. 볼은 움푹 패었고, 머리는 부스스한 빗자루 같았다. 까만색과 붉은색의 해골 무늬가 새겨진 반다나 스카프를 머리에 단단히 둘렀다. 흰색 민소매 셔츠에는 *번지! 블랙풀! 번지!*라는 글자가 비좁은 가슴팍에 비스듬히 빛바랜 오렌지색으로 씌어 있었다. 그는 눈썹을 씰룩거리며 성격 나쁜 삼촌처럼 씩 웃었다.

나는 마음을 다잡기 위해 가만히 숫자를 셌다. 그래도 내가 옳았다. 우리 여섯 중에 이 말이 웃기다고 생각할 만한 사람은 그 사람밖에 없었다.

그는 곧 사태를 파악하고는 사과하기 시작했다.

"어, 저기, 야, 미안. 그런 게 아니라, 그러니까…… 그렇게 말하면 안 되는 거였지. 이제 잘 알겠다. 나도 배운 사람이거든. 응?"

그는 자기한테는 악감정이 없다는 것을 증명하고 싶다는 듯 악수를 청했다. 그는 내가 손을 내밀지도 않았는데 내 손을 잡고 세게 쥐었다.

"좋아. 멋지군. 다시 친구가 되는 거다."

내가 말했다.

"애초에 우리가 친구였는지도 몰랐는데요."

베이컨은 나에게서 한 발짝 물러섰다.

"와우. 덩치 큰 친구가 분위기는 싸한데. 만만치 않아. 겉보기와는 다르네."

그는 씨익 웃었지만 눈동자엔 힘이 빡 들어가 있었다.

조가 우리 사이에 끼어들었다.

"놔둬, 베이컨. 좋은 애야."

이건 베이컨이 했던 말만큼이나 모욕적이었다. 조는 그러더니 우리에게 말했다.

"가장 가까운 기차역은 바로 해변 뒤에 있어. 원한다면 나랑 거스가 데려다줄게."

그는 거스에게로 몸을 돌렸다.

"자, 우리는 새로운 일자리를 찾아 나서야지. 그치?"

거스는 기분이 좋아 보이지 않았다.

베이컨은 조의 어깨에 빼빼 마른 팔뚝을 얹었다.

"어이, 진짜 미안하게 됐다. 나도 한 말이 있으니까 책임이 있긴 한데. 근데 지금은 경기가 별로네. 저 사람 좀 봐. 지금 막 뛰어

내리려고 하는 사람 보여? 세상에, 저 사람이 오늘 겨우 아홉 번째 손님이야. 예년의 절반밖에 안 돼."

그는 케니와 심과 나를 차례대로 바라보았다.

"어이, 친구들은 어때? 일생일대의 모험을 할 기회인데, 응?"

나는 입술을 깨물었다. 심은 고개를 저었다. 질문을 던진 건 케니였다.

"얼만데요?"

"40파운드. 이거 완전 대박 세일 가격이야. 160미터니까, 4미터당 1파운드밖에 안 하는 거지. 50파운드까지도 했고, 45파운드일 때도 있었는데, 조가 데리고 온 친구들이니까 40파운드만 받을게. 장담하는데, 어떤 롤러코스터를 타도 이만한 스릴은 못 느낄걸."

케니는 이 딱한 남자의 너스레에 어깨를 으쓱거렸다. 아마 이 정도의 허풍은 지금껏 쳐본 적이 없을 것이다. 그걸 지금 하자니 머쓱해 죽을 지경일 것이고.

베이컨은 체념한 척 손을 내밀었다.

"내 마음이 어떤지 알아?"

그는 조에게 말했다.

"이렇게 값을 내리다니, 가슴이 찢어지는 것 같다고. 그래도 얘들은 전혀 낚이질 않네. 눈을 뜨고 제대로 보라고. 지금 다른 아무도 받지 않고 있잖아?"

"그래, 걱정하지 마. 우리도 다 이해해. 그렇지, 거스?"

거스는 아무것도 이해하는 것 같지 않았다. 적어도 내가 보기엔.

베이컨이 말했다.

"가지 말고 있어, 조. 응? 만일 누가 한다고 하면, 네가 가장 먼저 듣고 알려줘야 해."

"여기서 있을 만한 돈이 없어, 베이컨."

베이컨이 말했다.

"손님이 오기만 너희를 바로 부를게. 베이컨이 보증하는 수표지."

"광고를 하셔야죠."

모두가 몸을 돌려 케니를 바라보았다. 심과 나는 영문을 몰라 눈동자만 굴렸다.

케니는 고개를 어깨 속에 파묻으며 움츠러들었다.

"그냥 제 생각이에요. 저기, 그냥, 생각이 그렇다고요."

베이컨은 이제 케니의 어깨에 손을 두르면서 말했다.

"좋은 생각이네. 좋은 생각이야, 친구. 하지만 그놈의 광고를 하는 데 돈이 얼마나 드는지 알기나 해?"

그는 엄지손가락으로 다른 손가락을 문질렀다.

"한동안 손가락이나 빨아야지."

"케니, 가자."

내가 말했지만 케니는 움직일 생각을 하지 않았다. 대신 베이컨에게 이렇게 말했다.

"커다란 표지판이나 포스터를 붙여서 사람들이 길 저쪽에서도 잘 볼 수 있도록 하는 게 좋겠어요. 여기 가까이 오기 전까지는 번지점프대인지도 몰랐어요. 사람들 마음에 쏙 들어올 만한 진짜 멋진 사진이 있으면 좋겠어요."

다른 누구도 아닌 케니의 말을 심각하게 듣고 있는 꼴이라니.

"그런 쪽을 잘 아는 친구인가?"

케니는 어깨를 으쓱했다.

"학교 경제 수업 시간에 해봤어요."

"와우, 경제 수업. 그런 수업을 들었어야 했다는 사실을 이제야 알았네."

나는 혼란스러웠다. 저 사람은 화를 내고 있는 건가? 진심으로 저러는 건가?

"자, 경제 전문가 친구. 좋은 사진을 한 장 마련해주쇼. 멋지고, 끝내주는 걸로. 번지! 블랙풀! 번지점프! 하면 생각나는 거!"

케니는 나와 심을 바라보았지만, 우리는 도울 생각이 없었다.

베이컨이 물었다.

"뛰어볼 사람 없어?"

베이컨은 짤막한 수염으로 가득한 턱을 문질렀다.

"음, 이제 무슨 말인지 알겠다. 왜 그런 생각을 했는지 알겠는데……. 너희의 창조성을 깔아뭉개고 싶지는 않지만…… 그러려면……."

케니가 끼어들었다.

"절대 뛰어내릴 것 같지 않은 사람을 한번 생각해보세요. 웃기고 괴상한 사람요. 우산이나 흔들어대는 중절모 쓴 신사같이."

우리는 좀 놀라서 얼어붙었다고 하는 게 좋겠다. 케니한테 저런 면이 있을 줄이야!

베이컨이 케니에게 말했다.

"좋아. 너 맘에 든다. 진정한 사나인걸!"

케니는 웃었다.

베이컨은 그러고는 나에게 몸을 돌렸다.

"그런데 너는 어떠냐?"

그는 내 배를 다시 한 번 쿡쿡 찔렀다.

"중절모를 쓴 사업가 신사 양반한테는 손을 댈 수가 없네. 하지만 네가 포스터에 딱 좋아 보인다. 공짜로 해줄 테니 뛰어라."

그는 나를 한 번 더 찌르려고 했다. 나는 그의 손을 탁 쳐냈다.

"농담하시는 거죠?"

"네가 뚱뚱해서 그러는 거라고 생각하는 건 아니겠지? 난 너한테 악감정은 없단다. 하지만 누가 너 같은 아이가 뛰어내릴 거라고 기대하겠냐? 이제야 알겠어. 야, 굉장하지 않냐. 끝내주는 포스터가 될 거야."

"꺼져요."

그는 손바닥을 위로 향한 채 양손을 넓게 벌렸다.

"공짜 점프에 유명세까지. 어이, 내가 그 이상 너한테 뭘 더 줄 수 있지?"

"멀찌감치 떨어져나 계시죠."

그는 껄껄 웃었다.

"뚱뚱한 걸로 농담하다니, 멋진데."

나는 배낭을 집어 들고 걸어 나가기 시작했다.

그는 포기할 줄을 몰랐다.

"점프해주라. 사진도 찍게 해줘. 그럼 40파운드 줄게. 어때? 그래도 싫어?"

나는 조에게 물었다.

"기차역이 어느 방향이라고요?"

케니와 심은 나를 따라 해변까지 왔다. 나는 씩씩거리고 있었다. 활활 타오를 지경이었다. 조와 거스도 베이컨에게 나중에 연락하겠다고 하고 나를 쫓아왔다.

"블레이크, 신경 쓰지 마. 겉보기에는 시원찮은 놈이지만, 속에 상처가 있어서 그래. 가끔 보면 훨씬 좋은 녀석이야."

조가 말했지만 나는 웃지 않았다.

"지금 방금 들었는데 농담 아니래. 네가 뛰어내리는 거 사진 찍도록 해주면, 진짜로 돈을 준다는데."

"재수 없는 인간."

내 말에 조가 고개를 끄덕였다.

"그래, 그래, 나도 알아. 나쁜 자식이지. 하지만 세상에 그런 녀석이 한둘은 아니잖아."

그는 심을 팔꿈치로 쿡쿡 찔렀다.

"야, 나쁜 자식들을 세는 단위는 뭐냐?"

심은 1, 2초간 생각했다.

"stench."

그 단어에는 '악취'라는 뜻도 담겨 있어서, 덕분에 우리는 깔깔 웃을 수 있었다.

나는 기차역으로 가는 내내 아무 말도 하지 않았다. 내 선한 의지는 벌써 다 새어 나가고 없었다. 베이컨이 나를 그렇게 쉽게 열받게 한 것에 대해 당황스럽고 화가 났다. 조가 기차역 입구 바깥에 차를 세웠고, 나는 케니와 심에게 들어가서 기차 시간을 체크하라고, 그리고 케니의 티켓에 대해 알아보라고 말했다. 나는 택시 뒷좌석에 그대로 앉은 채 창문 밖에 대고 외쳤다.

"심. 우리 티켓도 괜찮은지 같이 알아봐. 클리소프스에서 덤프리스까지 이렇게 이상한 방법으로 가다니, 하면서 차장이 우리를 내쫓는 일은 없어야 할 텐데."

조는 베이컨 때문에 여전히 맘이 편치 않은 것 같았다.

"이렇게 생각해보자. 베이컨이 죽으면 누가 재를 운반해줄까? 이건 확실히 알아둬야 해. 그 항아리에 담긴 게 네 친구 로스가 아니라 너였더라도, 친구들은 똑같이 했을 거야. 케니와 심도 마찬가지고."

나는 고개를 끄덕이며 감사 인사를 했다. 그의 말이 진심이기도 했고, 그 말이 사실이기도 했으니까.

케니와 심은 안 좋은 표정으로 돌아왔다. 심이 말했다.

"좋은 소식이 있고 안 좋은 소식이 있어. 기차가 있어서 우리가

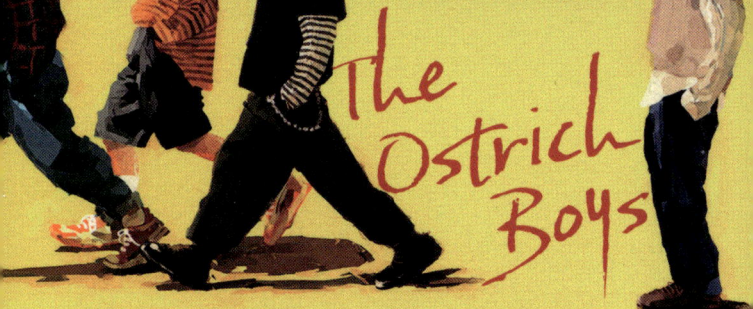

Based on the book by **Keith Gray**   Originally Adapted by **Carl Miller**

MUSICAL
타조소년들

By arrangement with **Penguin Random House UK**

오늘 밤 덤프리스까지 가는 데는 문제가 없을 거래. 6시 10분 전에 출발해서 10시 15분 전에 도착한대. 너랑 내가 가진 티켓으로는 아무 문제 없대."

"그럼 안 좋은 소식은……?"

케니가 말했다.

"내 티켓은 재발행해줄 수 없대. 새로 사야 한대."

"우리 가진 돈으로 돼? 얼만데?"

심이 말했다.

"39파운드 50펜스."

나는 세상의 비정함을 웃어넘길 수도 있었다. 사실은, 웃고 말았다. 하지만 내가 이렇게 말했을 때 내 목소리에는 아무 감정도 실려 있지 않았다.

"결국 이렇게 되면, 베이컨이 제안한 일을 내가 해야 할 것 같은데, 안 그래?"

14

까마득하다. 한쪽 편엔 블랙풀 시가 눈앞에 펼쳐지고, 반대편은 바다다. 황금빛 모래사장의 절경이 한눈에 들어온다. 보호대를 너무 세게 잡는 바람에 내 몸이 거의 구부러질 뻔했다.

"그래, 바로 그거야."

베이컨이 말했다. 붉은색과 검은색 해골 무늬 반다나의 끝부분이 바람에 펄럭거렸다.

"160미터 상공에 서서 아래를 보면 그런 모습이지. 너는 지금 번지점프대와 같은 높이에 있는 거다, 친구. 하지만 떨어지는 데는 5초도 안 걸려. 아, 혹시 아냐. 너라면 3초 안에 떨어질 수도 있겠다."

나는 발판 끝에서 한 발짝 뒤로 물러설 수밖에 없었다. 베이컨이 나를 보고 웃음을 터뜨렸다.

여기 올라오기 전까지 최악은 몸무게를 재야 하는 것이었다. 아니다. 그건 모욕적인 일이라고 해야겠다. 최악은 동의서 작성이었다.

베이컨의 작고 갑갑한 오두막 안에는 풀 냄새와 땀 냄새가 났다. 그곳에는 컴퓨터와 프린터가 있는 작은 카운터가 있었다. 베이컨은 빳빳한 동의서 양식을 새로 뽑았고, 마치 '마그나카르타'라도 되는 양 펄럭펄럭 내밀었다.

그는 능글능글 웃으며 물었다.

"목숨을 내던질 준비는 되셨나?"

동의서를 읽는데, 밖은 열기로 후끈거렸지만 속은 으슬으슬 추웠다. 케니는 내 어깨 너머로 동의서를 들여다보고 있었다.

"헉, 세상에. 너한테 일어날 수 있는 일이 이렇게나 많단 말이야? 와, 장난 아니네. 진짜 무섭다."

제발 꺼지라고 갈비뼈를 한 대 세게 치고 싶었지만, 솔직히 케니의 말은 틀린 데가 없었다.

동의서에는 정확히 이렇게 씌어 있었다. 30가지의 증상. 30가지의 부상, 고통, 트라우마. 나는 이제 목이 꺾이더라도, 어깨가 틀어지더라도, 다리가 빠지더라도, 무릎이 돌아가더라도, 장이 꼬이더라도, 등뼈가 튀어나오더라도, 등이 꼬부라지더라도, 심장병으로 사망하더라도 절대, *번지! 블랙풀! 번지!*를 탓하지 않겠노라고, 베이컨이나 그의 아버지를 고소하지 않겠노라고 서명을 해야 하는 것이다.

케니가 말했다.

"어떤 미국인이 이거 하다가 죽었다던데 여기는 아니죠? 어디선가 읽었어요. 발목 끈이 끊어져서 바닥에 내동댕이쳐졌다고. 그러니까, 사실은 즉사한 건 아니고, 만신창이가 되어서 이제 말도 못 하고 관을 통해서 대소변을 받아내야 한다고. 아, 진짜 끔찍해. 하지만 그 사람 어머니는……."

"케니! 제발 좀……."

나는 케니에게 내 배낭을 건넨 다음 조와 거스에게 말했다.

"얘 좀 데리고 나가서 모래밭이나 뭐 그런 데다 파묻어주세요. 부탁이에요."

내가 저울에 올라가 당황하는 장면을 목격하게 될 사람은 이제 심뿐이었다.

베이컨은 영혼 없는 사과를 했다.

"얘야, 미안하다. 몸무게를 좀 재야겠다. 번지점프 줄을 몸무게에 맞춰 조정해야 하거든. 자, 저울 눈금 다 맞췄다. 이게 정확도를 요하는 작업이란다, 친구. 만약 줄이 너무 길면 얼굴 먼저 해변으로 박게 될 거고 경제 전문가 친구가 말한 미국 사람처럼 되겠지."

케니 자식, 한 대 얻어터질 줄 알아. 내 머릿속에 떠오른 생각이었다. 그 자식이 가방만 안 잃어버렸어도……. 포스터 얘기만 안 했어도…….

내가 저울 위에 올라가자 베이컨은 눈금을 읽더니 긴 한숨을 내쉬면서 고개를 저었다.

"우리한테 이만큼 튼튼한 번지점프 줄이 있는지 모르겠네."

"자꾸 짜증나게 할 거면……."

"어이, 아니지. 설마 내가 그러겠어?"

베이컨은 내 손등에 몸무게를 두꺼운 사인펜으로 적었다.

"꼭대기에 있는 덩크한테 이걸 보여줘. 그 친구가 줄을 조정해 줄 거야. 이 숫자가 농담이 아니란 걸 확실하게 말해줘야 해."

나는 재빨리 저울에서 내려왔다.

"얼른 하죠."

나는 그 정도로 멍청하지는 않다. 그가 무얼 하려는지 안다. 그가 나에게 말한 모든 것, 중얼거린 모든 단어, 다 나를 겁주려는 것이다. 겁먹은 얼굴이 행복해 보이는 얼굴보다 훨씬 더 그럴듯한 사진이 될 테니까. 하지만 나는 동의서에 서명을 했고, 나를 더 놀려도 된다고 허락한 셈이고, 꼭대기까지 승강기를 타고 올라가는 수밖에 없었다. 우리는 서로 얼굴을 마주 본 채 서 있었다. 앉을 공간은 없었다. 승강기는 올라가는 내내 흔들리고 삐거덕거렸다. 바닥에 모인 사람들이 점점 더 작아져 보였다. 모인 사람들 중에 케니에게 초점을 맞춰보려고 했다. 주황색 티셔츠 때문에 눈에 쉽게 띄었으니까. 단단한 땅에 다시 발을 디디면 저 자식을 한 방 먹일 생각을 하면서 긴장을 풀었다. 우리는 한없이 위로 위로 올라갔다. 끝이 없을 것만 같았다.

꼭대기에는 두 대의 스피커가 있었다. 크기는 작지만 심장이 쿵쿵댈 정도로 베이스 라인이 강한 음악을 계속 내보낼 만큼 성능은 좋았다. 승강기는 부르르 떨면서 멈추었고, 우리는 좁다란 크레인에 발을 내디뎠다. 다리의 감각이 이상했다. 후들거리는 건 아니고, 용수철 같은 느낌이었다. 만약 내가 쿵 하고 발을 내딛는다면 마치 달에 도착한 우주비행사처럼 통통 튀어서 가장자리를 넘어 날아가버릴 것만 같았다. 이렇게 높은 곳은 처음인 것 같았다. 갈매기들이 내 발밑에 있었다. 크레인은 넓어 보이지도, 튼튼해 보이지도, 안전해 보이지도 않았다. 왼쪽, 오른쪽, 위, 아래…… 내 주위에는 온통 맑고 파란 하늘뿐이었다. 떨어지기는 끔찍하게 쉬울 것 같았다. 나는 단 한 가닥의 보호대를 세게 움켜잡고 있었다.

베이컨이 나를 지켜보고 있었다.

"이제 위로 올라왔네요. 전망 좋네요. 멋있네."

나는 내가 느끼는 것보다 훨씬 더 용감하게 들리도록 말했다.

위에 있는 사람은 우리만이 아니었다. 내 앞에 주자가 한 명 있었고, 이제 막 출발하려는 참이었다. 이미 줄을 발목에 묶어서 크레인 끝에 있는 보호대 틈으로만 빠져나갈 수 있는 상태였다. 갑자기 해적이 나오는 영화의 장면들이 떠올랐다. 갑판 위 걷기. 앞 주자는 *번지! 블랙풀! 번지!*라고 쓰인 티셔츠를 입은 까무잡잡한 금발머리 보조 진행자의 도움을 받아 가장자리로 나아갔다. 베이컨이 덩크라고 부른 사람이었다. 주자는 나보다 나이가 많은 것 같았다. 훨씬 더 다부지고, 강인하고, 용감해 보였다. 점프대의 한쪽 끝에 튀어나온 것은 카메라가 달린 짧은 막대기였다. 일단 주자를 끝에다 불안정하게 세운 다음 덩크는 카메라 케이블과 리모컨을 조종했다. 자유낙하를 할 때 기념사진을 찍을 준비를 하는 것이었다.

내가 베이컨에게 물었다.

"저 사람 사진 쓰면 안 돼요?"

"적당한 이미지가 아니야. 네 친구가 말한 거 기억 안 나냐? 딱 부러지는 이미지여야 한다고 말이다. 그리고 친구, 그게 바로 너야."

덩크는 첫 번째 주자에게 주의 사항을 전달하고 있었다.

"앞을 똑바로 봐요. 타워랑 대형 관람차에 눈을 고정하고요. 내가 셋부터 카운트할 거니까, 끝나면 바로 뛰어요."

베이컨은 내가 그들을 지켜보고 있다는 것을 눈으로 확인하고 있었다. 내가 눈을 돌리고 싶었다 하더라도 도저히 그럴 방법이 없었다.

주자는 간신히 균형을 잡은 다음 똑바로 앞을 쳐다보았다.

덩크가 외쳤다.

"셋, 둘, 하나. 출발!"

그는 뛰어내렸다.

카메라 플래시가 터졌다. 그가 팔을 넓게 벌리고 허공으로 뛰어내리는 순간을 붙잡기 위해서였다. 음악이 흘러나오는 와중에도, 나는 아래 있는 관중들 사이에 0.5초간 정적이 흐르는 것을 느꼈다. 중력이 그를 훑고 가면서 휘익 소리를 낸 것은 내 상상일 뿐이었다.

휘둥그레진 내 눈은 급강하하는 그의 모습을 좇고 있었다. 보호대에 몸을 기댄 채로 초조함도 잊고서. 신경이 날카로워진 것도 잊었다. 그는 아주 빨리 떨어졌다. 고개는 아래로, 손은 땅바닥으로 뻗고 있었다. 번지 줄이 늘어나고, 또 늘어나고, 한계점까지 계속 늘어나자 관중들은 환호성을 보냈다…….

그는 우리 쪽으로 다시 감겨 올라왔다. 마치 천 인형이 발레의 피루엣 자세를 하는 것처럼 빙빙 돌면서 위로 올라왔다. 생각했던 것보다 훨씬 더 높았다. 그는 눈을 질끈 감은 채 이를 덜덜 떨고 있었다. 그리고 튕김의 정점에서, 번지 줄이 가장 높이 감겨 올라왔을 때, 잠시 무중력 상태로 매달려 있는 것 같았다. 하지만 중력은 고양이가 쥐를 갖고 노는 것처럼 그를 괴롭혔다. 그는 다시 낙하했다. 지금 일어나고 있는 상황을 그가 컨트롤할 방법은 전혀 없었다. 멈추거나 그만둘 방법도 없었다. 그런 식의 여행이 아닌 것이다.

나는 숨을 멈추고, 반은 웃으면서, 반은 끓어오르는 긴장감에 중얼거리면서 욕을 하고 있다는 걸 알아차렸다.

주자가 마침내 튀어 오르기를 멈추고 단단한 모래사장 위로 몇 미터를 남겨두고 멈출 때까지 나는 계속 지켜보았다. 이 높은 곳에서는 그의 얼굴 표정을 볼 수 있는 방법이 없었다. 그가 어떤 표정인지 볼 수 있다면 좋았을 텐데. 안심했을까, 의기양양할까, 고통스러울까? 그는 끈을 풀고 겨우 발을 딛고 섰다.

내가 말했다.

"해냈네요. 아무 일도 안 일어났어요."

베이컨은 가장자리로 가서 아래를 내려다보면서 반다나를 머리에 단단히 붙들어 맸다.

"좀 절름거리는 것 같네. 하지만, 그래, 네 말이 맞아, 친구. 살아남았어."

"그럼 문제가 뭐예요? 저 사람이 해냈다면 나도 할 수 있겠네."

"너도 봤지? 응? 내가 보기엔 헬스클럽 코치 같은데. 그런데 너를 보면……."

그렇게 콕 집어서 말하다니, 이런 밉상이 없다.

"이봐, 이건 그냥 듣기 좋으라고 익스트림 스포츠라고 불리는 게 아니야. 네가 건강한 청년이고 몸이 이걸 감당할 수 있을 때나 하기 쉬운 일이지. 그리고, 잘 들어, 응? 통계 수치를 무시하면 안 돼, 알았냐?"

"뭐라고요?"

"통계 수치라고, 친구. 천 명 중에 한 명이 영구적인 장애를 입게 된다는 거야. 그러니까 목이나 등, 어쩌면 다리 같은 데. 무릎이 튀어나오거나 그럴 수 있지."

"닥쳐요."

"사실이야, 친구. 내가 거짓말한다고 생각하다니 가슴이 아프다. 천 명 중 한 명꼴이라니까? 평균적으로."

그는 덩크에게로 몸을 돌렸다.

"어이, 덩크. 이번 주에 여기서 몇 명이나 뛰어내렸지?"

"999명."

그러고는 둘 다 웃음을 터뜨렸다.

다시 한 번 나는 베이컨이 그냥 겁주는 것이라고 중얼거렸다. 내가 더 겁을 먹을수록, 사진은 더 극적으로 나올 것이다. 문제는, 이 방법이 먹힌다는 것이다.

나는 160미터 높이의 비좁은 크레인에 서 있었다. 곧 내가 착륙하게 될, 로프로 둘러친 구역은 너무나 작아 보였다. 내가 저 사람들 중 하나와 부딪치면 어떻게 되지?

나는 머릿속으로 스스로에게 온갖 쌍욕을 쏟아부었다. 하지만 이것 말고 케니의 티켓을 살 수 있는 방법이 뭐가 있단 말인가.

"난 준비됐어요. 돈이나 주세요."

베이컨은 돈을 꺼냈다. 10파운드 지폐의 가장자리가 산들바람에 펄럭이고 있었다.

나는 뒷주머니 깊숙이 지폐를 찔러 넣으며 물었다.

"이 포스터는 어디다 붙일 거예요?"

"여기저기 다. 너 아주 유명해질 거다. 거래에 포함된 거잖아, 안 그러냐?"

부디 안 그러면 좋겠다고 생각했다.

덩크는 아까 뛰어내린 사람이 맸던 번지 줄을 감아올리고 있었다. 그런 후에 크레인의 막다른 끝으로 오라고 나를 손짓해 불렀다.

"몸무게 쟀지?"

그가 물었다.

나는 손등을 보여주었다.

그는 번지 줄을 조정했고 내 허리에 안전벨트를 둘러주었다. 그러고는 앉아서 발목에 타월을 두르고 번지 줄을 두 차례쯤 휘감았다. 중간중간, 줄을 당기면서 안전벨트에 단단히 고정했다. 베이컨은 단단히 잘 감겼는지를 나에게 계속 물었다. 나는 그를 무시하고 덩크의 동작 하나하나를 지켜보았다. 그런데 마지막 매듭은 내가 직접 짓도록 했다. 있는 힘껏 단단히 묶으라면서. 아마도 이것이 그가 생각해낸 면책 조항일 거라고 생각했다. 만약 줄이 풀려서 해변에 쿵쿵 소리를 내며 떨어지더라도, 덩크는 욕먹지 않을 것이다. 마지막 매듭은 내가 직접 묶었으니까.

베이컨이 비꼰 것 이상으로 여러 생각이 들었다. 모든 게 잘못될 수 있다. 그렇지 않은가? 나는 죽을 수도 있다. 베이컨이 말한 통계 수치를 믿지 않았지만, 이 일만큼은 하지 말았어야 했을지도 모른다. 잘못될 가능성이 희미하게나마 있는 것이다. 희박한 가능성일지라도 가능성은 가능성이다.

나는 로스에 대해 생각했다. 로스처럼 자신의 마지막 순간이 얼마나 빠르게 다가오고 있는지 모르는 게 좋았을까? 말도 안 되는 사고로 죽은 로스를 생각했다. 지금 나는 사람들이 일부러 돈을 내고 재미로 하는 일로 내 생명을 건 모험을 하고 있다. 아무도 죽고 싶어 하지는 않는다. 하지만 우리는 최후의 순간을 일부러 도발하고 있는지도 모른다.

덩크는 나를 부축했다. 내 무릎이 의지와 상관없이 부르르 떨리는 것을 그가 눈치채지 못했으면 했다. 나는 가장자리로 발을 끌며 나아갔다. 나는 심장의 고동 소리를 느꼈고, 숨소리를 들었다. 잠시만이라도 앉아서 좀 쉬고 싶었다.

베이컨이 나를 보고 씨익 웃었다.

"행운을 빈다, 친구. 행운이 함께하길!"

오싹오싹한 발끝을 끌며 나는 가장자리로 한 걸음 더 나아갔다. 신발 끝자락이 허공에 삐져 나갔다.

"타워를 봐."

나는 덩크가 시킨 대로 했다.

베이컨이 말했다.

"아래는 보지 말고."

하지만, 누군가 이렇게 말하는 걸 들으면 당연히…….

저 아래는 까마득히, 아득히 멀었다. 심장이 요동쳤다. 나는 부르르 떨며 눈을 감았다. 베이컨이 웃었다.

전에도 내가 목숨을 건 적이 있었던가. 정말로 목숨이 위험한 일을 한 적이 있었던가? 없는 것 같았다. 심의 형네 차에서 시속 150킬로미터로 달렸을 때? 아니, 그건 정말 아무것도 아니었다. 내 인생이 이렇게 지루하고 평탄했나? 16년 동안 살아오면서 내일 눈을 못 뜰지도 모른다고 걱정한 적이 있었던가? 그렇다면 나 역시 지루하다고 생각했나?

그러자 로스가 다시 떠올랐다. 사람들은 로스가 지루하게 살아 왔다고 생각할까? 차가 덮쳤을 때 로스의 눈앞으로 어떤 장면들이 스쳐 지나갔을까? 자기가 가장 좋아하던 것들이 슬로모션으로 비쳐졌을까? 로스가 여기서 나를 보고 있다면 좋겠다고 생각했다. 하지만 로스가 여기 있다면 내가 이러고 있지도 않겠지. 로스가 여전히 살아 있다면 우리가 클리소프스를 떠날 일도 없었을 테니까.

"내가 셋부터 카운트할게."

덩크의 말에 나는 고개를 끄덕였다.

"셋……."

나는 비틀거렸다.

"둘……."

나는 뛰어내렸다. '하나'까지 기다리지 않고.

머리가 먼저 내려갔다. 팔을 벌렸다. 슈퍼맨이라면 이렇게 했겠지. 카메라 플래시가 터졌다. 그리고…….

돌진하고 있다. 엄청난 속도로. 귓가에 쉭쉭 소리가 스쳐간다. 마치 별똥별이 된 것 같다.

내려가면서 공기와 부딪히는 소리가 들리는 듯했다. 내가 가르고 나가는, 돌진해 들어가는 공기를 느낄 수 있었다. 밖으로 내뻗은 손등을 가르고, 얼굴에 부딪혀오고, 심지어 눈까지 공기의 저항을 느낄 수 있었다. 내려가는 동안 눈알이 덜컹덜컹대는 기분이었다.

중력이 낚아챈다거나 보이지 않는 손이 휘감는다는 느낌은 없었다. 나는 내내 중력과 함께였다. 나는 중력을 가르고, 중력을 쫓아가고 있었다. 급강하, 돌진. 머릿속이 얼얼하고, 눈앞이 흐려지는 추락이었다.

이것은 그야말로 돌진. 와우! 돌진이다!

해변이 눈앞으로 다가왔다. 눈을 한 번 깜박이자 내 앞으로 다가온 것이다. 멀었다가 갑자기 너무나 가까워졌다. 내 손끝으로 만질 수도 있을 것 같았다.

번지 줄의 움직임은 놀라웠다. 늘어나거나 줄어든다는 기척을 느끼지 못했다. 나는 다시 확 말려 올라갔고, 얼얼한 무중력 상태가 내 몸을 가득 채웠다. 롤러코스터를 생각하면 된다. 그걸 백배쯤 곱한 느낌. 아니면 엘리베이터가 오작동하는 악몽을 상상하면 된다.

하지만 기분은 좋다. 엄청나다. 믿을 수 없이 멋지다.

완전 죽이는데.

최대로 튕겨 올라갔을 때 덩크와 베이컨이 크레인에서 몸을 굽히고 나를 바라보는 모습이 보였다. 허공에 매달려 있는 그 순간, 나는 베이컨을 똑바로 볼 수 있었다. 그의 멍청한 얼굴에 난 수염, 그리고 무식해 보이는 붉은색 검은색 해골 무늬 반다나까지.

나는 그를 향해 가운뎃손가락을 올렸다.

그러고는 다시 떨어졌다.

15

 사지는 다행히 잘 붙어 있었다. 멀쩡히. 아드레날린이 솟구쳐 오르며 다리가 부르르 떨렸지만, 여전히 몸에 잘 붙어 있다는 뜻이니 그걸로 됐다. 사라져버린 건 위장 하나뿐이었다. 저기 100미터 위에 놓고 온 것 같았다.

 번지! 블랙풀! 번지! 보조 진행자는 내 발목에서 번지 줄을 재빨리 풀고 두 다리로 설 수 있도록 도우려 했지만 내가 거부했다. 스스로 하고 싶었다. 나는 모여든 군중이 외치는 환호 소리에 푹 빠져 있었다.

 나는 고개를 돌리고 위를 올려다보았다. 내가 정말 저기서 뛰어내렸단 말인가. 진짜로?

 나는 낯선 사람들 사이로 걸어가고 싶었다. 그들이 내 등을 두드리게 하고 싶었다. 그들이 내 얼굴을 보고 방금 자신들이 목격한, 160미터 상공에서 뛰어내린 용감하기 짝이 없는 소년이 바로 나, 그렇다, 나라는 것을 확인시키고 싶었다.

 내 사진도 보고 싶었다. 내가 뛰어내릴 때의 순간을 포착한 사진. 베이컨을 설득해서 그 사진을 내가 가질 방법이 없을까. 내가 해낸 일이 정말 내가 해낸 것임을 증명하는 빼도 박도 못할 최고의 증거가 될 것이다. 학교에 가면 먼로 같은 녀석의 면전에 들이댈 만한 것이다. (니나한테도 보여주고 싶었다.) 베이컨이 나에게 줄지는 의심스러웠다. 아마 40파운드를 내라고 하겠지.

군중 사이로 주황색 티셔츠가 다가오는 것이 보였다. 케니가 손을 흔들며, 흥분해서, 눈을 빛내며, 눈을 동그랗게 뜨고 감탄하고 있었다. 그 모습을 보니 정말 기분이 좋았다. 심, 조, 거스가 케니의 뒤를 따랐다. 내가 먼저 다가갔다.

케니가 나를 붙잡고 툭툭 쳤다.

"야, 너 진짜. 솔직히, 블레이크, 너 진짜…… 야, 진심이다. 정말이야."

케니는 얼마나 진심을 담아 이야기하는지 증명이라도 하듯 고개를 세차게 끄덕였다.

"고맙다."

심의 눈이 선글라스 뒤에서 나를 보며 씨익 웃었다.

"너 진짜 배짱 대단하구나."

심은 팔을 쫙 펴면서 대단하다는 게 얼마나 큰 걸 말하는지 보여주었다.

"내가 괜히 무겁겠냐?"

조는 내 등을 두드렸다.

"네가 대번에 뛰어내릴 거라고는 생각 못 했다. 하지만 우리 생각이 틀렸다는 걸 증명했네. 안 그러냐, 거스?"

거스도 고개를 끄덕이며 나에게 눈을 찡긋했다.

케니가 물었다.

"어땠냐? 나도 해보고 싶다. 진짜 무섭냐?"

나는 자랑스러움에 한껏 부풀었다.

"내가 여태껏 했던 일 중에 최고로 무섭다. 하지만 엄청 짜릿해."

케니가 다시 물었다.

"나도 할 수 있으면 좋겠는데. 네 생각엔 베이컨이 나도……? 음, 그러니까 너한테처럼 나도 하게 해줄까?"

"정확히 얘기하자면 나도 그냥 하게 해준 건 아니지, 케니."

다시 한 번 나는 사진이 보고 싶어졌다. 내가 포스터에서 어떻게 보일지 보고 싶었다.

조가 물었다.

"베이컨을 기다릴까?"

나는 승강기가 내려오는 모습을 올려다보았다. 사진을 보고 싶었지만, 혹시나 사진이 마음에 안 들면 어쩌나 걱정이 되었다. 나보고 또 한 번 뛰어내리라고 억지 부릴 수도 있지 않을까.

내가 말했다.

"시간이 없어요. 얼른 기차역에 가야죠."

우리는 해변을 가로질러 택시를 주차해놓은 곳으로 뛰어갔다.

차를 타고 기차역으로 가는 동안 나는 조와 거스에게 조금 더 가까이 다가섰다. 두 사람을 만난 건 얼마나 멋진 일이었는지, 우리를 이렇게 도와준 것에 대해 얼마나 고마워하는지 말했다. 내 입이 얼마나 빠르게 움직였는지, 마치 케니가 말하는 것처럼 들렸다. 하지만 나는 기분이 최고조였고 여전히 세상 꼭대기에 있었으며, 그 느낌을 모두와 나누고 싶었다. 기차역에 도착했을 때, 나는 우리가 신세 진 만큼 기름값을 보내주겠노라고 약속했다.

조는 택시의 시동을 껐다.

"너희가 신세 진 건 아무것도 없어. 만약 베이컨이 네 사진을 포스터에 써서 손님을 더 많이 모은다면, 우리는 일자리를 얻을 거고, 그러면 그걸로 갚는 거지. 안 그러냐, 거스?"

거스는 또다시 담뱃불을 붙이고 있었다. 어깨를 으쓱거리더니 고개를 끄덕였다.

우리가 인도로 발을 디뎠을 때, 조의 전화기가 울렸다. 문자 메시지가 왔음을 알리는 짧은 진동이었다. 조는 청바지 주머니에서 전화기를 꺼내더니 메시지를 보고는 욕을 내뱉었다.

내가 물었다.

"뭔데요?"

"베이컨인데, 이 친구가······. 솔직히 말하면 네가 알아서 좋을 것 같지는 않은데."

조는 전화기를 거스에게 보여주었고, 거스는 혀를 쯧쯧 차면서 고개를 저었다. 조는 망설이며 나에게 전화기를 건넸다.

나는 베이컨의 메시지를 보았다. 새로운 광고 포스터. 제목 아래에는 뛰어내리는 내 모습이 박혀 있었다. 그다지 잘 찍은 사진은 아니었지만, 누구라도 그게 나라는 것을 알 수 있을 것 같았다. 아무리 내 표정이 경기 들린 어린아이의 표정이라고 해도 말이다. 티셔츠 겨드랑이 부분은 땀으로 얼룩졌고, 뛰어내리는 순간 티셔츠는 말려 올라가서 허옇고 축 늘어진 배가 다 드러나 보였다. 항공기 실험을 하는 풍동 속에 있는 축 처진 풍선 같았다. 그 아래에 베이컨은 이렇게 써놓았다. 이런 뚱보도 할 수 있는데, 당신이라고 못 할쏘냐! 자, 도전!

전화기가 다시 울렸다. 두 번째 메시지였다. 40파운드로 누린 가장 뛰어난 홍보 효과!

기분이 더러웠다.

조가 말했다.

"어이, 내 말 좀 들어봐. 너는 낙관주의자 맞지?"

"그런 것 같아요."

"그럼 아무 문제 없을 거야."

우리는 괴상하면서도 형식적인 악수를 나누었다. 평소의 나라면 하지 않았을 법한 일이었다. 나는 조와 이렇게 미적지근한 악수를 나누는 것이 싫었다. 하지만 나는 쿵 소리를 내며 지상에 다시 왔다. 그 사진이 커다랗게 확대되어 관광객 수천 명이 보는 곳에 붙는다고 생각하니, 심지어 신문에까지 실린다는 생각을 하니 어질어질 현기증이 나고 속이 메스꺼웠다. 번지점프대 꼭대기에 서 있을 때보다 더 괴로웠다. 나는 빨리 블랙풀을 빠져나가고 싶었다.

조는 우리가 '미션'을 성공적으로 마치길 빌어주었다.

"이 여정이 어떻게 끝날지 진짜로 궁금하다. 로스가 안식을 취할 곳이 어떤 곳인지 우리한테도 알려줘. 멋진 곳이라면, 누가 아냐, 거스가 내 재를 거기에 뿌려주러 갈지도 모르지. 조라는 지명이 없다면 말이지."

케니가 말했다.

"잉글랜드라고 하는 곳은 있어요."

우리는 케니를 끌어당겼다. 하지만 케니는 거스와 악수를 하고 싶어 했다. 케니가 말했다.

"뭐 좀 물어봐도 돼요? 왜 아무 말도 안 하세요? 그러니까 형도 말을 하긴 하는 거죠? 그쵸?"

심이 눈알을 부라렸다. 나는 속으로 생각했다. 오, 주여. 또 시작이구나.

거스는 케니의 질문에 깜짝 놀라는 것 같았다. 그는 케니한테서 물러서더니 케니를 흘끗 보았다가 자세히 살펴보았다. 거스가 담배 연기를 뿜었다. 그러곤 말했다.

"티셔츠 좋네."

16

블랙풀에서 프레스턴까지 가는 기차는 형편없이 낡았다. 그다음에 갈아탄 기차는 우리 모두가 '이게 진짜'라고 동의할 수 있는 기차였다. 안락한 좌석, 섹시하기까지 한 외양의 버진 펜돌리노[•] 기차는 칼라일를 향해 달렸다. 심은 케니의 새 티켓을 가져갔다. 만약을 대비해.

둘은 내가 자기 연민에 푹 빠질 수 있도록 내버려두려고 애쓰고 있었다. 나에게 말을 걸려고 할 때마다 나는 툭 쏘아붙이기만 했다. 말할 기회가 생길 때마다 베이컨을, 번지점프를, 블랙풀을 욕했다. 케니는 그때마다 계속 정말 미안하다고 사과해야만 했.

"솔직히 말하면, 블레이크, 진심이야. 티켓을 잃어버린 건 다 내 잘못이야. 진짜진짜 미안해. 나 지금 완전 진지해. 그리고 광고니

• 고속선을 별도로 설치하지 않고 기존 철로를 이용해 고속으로 달릴 수 있도록 설계된 이탈리아제 기차. 곡선 구간에서 승객들이 인지하지 못할 정도로 열차를 기울여 감속 없이 빠르게 통과한다.

포스터니 이런 얘기는 꺼내지 말았어야 했어. 그것도 정말 미안해."

케니의 진지한 얼굴과 진심 어린 사과가 내 신경을 긁기 시작했다. 우리는 복도를 사이에 두고 반대편에 앉았다. 나는 객차의 한 방향만 쳐다보고 있었다. 케니와 심은 서로 마주 보고 앉았다. 나는 비스듬히 기대앉아 씩씩거렸다.

"한 번만 더 미안하다고 말했다 봐라. 한 번만 더 그래 봐. 얻어터질 줄 알아. 알았어?"

그때부터 케니는 나를 조용히 내버려두고, 심과 함께 아이 스파이(I-Spy) 게임*을 했다. 여행용 보드게임 세트를 잃어버린 것을 한탄하면서.

"치읓(ㅊ)으로 시작하는 거."

케니는 잠깐 생각했다.

"철로."

심은 고개를 저었다.

"책."

"아니."

케니는 객차 저 멀리 있는 못생긴 여자를 가리켰다.

"추녀."

---

* 상대방이 속으로 생각하는 것을 맞히는 게임. 상대방은 첫 번째 자음 하나만 제시한다.

심이 고개를 끄덕였다.

"좋아. 네 차례."

케니는 주위를 자세히 둘러보았다.

"음…… 기역(ㄱ)으로 시작하는 거."

심은 케니의 얼굴을 손가락으로 가리켰다.

"개새끼."

7시가 조금 지난 시각이었다. 폐소공포증이 생길 것 같은 로스의 집 부엌에서 캐럴라인과 함께 앉아 있었던 것이 아홉 시간 전의 일이다. 하지만 그동안 너무나 많은 일이 있었던 것만 같았다. 기차 차창 밖으로 지나가는 6월 저녁은 여전히 밝은 햇살이 비치고 있는데 우리에게는 평소 같으면 일주일 동안 겪었을 만한 사건들이 일어난 것이다. 세상에. 나는 비로소 피곤함을 느끼기 시작했다. 우리는 여전히 우리가 가려고 했던 곳에는 가까이 가지 못했다.

나는 내 옆 좌석에 둔 배낭에서 지도를 꺼냈다.

"괜찮아?"

심은 복도에 비스듬히 기대서서 목소리를 낮춰 물었다. 기차는 붐볐고 우리는 집에서 이렇게 멀리 떨어져 있음에도 불구하고 비밀스럽게 행동할 수밖에 없다고 생각했다.

"우리 지금 맞게 가고 있는 거지?"

나는 고개를 끄덕였다.

"하지만 오늘 밤 안에 로스까지 갈 수 있는 방법이 있는지는 잘 모르겠어. 지금쯤이면 도착했어야 하는 건데……. 오늘 밤 어디서 자야 할지 생각하고 있었어. 칼라일에서 기차를 갈아타야 하니까, 그 근처 어딘가에서 찾아봐야겠지. 아니면 덤프리스까지 쭉 가든가.”

"어떤 방법이 가장 좋을 것 같은데?"

"잘 모르겠어. 너라면 어느 쪽으로 투표할래, 케니? 내 생각엔 비용이 덜 드는 쪽을 선택해야 할 것 같은데."

"음식에 투표하면 안 될까? 배고파 미치겠어. 조의 택시에 초콜릿 스낵 바 한 개 남은 걸 놓고 내렸어."

그게 마치 신호라도 되는 듯, 내 배에서도 우르릉 쾅쾅 소리가 났다.

심이 말했다.

"뭔가 먹는 거에 나도 한 표. 가능한 한 계속 멀리 가야 할 거 같아. 덤프리스로 가는 기차를 타자. 거기서 로스까지는 얼마나 걸리지? 한 15킬로미터 정도? 꼭 필요하다면 걸어갈 수도 있지. 그냥 계속 가는 거야."

"그게 좋을지도 모르겠다."

나도 고개를 끄덕였다. 하지만 지도를 보니 내 눈에는 15킬로미터보다 훨씬 더 많이 떨어져 있는 것 같아 보였다. 45킬로미터는 될 것 같았다.

케니가 말했다.

"나는 지금 같아선 3킬로미터도 못 걸을 것 같아. 뭘 좀 먹지 않고는 도저히……."

내 배 속이 다시 요동을 쳤다.

"지난번보다 50펜스 더 많아. 베이컨 그 자식한테 받은 40파운드에서 네 표 사고 남은 돈이야. 덤프리스에 갈 때까지 한 푼도 안 쓴다에 한 표야. 거기 가서 사 먹으면 기차 안에서 사는 것보다 뭐든지 더 쌀 테니까."

케니가 얼굴을 찌푸렸다.

"하지만 어느 세월에."

"기껏해야 두 시간이야."

나는 입으로만 말했다. 먹을 걸 내놓으란 말이야. 내 위장이 말하고 있었다. 결국 나는 위장의 말을 듣기로 결심했다.

심이 말했다.

"제일 싼 걸로 사자."

우리의 전 재산은 내 배낭의 가장자리 주머니에 있었다. 나는 손가락을 깊숙이 찔러 넣어 돈을 꺼내려다가 그 안에 봉인되어 있던 무언가에 손이 닿았다. 심과 케니가 지도를 들여다보면서 내가 짜놓은 여정을 확인하느라 정신이 없다는 걸 확인하고는 전화기를 움켜쥐어 바지 앞주머니에 찔러 넣었다.

"금방 돌아올게. 내 가방 좀 봐줘."

나를 따라오지 않기를 바라며 두 사람에게 말하고 자리를 떴다.

나는 객차 사이를 통과해 매점 칸으로 나아갔다. 내 전화기가 타오르는 듯 뜨겁게 느껴졌다. 나는 지나가는 동안 다른 승객들의 눈을 잘 피해 나갔다. 어깨 너머로 케니와 심이 따라오지 않는다는 걸 두 번이나 확인했다. 그러고는 첫 번째로 맞닥뜨린 화장실에 몸을 숨겼다.

화장실은 커다란 칸막이 방 같았다. 타디스* 처럼 생겨서, 닥터 후가 볼일을 보면 좋을 것 같은 장소였다. 출입구의 자동문이 내 뒤에 있는 공간과 나를 격리해주기를 기다렸다가, 반짝거리는 버튼을 눌러 문을 잠갔다. 비열함과 불안이라는 두 가지 감정과 함께, 나는 주머니에서 전화기를 꺼내 전원을 켰다. 액정 화면에 불이 켜지면서 깜박거리는 모습을 지켜보았다. 차르릉, 경쾌한 신호음이 들렸다. 전화기는 네트워크 연결을 확인했고, 신호를 잡자 작은 막대기들은 점점 키가 커졌다.

내가 너무 불안해한다는 생각에 스스로 놀랐다. 누가 나랑 연락을 취하고 싶어 했는지를 알고 싶은 건지 갑자기 확신이 없어졌다. 하지만 너무 늦었다. 전화기는 문자 메시지와 부재중 전화를 나타내며 삑삑 울렸다. 바닷물이 다 말라붙을 때까지도 계속 울릴 것만 같았다.

30개의 문자 메시지. 30개의 부재중 전화. 최대치였다. 더 이상은 저장할 공간이 없었다.

나는 작은 소리로 욕설을 내뱉었다. 전화기를 끄고 주머니에

---

* 영국 BBC의 SF 드라마 〈닥터 후〉에 등장하는 시간과 공간을 자유롭게 이동할 수 있는 장치. 1960년대 영국 경찰 전화 부스 모양을 본떴다.

다시 집어넣었다. 알고 싶지 않았다. 정말로, 정말이지 알고 싶지 않았다. 나는 버튼을 쿡 눌러서 화장실 문을 열고는 있는 힘껏 빠르게 빠져나왔다. 그러고는 매점까지 헉헉 뛰어갔다.

샌드위치 두 팩과 사이다 한 병, 그리고 커다란 과자 한 봉지를 골라 계산 줄에 서 있을 때, 전화기가 또다시 뜨거워지는 것을 느꼈다. 아까보다 더 뜨겁게. 전화기는 내 청바지 주머니를 뚫고 허벅지를 간질였다. 부재중 전화, 문자 메시지 모두 엄마, 아빠, 그리고 로스의 부모님, 또 어쩌면 캐럴라인이 보냈을 거라는 걸 알고 있었다. 생각하면 전부 다 미안한 마음이 들었다. 우리가 저지른 이 난리법석을 집에 돌아가 수습할 생각을 하면 공포가 몰려오기도 했다. 하지만, 만약 니나가 전화를 했다면……?

우리는 너무 멀리 왔어. 나는 혼자 중얼거렸다. 그들이 뭐라고 하든 간에, 우린 이제 돌아갈 수가 없어. 그렇게는 못 해.

게다가 우리 엄마라면 교활하고 악랄한 트릭을 쓰거나 소매 끝으로 눈물을 훔치는 시늉을 해서라도 날 돌아가고 싶게 만들 거야. 능히 그러고도 남을 거다. 엄마는 감정 과잉의 여왕이니까.

나는 아까부터 계속 혼자 중얼거리고 있었다는 사실을 깨달았다. 그러느라 붉은색 기차 회사 유니폼을 입은 매점 직원이 나에게 말을 거는 소리도 듣지 못한 것이다. 나는 미안하다고 얘기하고 손으로 더듬거리며 돈을 냈다. 7파운드 63펜스. 우리가 가진 전 재산 중 4분의 1이 한 방에 날아가는 걸 걱정했어야 하는데, 오로지 전화기 생각밖에는 할 수가 없었다.

30개의 문자 메시지. 30개의 부재중 전화.

케니와 심에게로 돌아가는 길에 나는 다시 화장실로 몸을 숨겼다.

버튼을 눌러 문을 잠갔다. 제대로 잠겼는지 확인하려고 다시 밀어보기도 했다. 부재중 전화 하나, 문자 딱 하나만 보겠다고 스스로 다짐했다. 더도 말고, 딱 그것만. 나는 세면대에 샌드위치와 과자 봉지를 내려놓고 뚜껑 닫힌 변기에 앉았다. 기차는 이리저리 흔들렸다. 객실에 있을 때보다 소리가 훨씬 더 크게 들리는 것 같았다. 뜨거운 전화기를 주머니에서 꺼내고 전원을 켰다. 전화기가 지금 울린다면 이 망할 놈의 물건을 변기에 넣고 내려버리리라 다짐했다.

가장 마지막으로 온 부재중 전화 하나만 확인하고 싶었다. 전화기는 나에게 연락을 하려 했던 마지막 사람이 우리 엄마였다는 걸 확인시켜주었고, 엄마는 총 열아홉 번 나에게 전화했다는 사실도 알려주었다. 차라리 아예 몰랐으면 더 좋았을 거라는 생각이 들었다. 엄마는 화가 났을까? 아니면 걱정하고 있을까? 둘 다일 것이다. 가슴 한복판으로 죄책감이 밀려와 더 이상 생각할 수가 없었다. 마지막 문자 메시지를 확인했다. 니나한테서 온 것이었다.

- 모두들 엄청 화났어. 괜찮은 거야?

철자, 구두점 하나 틀린 데가 없었다. 니나가 보낸 문자가 늘 그렇듯이. 니나는 그랬다. 살짝 웃음이 나왔다. 행복했지만 곧 당황스러움이 몰려왔다. 합리적인 생각이 아님을 알았지만 나는 답 문자를 쓰기 시작했다. 그러다가 곧 멈추었다. 그러다가 욕을 내뱉었다. 씩씩거리며 화를 내기도 했다. 어쨌든 보냈다.

– 다 괜찮아.

문제는, 이제는 음성 메시지도 듣고 싶어 견딜 수가 없다는 것이었다. 니나의 목소리를 들으면 얼마나 좋을까. 이 말을 하고 나서 전화기를 눌렀다. 하지만 엄마나 아빠일지도 모른다는 생각에 신경이 날카로워졌다……. 아, 최악은 로스의 엄마일 경우다. 오늘 아침, 계단 위에 있던 그 모습이 생각났다. 너무나 슬프고 창백하고 약해 보이던 모습. 밀랍 인형 유령 같았다. 아들을 제발 돌려달라는 메시지를 남겼을 것 같아 걱정이 되었다. 돌려주지 않기란 정말 어려운 일일 테니, 정말 난감했다.

음성 메시지들을 지우고 싶었다. 흔적을 없애버리고 싶었다. 하지만 그러려면 들어야 했다. 나는 왼손으로 전화기를 들어 귀에 대고 집게손가락을 삭제 버튼 위에 딱 갖다 댔다. 첫 번째 음절을 듣자마자 나는 삭제 버튼을 눌렀다. 그래도 누가 메시지를 남겼는지 다 알 수 있었다.

엄마, 엄마, 아빠, 엄마, 아빠, 아빠, 로스 아빠, 엄마, 엄마……. 끝없이 이어졌다.

그러다가 모르는 사람의 목소리에 깜짝 놀랐다. 삭제 버튼을 누르려던 나의 손가락이 잠시 멈칫했다. 남자 목소리였다. 지하 감옥만큼 깊고, 교도소 벽처럼 단단하고 두꺼운 목소리. 그 사람이 자신을 형사과 경사 크로퍼라고 얘기했을 때 전화기를 떨어뜨릴 뻔했다. 하지만 나는 3번 버튼을 눌렀고, 주머니에 전화기를 다시 찔러 넣었다. 내가 들은 것은 "…… 큰 문제를 일으키고 염려를 끼치고 있으니……." 하는 대목까지였다.

처음에는 가만히 앉아서 꼼짝도 못 했다. 아직 어린아이였을 때, 로스와 나는 공원의 수풀 더미 아래에서 발견한 말벌 둥지를 막대기로 쿡쿡 쑤시곤 했다. 그 말벌들이 지금 내 배 속에서 날고 있었다. 아까 그 번지점프대 위에 서 있었을 때보다 지금이 훨씬 더 무서웠다. 천만 배는 더.

케니와 심에게로 가는 동안, 내 등 뒤로 식은땀이 쫘악 흘렀다. 다른 사람들 좌석 사이를 지나가면서, 승객들의 얼굴을 살폈다. 물론 우스꽝스러운 짓이라는 걸 알고 있었지만 우리를 쫓고 있을지도 모르는 누군가를 찾는 것이었다. 경찰관처럼 생긴 사람이라든가. 하지만 크로퍼 형사가 사복을 입고 있다면 어떻게 찾지?

창백하고 초조한 내 얼굴을 보고 심이 물었다.

"괜찮아?"

케니는 염소 치즈와 말린 토마토가 들어 있는 샌드위치에 코를 박고 물었다.

"매점에 있는 게 이게 다야?"

"어, 괜찮아."

나는 심에게 말했다.

"잔소리 말고 처먹기나 해."

케니에게도 말했다.

친구들에게 이 얘기를 할지 말지 고민되었다.

케니는 과자 봉지를 뜯었다. 심은 나에게 웃긴 표정을 지어 보이며 물었다.

"넌 안 먹을 거야?"

나는 거짓말을 했다.

"나, 멀미가 좀 나는 것 같아."

그때 내 전화기가 울리기 시작했다.

17

전화기는 요란하게 울렸다. 하지만 케니만큼 요란하지는 못했다.
"너 전화기! 너 그거 켰단 말이야? 너…… 우리 다 같이……."
심은 짧게 내뱉었다.
"받지 마."
멍청하게도, 주머니에 집어넣으면서 전화기 끌 생각을 미처 못했다. 나는 더듬더듬 전화기를 꺼내면서, 제발 형사 크로퍼 씨가 아니기를 기도했다. 화면에 떠오른 발신자 이름을 보자 끌 수가 없었다. 니나였다. 무슨 일이 일어나고 있는지 아마 니나라면 얘기해줄 수도 있을 것이다. 케니와 심의 얼굴은 배신자라고 말하고 있었다. 어쨌거나 나는 내키지 않는 기색을 감추고 재빨리 전원 버튼을 껐다.
심이 물었다.
"누구였냐?"
거짓말을 해야 한다고 생각했지만 내 입은 이렇게 말하고 말았다.

"니나."

"걔가 왜?"

"부재중 전화를 보니까 온갖 사람들이 다 전화했어."

케니가 말했다.

"니나면 받았어야지. 원하는 게 뭔지 모르겠지만, 너도 죽어버리라고 말했어야 하는데."

케니의 말에 다른 승객들의 눈길이 우리에게 쏠렸다.

"진정해, 케니."

"뭔 개소리야! 블레이크, 너 이 새끼. 전화기 쓰지 않겠다고 약속해놓고, 여태껏 전화기를 썼다는 거 아니야. 그럼 나도 전화기 쓸래. 우리 엄마가 뭐라고 얘기하는지 나도 듣고 싶단 말이야."

하지만 이내 케니는 자기 전화기가 잃어버린 가방에 들어 있다는 걸 기억해냈다.

"아, 씨!"

"그래, 했어. 난 단지……."

케니가 말했다.

"실망이다. 로스도 그럴 거야."

그 말은 정말 듣기 싫었다.

"야, 잠깐. 네가 무슨 자격으로 그런 말을 해? 로스가 죽던 날, 도와달라는 부탁을 거절한 건 내가 아니었을 텐데."

케니는 제대로 한 방 얻어맞은 것처럼 보였다.

처음에는 '잘했어' 싶었지만, 곧 '아, 씨. 잘못했네'로 생각이 바

뛰었다.

"미안해. 그런 뜻이 아니고."

케니가 길길이 날뛰었다.

"그런 뜻이 아니긴 뭘 아니야. 그런 뜻이 아니라면 왜 그렇게 말해? 내내 그렇게 생각하고 있었던 거잖아? 너는 로스가 자살했다고 생각하고, 그게 나 때문이라는 거잖아."

심이 케니에게로 몸을 돌렸다.

"케니, 제발 좀! 지금 무슨 소릴 하는 거야?"

"블레이크가 나보고……."

"너한테 뭐라고 하는 게 아니야."

심이 말했다. 심의 눈동자는 포켓볼 공처럼 단단했다.

"그리고 로스는 자살하지 않았어. 입을 막아버리기 전에 조용히 해. 알겠어?"

케니는 좌석에 털썩 몸을 던졌다. 짜증나는 어린아이가 울화통이 치미는 걸 참으려고 애쓰는 모습이었다.

나는 수군거리는 승객들이 다른 쪽을 볼 때까지 기다렸다.

"미안해, 케니. 응? 정말 그런 뜻 아니라니까. 내가 생각 없이 아무 말이나 하고 말았어."

케니는 아예 고개를 돌려버렸지만 나는 계속 말을 이어나갔다.

"전화기 문제는…… 우리가 꼭 알아야만 하는 어떤 일이 일어났을지도 모른다는 생각이 들어서 그랬어."

그러자 심이 물었다.

"그래? 그런 일이 일어났어?"

만약 형사과 경감 크로퍼 씨 얘기를 한다면 돌아가자고 할까 봐 겁이 났다. 나는 돌아가고 싶지 않았다. 아직은.

"모르겠어. 그런 것 같기도 해. 부재중 전화랑 문자 메시지가 얼마나 들어와 있는지 봤거든. 엄청 많았어. 거의 대부분 우리 엄마였지만, 로스 부모님도 있었어. 음, 우리가 큰 문제를 일으킨 것만은 사실이야. 맞잖아?"

나는 크로퍼 씨 얘기를 할 뻔했다가 한발 물러섰다.

"그러니까…… 이런 얘기야. 우리가 돌아가면 동네에 현수막을 걸고 풍선을 띄우고 환영 파티를 열거나 하진 않을 거 아냐. 사람들이 우릴 이해할 것 같지 않아."

"우리도 그럴 거라고 생각했어."

그러더니 심은 고개를 저었다.

"하지만 정확히 모르는 게 속 편할 거야."

심은 선글라스를 다시 쓰면서 좌석에 기대앉았다.

"그런 종류의 일은 별로 알고 싶지 않아."

"나도."

케니는 볼이 빵빵해질 만큼 과자를 집어넣고는 창밖을 바라보았다.

"우리 엄마가 날 죽이려고 할 거야. 그건 내가 잘 알지. 그 말을 다른 사람한테서 들을 필요가 있냐? 안 그래?"

나는 어찌해야 좋을지 몰랐다. 친구들은 알고 싶지 않다고 하지만…….

나는 두 번이나 배신자가 된 기분이었다. 나는 내 옆 창문으로 몸을 돌렸다. 해질녘 햇살을 받고 있는 레이크 디스트릭트의 언덕들을 바라보았다. 우리는 집에서 정말 멀리 와 있다. 그리고 시간이 흐를수록 더 멀리 가고 있었다. 아마 돌아가야 할 것이다. 계단 위에 서 있던 로스 엄마가 다시 생각났다. 슬픔으로 쪼그라들고 약해진 모습이…….

심이 지금 선글라스 아래서 눈을 뜨고 있는지 감고 있는지 알 수가 없었다. 나는 복도를 건너가 심의 팔을 쿡 찌른 다음 무릎에 전화기를 던지듯 내려놓았다.

"야, 다시는 안 쓸 거야."

심은 전화기를 다시 나에게 건넸다.

"내가 달라고 했냐? 내가 널 막을 수는 없잖아?"

나는 내 배를 가리키며 말했다.

"갖고 있어. 나를 봐. 어딜 봐서 나한테 유혹을 견뎌낼 의지가 있긴 하겠냐?"

내 말에 심은 씨익 웃었고, 내 기분은 한결 가벼워졌다. 하지만 심은 여전히 전화기를 받지 않으려 했다.

"나는 그냥 미안하다는 말을 하고 싶은 거야. 응? 우리 셋이 늘 함께라는 증거고. 응? 무슨 일이 있든지 간에."

"우린 함께여야 해. 우리가 서로 편들지 않고 비난하기만 한다면, 집으로 돌아갔을 때 상황이 더 나빠질 거야. 우린 이미 엄청난 곤경에 빠져 있잖아."

심이 말을 마치자마자 나는 손을 높이 들었다. 우리가 얼마나 큰 곤경에 처해 있다고 생각하는지 정확히 보여주기 위해서였다. 으스스한 목소리의 형사가 뒤에 서 있다고 생각하는 높이만큼.

"그래, 이만큼."

심은 한숨을 내쉬었다.

"하지만 난 상관없어. 넌 신경 쓰이냐? 우리가 올바른 일을 하고 있다는 생각엔 변함없어. 로스를 위해서 말이야. 문득 이런 생각이 들었어. 로스는 정말 좋은 때 죽지도 못했구나. 이런 생각?"

케니는 과자를 먹던 손을 한참 동안 움직이지 않고 있다가 물었다.

"무슨 말이야?"

"음, 죽기에 좋은 때라는 게 있는지는 잘 모르겠지만 솔직히 말해서, 로스는 지난주에 진짜 최악 아니었냐?"

"그러니까 로스가 진짜 행복한 순간에 죽었더라면, 여전히 니나랑 같이 있거나 먼로한테 얻어터지지 않거나 그랬을 때 죽었더라면 더 좋았겠다는 말이야?"

심은 모르겠다는 듯 어깨를 으쓱거렸다.

"잘 모르겠어. 어쩌면 그럴지도."

케니가 말했다.

"되게 괴상한 얘기다. 행복을 누릴 때 죽다니."

"응. 하지만 적어도 자기가 행복하다는 건 알고 죽는 거잖아.

로스는 죽는 순간에 세상만사가 늘 이렇게 엉망진창일 거라고 생각했을지도 모르잖아."

"그럼 너는 방학 때나 뭐 그런 때 죽어야겠네?"

"그걸 내가 어떻게 알아? 어쩌면 죽어도 별 상관 없을 때 죽는 게 좋을 것 같기는 하다."

"예를 들어서 온갖 시험에 다 통과하고 나서랄지?"

케니의 말에 심이 웃음을 터뜨렸다.

"그래. 아니면 샤워실에서 로스 누나의 가슴을 자세히 본 다음이라든지. 그래, 그러면 행복하게 죽겠네."

"넌 누나를 싫어하는 줄 알았는데."

"그렇다고 해서 누나 가슴이 작다는 소리는 아니지."

케니가 말했다.

"좋아. 나는 로또 당첨금 1,800만 파운드를 마지막 한 푼까지 다 쓰고 났을 때나 죽어야겠다."

심도 동의했다.

"바로 그거야. 일이 계속 안 풀릴 때 죽을 이유가 없잖아? 최고의 순간에 죽자, 이제부터 내 좌우명이다."

내가 말했다.

"좋은 생각이다. 하지만 그러려면 문제가 하나 있어. 만약 그런 일이 한 번 일어난다면, 그런 일이 또다시 일어나지 않는다는 보장이 있어?"

둘 다 어깨를 으쓱거렸다. 내가 무슨 말을 하려는지 알 수 없다는 듯이.

"뭐냐면, 지금 여기 앉아서는 말이야, 내가 캐럴라인 누나의 가슴을 볼 수 있을 거라고는 생각도 못 하잖아. 안 그래? 어쨌거나, 속상하긴 하지만, 절대로 일어나지 않을 일 같단 말이지. 그러니까 나는 걱정하지도 않아. 왜냐하면, 만약에 내가 영광스럽게도 그걸 볼 수가 있다면, 불가능한 게 없는 것처럼 여겨지잖아. 한 번 본다면, 아마도, 진짜 그냥 아마도지만, 내가 운만 좋다면, 다시 볼 수도 있을지도 모를 테고. 항상 호시탐탐 생각하고 있을 거라고. 안 그렇겠어? 또다시 그럴 기회가 오기를 기다리고 있을 거란 말이야. 그러니까, 차라리 나는 무언가가 불가능하고 절대 일어나지 않을 거라고 생각한 채로 죽는 게 낫겠어. 덜 절망스러운 죽음일 거야."

심이 곰곰이 생각하더니 말했다.

"그렇겠다."

케니가 말했다.

"내가 꿈에 그리던 일이 나를 근심에 빠뜨린다는 거지. 나는 누군가가 내가 죽고 난 다음 날 하늘을 나는 자동차를 발명했으면 좋겠어."

심과 나는 어리둥절한 표정으로 서로 바라보았다.

"하늘을 나는 자동차?"

"응. 그게 발명되면 진짜 멋있을 거 같지 않냐? 난 그거 꼭 사고 싶어. 늘 원해왔고. 내가 죽거나 눈이 멀거나 운전을 할 수 없게 되거나 하기 전에 발명되기를 진짜진짜 바라고 있어. 바로 그렇기 때문에 로스의 죽음이 안타까운 거라고. 로스가 꿈에 그리던 일들이 얼마나 많았겠냐."

심이 물었다.

"하늘을 나는 자동차 같은 거?"

케니가 고개를 끄덕였다.

"응. 로스는 어쩌면 벌써 누나 가슴을 봤는지도 몰라. 안 그래? 하지만 한번 생각해봐. 하늘을 나는 자동차뿐 아니라, 화성에 발을 디딘 첫 번째 인간일 수도 있지. 아니면 뇌 속에 심는 컴퓨터라든가. 그런 굉장한 것들은 엄청나게 많잖아. 로스는 이제 그런 걸 볼 수가 없겠지."

내가 덧붙였다.

"잉글랜드가 월드컵에서 다시 우승한다든지."

심도 덧붙였다.

"수많은 예쁜 여자랑 아직 못 해본 섹스."

케니가 말했다.

"작가가 되는 것까지. 로스는 유명한 작가가 되지도 못하고 자기 책이 영화화되는 것도 못 봐."

기차는 레이크 디스트릭트의 불뚝불뚝 튀어나온 언덕을 뚫고 빛을 내며 나아갔다. 우리는 모두 말이 없었다. 우리의 가장 친한 친구가 그렇게 많은 것들을 놓친 것이 얼마나 잘못된 일인지를 생각하면서.

18

여자애 셋을 처음 발견한 건 케니였다.

"3시 방향에 예쁘게 생긴 새들이 있다."

케니는 은밀하게 눈을 굴리며, 고개를 끄덕거리며, 여자애들 방향으로 기침을 해대며 말했다.

"새 여러 마리는 뭐라고 하지, 심?"

"flock이지, 당연히."

케니가 말했다.

"어, 맞다. 나도 아는 거였어. 하지만 예쁘게 생긴 새 떼는 뭐라고 해야 하지?"

심은 어깨를 으쓱했다.

"케니 취향?"

우리는 다시 또 다른 기차역에서, 다시 또 다른 플랫폼에 서서 대기 중이었다. 이번 역은 칼라일. 오늘의 여섯 번째 역이다. 이 정도면 무슨 기록 아닌가 생각했다. 저녁 8시 20분을 막 지났을 뿐이지만, 어두워지기까진 아직 한참이었다.* 시원해지기도 멀었다. 대낮의 열기는 침전물처럼 가라앉아 있었다. 우리는 덤프리스까지 가는 기차를 타기 위해 10분 정도 기다리는 중이었다. 헐레벌떡 뛰지 않아도 되는 것이 변화라면 변화였지만, 기다리는 것 또한 좀이 쑤시는 일이었다. 여기저기 구석에서 형사 크로퍼 씨가 훔쳐보는 것만 같았다. 등 뒤에서 들려오는 대화들 속에 그의 무겁고 진지한 목소리가 섞여 있었다.

칼라일 기차역은 어이없어 보이는 곳이었다. 웅장한 성벽이 있었지만 초록색 지붕은 장식을 지나치게 해놓아 금세 무너질 것 같았다. 그리 오래되지 않은 옛날에, 누군가가 모든 문과 창틀을 칠하는 데는 피가 안 통해 죽어버린 피부색이 가장 좋은 색이라고 결정을 내린 것 같았다.

사람이 많지는 않았다. 열두 명 정도가 우리와 함께 플랫폼에서 기다리고 있었다. 배낭을 메고 방울 달린 모자를 쓴 도보 여행자들, 시끄러운 어린아이와 잠이 든 갓난아이를 데리고 있는 가족, 뚱한 표정으로 검은색 원피스를 입은 1980년대 미국 펑크밴드 스타일의 두 사람, 낡은 방한용 재킷을 입은 노인. 이들 중에 크로퍼 형사가 있지 않을까 의심했다. 여자애 셋은 플랫폼 저 끝에서 최신 유행 옷을 파는 가게에서 샀을 법한 몸집보다 큰 쇼핑백을 들고 있었다. 잠시 후 몇 량 안 되는 기차가 덜컹거리면서

● 이 지역의 6월 일몰 시각은 저녁 9시 반경이다.

선로에 멈춰 섰고, 우리는 여자애들이 몇 번 객차에 타는지 살폈다. 그런 후에 우리도 그곳으로 갔다.

심이 재킷을 벗어서 케니에게 건넸다.

"이거 입어. 네 티셔츠 때문에 쟤들이 겁먹고 내빼면 안 되잖냐? 그리고 너희 둘 다 내 부탁 좀 들어줘. 알았냐?"

심은 나한테도 눈을 부라렸다.

"내가 말을 걸게."

내가 물었다.

"굳이 왜? 무슨 일이 일어날 것 같지 않은데. 안 그래? 우리는 다른 할 일도 있잖아."

심은 재미있다는 듯 나를 바라보았다.

"너 언제부터 갑자기 여자애들이랑 얘기하는 게 별로가 됐냐?"

"아마도 우리가 죽은 친구의 유골을 가지고 도망친 그 시간쯤부터일걸."

케니가 물었다.

"그 얘기는 안 할 거지?"

심이 말했다.

"만약 쟤들이 덤프리스에서 왔다면, 야간 버스나 뭐 그런 게 있는지 알 수도 있지 않을까. 그럼 로스까지 안 걸어가도 되고."

케니가 거듭 강조했다.

"어, 하지만 우리가 왜 거기 가는지는 절대 얘기 안 하는 거다."

심이 말했다.

"아님 우리가 하룻밤 묵을 데나 뭐 그런 데라도 알지 모르고."
나는 여전히 주저주저했다.
"그건 진짜로 쟤들이 덤프리스에서 왔을 때 얘기고."
심은 어깨를 으쓱거렸다.
"한번 해볼 만은 하잖아."
케니가 덧붙였다.
"게다가 되게 이쁘잖아."

이번에 탄 기차 역시 지저분하고 시끄러웠다. 승객은 절반도 채 차지 않았다. 기차는 커다란 펜돌리노의 절반 정도 속도로 달리고 있었지만, 이리저리 덜컹대는 것은 훨씬 심한 것 같았다. 우리는 복도 양쪽에 있는 높다란 의자 등받이에 쿵쿵 부딪혀가면서 비틀비틀 객차를 뚫고 나갔다. 우리가 본 여자애 중 두 명만 객차 끝 쪽 테이블에 앉아 있었다. 붉은 머리의 여자애는 타지 않았다. 그들 건너편의 테이블은 비어 있어서 우리는 그곳에 자리를 잡았다. 케니와 심이 한쪽에 앉고, 나와 내 배낭은 반대편에 앉았다. 여자애들도 분명히 우리를 본 것 같았다. 서로 흘깃흘깃 눈길을 주고받았으니까. 하지만 별 관심은 없어 보였다. 테이블 아래에는 커다란 쇼핑백을 다리에 비스듬히 기댄 채 놓아두었다.

멍청한 짓이었다. 나는 쟤들 둘 다에게 전혀 관심이 없었다. 진짜로. 하지만 요즘 들어 케니와 심은 짧은 치마만 걸치면 그게 뭐든 간에 눈을 휘둥그레 뜨고 껄떡였다. 생각만 해도 웃긴 일이다. 얼마 전까지만 해도 우리는 여자애들은 사내다움이라는 덕목을 가질 능력이 없다며 무시했는데 말이다. 남자가 아닌 인생은 얼마나 끔찍할까. 우리는 그렇게 생각하곤 했다. 물론 요즘은 여자들이 자석 같은 존재다. 북쪽을 가리키며 불끈 서게 하는 존재.

로스는 우리 중에 가장 먼저 여자친구를 사귀었다. 사라 마시였다. 하지만 그 애는 로스가 자기 여자라고 주장한 첫 번째 소녀였을 뿐이다. 니나는 여섯 번째였다. 그 정도면 괜찮은 진도였다.

심은 사랑하는 여자애가 있는지 얘기한 적이 없는 것 같다. 하지만 심은 우리 가운데 자기가 가장 경험이 많다고 생각하고 있었다. 솔직히 말하면, 12학년의 줄리 포드가 검은색 브래지어를 하고 있는 사진을 갖고 있기는 했다.

심은 몸을 돌려서 복도 건너편 테이블의 여자애 둘에게 미소를 지어 보였다. 그 애들이 자기를 무시하고 있다는 건 신경 쓰지 않는 듯했다.

심이 말을 걸었다.

"우리는 덤프리스로 가는 길인데."

여자애들은 여전히 심을 본체만체했다.

"우린 가본 적 없어."

짧은 금발머리가 심에게 눈길을 주었지만, 아주 잠깐뿐이었다. 그 애는 다시 반대편에 있는 친구에게 몸을 돌리며 말했다.

"우리 오빠가 마중 나오기로 약속했어. 조니 오빠랑 로비 오빠도 아마 데려올 거야. 오빠가 군대에 있을 때 만난 친구 로비 기억나지?"

우리를 겨냥해 은근히 위협을 하고 있음에도 불구하고, 나는 짧은 금발머리의 스코틀랜드식 억양이 꽤 귀엽다고 생각했다. 얼굴도 예뻤다. 머리는 흰색에 가까운 금발이고, 짧게 잘라서 중성적인 매력을 풍겼다. 눈동자는 무척 파랬다. 굉장히 유명한 누군가의 소녀 시절 얼굴 같았다. 하지만 그게 누구인지 영 떠오르지 않았다. 드라마 〈홀리오크〉*에 나오는 배우던가? 나는 잠시 생각에 빠졌다. 나는 그 드라마를 싫어했다. 늘 싫어했고, 앞으로도 싫어할 것이다. 누가 그런 쓰레기 같은 걸 찾아 본단 말이야?

"어디 좋은 클럽 있어? 어, 그러니까 밤새면서 놀기 좋은 곳 말이야."

심이 다시 작업을 걸었다. 지나치게 열심히 노력하는지도 모른다. 우리가 클럽 같은 데 들어가기엔 너무 어리다는 걸 눈치채지 못했다면 쟤들도 멍청하기 짝이 없는 애들일 건데.

두 번째 아이가 깔깔 웃었다.

"아, 그렇지. 덤프리스는 스코틀랜드 클럽의 중심지지. 너 몰랐니?"

하지만 그 애는 심이 아니라 자기 친구를 보며 말하고 있었다. 좀 더 길고, 더 노란빛이 나는 금발머리가 어깨까지 내려와 있었다. 빼빼 말랐는데, 자기가 얼마나 말랐는지를 강조하고 있을 뿐

---

* 1995년부터 방영되고 있는 영국 채널4의 하이틴 드라마.

인 너무 딱 붙는 티셔츠를 입고 있었다. 그 애가 넷은 있어야 나 하나가 될 것 같았다. 팔뚝은 금방이라도 부러질 듯 연약해 보였다. 하지만 주근깨로 뒤덮여 있는 얼굴이 꽤 귀여웠다.

심이 물었다.

"어, 그럼 너희는 거기서 온 거야?"

그 애는 여전히 심한테는 눈길도 주지 않았다.

"뭐 그럴지도."

심은 그 애들의 쇼핑백을 가리키며 말했다.

"그래도 최고 좋은 상점들은 칼라일에 있는 게 분명하네. 그치?"

"당연하지."

심은 나에게로 몸을 돌리더니 어깨를 으쓱거렸다. 전혀 진도를 나가지 못하고 있었다. 나는 고개를 저었다. 그만둬. 이게 뭐가 중요하다고.

그때 케니가 물었다.

"너희 친구는 어디 갔어?"

둘 다 재빨리 케니를 바라보았다.

"누구?"

케니는 여자애들이 갑자기 자기를 집중해서 보는 바람에 놀라고 당황스러워했다.

"나…… 나는 한 명이 더 있는 줄 알았어."

케니는 나와 심이 한마디 거들어주기를 바랐다.

"그랬지?"

하지만 그 누구도 말할 기회가 없었다. 차장이 나타났고 우리는 모두 티켓을 찾아야 했다. 케니만 빼고. 케니의 표는 심한테 있었으니까.

여자애들은 티켓 검사를 하는 동안 환하게 웃으며 차장에게 기분 좋게 인사를 건넸다. 차장은 점잔을 빼고 있었다. 그래도 무척 친절해 보였다. 아마 할아버지 나이뻘이었을지도 모른다.

"열심히 돈 벌어서 칼라일에서 다 쓴 건가요?"

차장은 발밑에 놓인 쇼핑백을 몸짓으로 가리켰다. 여자애들은 킥킥 웃었다.

우리 티켓을 검사하면서는 이렇게 말했다.

"학생들, 꽤 멀리서 왔네."

또다시 나의 공포심에 불꽃이 일었다. 너무나 오싹한 나머지 마주 보고 웃어주지도 못했다. 케니와 심은 우물쭈물 대답을 했는데, 둘 다 수상쩍은 기차털이범들이 계획을 감추고 있는 모양새였다. 내가 알고 있는 걸 그들이 다 알지 못한 게 다행이었다. 나에게는 그들의 범죄형 얼굴만으로도 경보음이 울리고 수색용 헬기를 띄울 만해 보였다. 차장이 뭔가 재미난 일이 일어나고 있다는 것을 눈치챘는지 아닌지 누가 알겠는가?

차장은 우리 티켓에 펀치로 구멍을 뚫었고, 우리 셋은 그가 저 멀리 걸어가는 것을 지켜보기 위해 목을 쑥 내밀었다. 차장은 기차 뒤편의 차장 전용칸으로 사라졌다. 차장한테 무전기나 전화기 같은 게 있었던가……?

나는 마음속으로 나를 마구 두들겨 팼다. 진정하자고 혼잣말을 했다.

여자애들도 차장을 지켜보고 있었다. 차장이 시야에서 사라졌을 때, 좀 더 긴 금발머리가 테이블 아래 발밑에 놓은 쇼핑백 가운데 하나를 팔꿈치로 툭툭 쳤다. 세 번째 여자애가 거기서 기어 나왔다. 그 순간 우리 셋은 크게 한 방 얻어맞은 것 같은 표정이었을 것이다. 그 애의 친구들은 커다란 백화점 쇼핑백으로 바리케이드를 치고 그 애를 시야에서 숨긴 것이었다. 그 애는 다른 두 친구보다 덩치가 작고, 볼이 통통한 데다 보조개도 패어 있고 밝은 색 꽃무늬 옷을 입고 있어서 더 어려 보이기도 했다. 짧게 자른 머리는 곱슬거리는 붉은빛이었다. 갈색이라고 하기에는 붉은빛이 진했다. 타고난 머리가 저렇게 빨갛다면 오히려 일부러라도 염색을 해야 하지 않을까 싶을 정도였다. 그 애는 몸을 비틀면서 테이블 아래에서부터 꼼지락거리며 가까스로 나왔다. 얼굴 가득 웃음을 띠고, 아기 도깨비 같은 표정을 지었다. 자기가 잘 숨은 데 무척 만족한다는 표정이었다.

심이 케니 쪽으로 몸을 돌리며 말했다.

"저것 좀 봐. 봤어? 우리가 네 티켓 사려고 진짜 얼마나 개고생을 했냐. 내가 너한테 숨으라고 했었지? 그 개고생한 게 다 네가 저 여자애보다 겁쟁이여서 그랬던 거 아냐."

케니는 지금이라도 테이블 아래로 기어 들어가서 나오고 싶지 않다는 듯 불쌍한 표정을 지었다.
 "하지만 이건 진심인데. 그건…….”
 심이 말했다.
 "나한테 아무 말도 하지 마. 네 말 들어주는 것도 창피하다.”

19

기차는 덜컹거리다가 그레트나에서 멈추었다. 두 명이 내렸지만 아무도 타지 않았다. 차장은 계단을 내려가 플랫폼에 발을 디뎠고, 나는 혹시라도 그가 특수 업무를 수행할 강력반 형사들이라도 기다리고 있는 게 아닌가 해서 안절부절못했다.

진정하자. 나는 혼잣말로 중얼거렸다.

여자애들은 테이블에 쇼핑백을 펼쳐놓고 자기들이 산 옷을 서로 비교하고 있었다. 가격표가 대롱대롱 매달린 티셔츠를 들고서 이리저리 살펴보고 감탄을 내뱉었다. 아까는 못 본 한 명이 여기 더 있다는 걸 차장이 눈치챌 수도 있다는 건 전혀 걱정하지 않는 듯했다. 차장은 뭘 하려는 것일까? 플랫폼에 서서, 이 기차에 아무도 타지 않는 풍경을 지켜보고 있었다. 빨강머리의 티켓은 이미 검사했다고 생각했을지도 모른다.

케니, 심과 나는 우리 칸의 테이블에 오글오글 모여 지도를 쫙 펼쳐놓고 있었다. 기차는 덜덜덜거리며 움직이기 시작했다. 다시 출발할 수 있게 되어서 다행이다. 나는 재빨리 한숨을 내뱉었다.

"좋아, 이제 우리는 스코틀랜드에 온 거야. 드디어."

케니는 내 말보다 여자애들에게 더 관심이 많았다.

"쟤들 예쁘지 않냐? 맘에 드는데."

심이 케니에게 말했다.

"침 좀 그만 흘려. 너 때문에 지도가 푹 젖고 있다."

나는 덤프리스와 로스를 가리키며 말했다.

"여기서부터 여기까지야. 정말 오늘 밤부터 걷기 시작해야 할까?"

드디어 스코틀랜드다. 거의 다 왔어. 우리의 목적지는 지도에서 보는 것보다 훨씬 더 멀다는 걸 알고 있다. 하지만 왠지 이번엔 가깝게 느껴졌다. 나는 마음이 급했다.

"걷는 건 개고생일 텐데, 괜찮겠어?"

심이 솔직히 털어놓았다.

"한 시간 전에 그 얘길 했을 때는 그게 좋겠다고 생각했는데, 지금은 기진맥진한 데다 배도 고파 죽겠어. 그냥 쓰러져 자는 것도 나쁘지 않을 것 같아."

나는 케니에게 물었다.

"케니, 너는 어때?"

케니는 여전히 여자애들에게 정신이 팔려 있었다.

"너는 누가 제일 좋냐?"

"정신 차려, 케니. 나는 지금 전혀 관심이 없어. 알아?"

내가 하고 싶은 일은 화장실로 기어 들어가 전화기를 다시 보는 것이었다.

"걱정해야 할 일이 얼마나 많은데."

"어, 그래도 쟤들 중에 한 명은 맘에 들 거 아냐. 야, 봐봐. 전부 셋이야. 우리랑 숫자도 딱 맞아, 어?"

"아무 일도 안 일어날 거야, 케니. 이렇게 흥분할 일이 아니라고."

"누가 흥분해? 내가 흥분한 사람처럼 보이냐?"

심이 말했다.

"목소리 좀 낮춰. 블레이크 말이 맞아. 생각해야 될 것들이 한둘이 아니라고. 어쨌거나 내가 할 수만 있다면……."

심이 기분 좋은 듯 혀를 끌끌거렸다.

"짧은 금발머리가 내 스타일이네."

"뭔 소리야. 그 애는 내가 찍었어. 처음부터 맘에 들었다고. 너는 안 돼."

발끈하는 케니를 보며 심이 씨익 웃었다.

"설마. 다 내 거야."

"왜? 누구 맘대로? 그런 게 어딨어. 불공평해. 블레이크, 네가 말 좀 해봐. 심은……."

나는 당황해서 여자애들을 힐끗거리며 낮게 말했다.

"케니, 제발 진정 좀 해."

그제야 케니는 목소리를 낮췄다.

"만약 저 애가 나를 더 좋아하면 어떡해?"

심은 그냥 웃기만 했다.

케니는 붉으락푸르락했다.

"네가 왜 웃는지 이유를 모르겠다. 스스로 되게 멋지다고 생각하는 모양인데, 쟤들은 너한테 마음이 없을걸. 그렇지 않겠냐?"

그러자 심이 입을 열었다.

"원숭이도 나무에서 떨어질 때가 있지. 그리고 생각해봐. 쟤들이 나한테 마음이 없다면, 너도 아무 가망 없어. 넌 내 친구잖아."

케니는 화가 나서 씩씩거렸다. 눈을 가늘게 뜨고 심을 쏘아보면서, 눈에서 보이지 않는 레이저 광선이라도 내뿜는 것처럼 죽일 듯이 노려보았다. 하지만 곧 자리에 털썩 앉더니 우리한테서는 등을 돌렸다. 케니는 복도 건너편 여자애들을 향해 고개를 돌리고는 말을 건네기 시작했다. 우리는 깜짝 놀랐다.

"어, 저기, 안녕?"

케니는 앞이마에 있는 잔머리들을 깔끔히 넘기고는 최대한 매력적인 미소를 지으려 애쓰고 있었다.

케니의 행동에 여자애들도 놀란 것 같았다. 짧은 금발머리는 갑자기 좌불안석이 되었고, 긴 금발머리는 뭔가 더러운 것이라도 밟은 듯한 표정이었다. 빨강머리는 그냥 아무 생각이 없어 보였다.

케니가 말했다.

"난 케니라고 해."

긴 금발머리는 어깨를 으쓱했다.

"아, 그래서?"

그러자 짧은 금발머리가 킬킬거렸다.

심은 한숨을 내쉬며 고개를 젓더니, 어떻게 들으면 불쌍하고 어떻게 들으면 잘난 체하는 것 같은 소리로 "케니, 케니, 케니." 하고 속삭였다.

빨강머리는 마치 현미경 속에서 발견해낸 독특하고 신기한 무언가라도 되는 듯이 케니를 바라보고 있었다. 케니가 빨강머리에게 말했다.

"어, 저기, 너는 왜 차장 눈을 피해서 숨어 있었던 거야?"

금발머리 소녀들은 '바보 아니야?' 하는 표정으로 케니를 바라보았다. 솔직히 말하면, 사실이 그렇긴 하다.

짧은 금발머리가 말했다.

"티켓이 없었으니까 그렇지, 왜긴 왜야. 그래서 어쩔 건데? 꼰지르기라도 하려고?"

우릴 잡아먹을 듯한 날 선 목소리였다.

나는 앉은 자리에서 찍소리도 못 했다. 당황스러워 졸아드는 기분이었다.

케니는 별 상관이 없는지 눈치가 없는지 계속 말을 이어갔다.

"아니, 그게 아니고. 나도 티켓을 잃어버렸거든. 우리는 클리소프스에서 왔어. 어, 잉글랜드에 있는 곳 말이야. 표를 가방에 넣어놨는데, 돈커스터에서 기차에 놓고 내렸지. 티켓이 아니라 내 가방을. 아, 내 티켓도 놓고 내렸지. 그런 것 같아. 티켓이 가방에 있었거든. 당연히 그랬겠지. 내 물건은 가방에 전부 다 있었으니까.

다 잃어버렸지. 전화기까지. 그러다가 티켓 검사에서 걸려서 요크에서 하차당했어. 장난 아니지. 블레이크랑 심은 진짜 화 많이 났어. 심은 화도 엄청 잘 내고 성격도 엄청 급해. 그런 애지. 하지만…… 하지만 우리는…….”

마침내 케니는 여자애들이 어리둥절한 표정을 짓고 있음을 눈치챘다.

"그래서, 어…….”

케니는 입술을 앙다물고 아랫입술을 깨물었다.

"음.”

기차가 덜컹거렸다. 우리는 자리에서 들썩들썩거렸다. 그 누구도 말이 없었다.

"음.”

케니가 되풀이했다. 마치 물에 잠기고 있는 사람 같아 보였다.

내가 뛰어 들어가 구해줘야겠다고 생각했다. 그런데 그때 빨강머리가 말했다.

"와, 꼭 나 같은데. 완전히 똑같은 건 아니지만 말이야. 나는 처음부터 티켓이 없었거든. 저기, 헤일리의 오빠가 우리를 칼라일까지 태워줬는데, 우리 모두 돌아갈 때는 기차를 타고 가겠다고 했어. 하지만 내가 돈을 다 써버린 거야. 이 티셔츠 보여? 안 살 수가 없었어. 그래서 숨은 거야. 어쨌거나, 헤일리랑 카일리도 네 친구들처럼 불같이 화를 냈어. 내가 늘 그런다고 말이야. 난 늘 그러지는 않는데.”

빨강머리가 씩 웃었다. 보조개가 있었다.

"가끔씩만 그런다구."

케니는 빨강머리의 갑작스러운 폭풍 수다에 놀라서 눈을 두 번 깜빡거렸다.

"난 캣이야."

빨강머리가 말했다. 그러더니 친구들을 가리켰다. 짧은 머리 먼저, 그리고 긴 머리.

"헤일리, 카일리."

그러곤 다시 자기를 가리켰다.

"캣."

"나는…… 케니라고 해."

"그래, 알아. 아까 말했잖아."

케니가 고개를 끄덕였다.

"어. 미안."

"누가 블레이크고 누가 심이야?"

나는 내가 블레이크라고 말했지만, 심은 여자애들과 어떻게든 눈을 마주치지 않으려고 애쓰는 것 같았다.

"심은 '심플'의 준말이야?"

빨강머리가 물었다.

케니는 그 말이 재미있다고 생각했는지 심을 보고 씨익 웃었다. 하지만 심은 케니의 팔을 한 대 쳤다. 세게.

"이런, 내가 무례했네. 미안. 어쨌든 케니라는 이름은 맘에 드는걸. 있지, 내가 키우던 개 이름이 케니였어. 그저 그런 똥개였는데, 우리 식구들이 정말 좋아했어. 진짜 얌전하고 성격도 좋았어. 내가 '캣'이라는 걸 아는데도 나를 쫓아내지 않았거든."

빨강머리는 자기가 내뱉은 농담에 깔깔 웃음을 터뜨렸다. 케니도 따라 웃었다.

"어쨌든 그 개는 죽었어. 내가 열 살하고 9개월이었을 때. 정확히 기억해. 내가 만으로 채 아홉 살이 안 됐을 때니까. 내 바비 인형을 삼켰는데, 수의사 말로는 그것 때문에 질식해 죽었대. 생일날 엄마가 새 바비 인형을 사줬지만, 다른 개를 갖고 싶었어."

케니가 말했다.

"나는 늘 개를 갖고 싶었는데."

캣이 말했다.

"한 마리 키워. 하지만 케니라고 부르지는 마. 헷갈리잖아."

둘은 이 말이 정말 웃겨 죽겠다고 생각하는 것 같았다.

나는 빨강머리가 차장의 눈을 피하기 위해서 그렇게나 오랫동안 입을 꾹 다물 수 있었다는 사실이 너무 놀라웠다. 빨강머리는 이제 한시라도 입을 쉬고 싶지 않은 것 같았다. 그것만은 분명했다. 하지만 빨강머리가 얘기하는 내내 두 친구는 불안한 듯 눈을 굴리며 서로를 바라보고 울상을 짓고 있었다. 케니가 입을 벌릴 때마다 심과 내가 그랬던 것과 똑같이.

케니가 나를 돌아보았다. 눈을 희번덕거리며, 좋아 죽겠다는 듯, 소리 내지 않고 말했다.

"쟤 끝내주는데."
심도 눈이 휘둥그레져서는 입만 벙긋대며 말했다.
"사람을 아주 갖고 노네."

20

 케니는 헤일리가 원래 자기 눈에 들어왔던 여자애라는 사실을 잊어먹은 것 같았다. 우리가 덤프리스에 도착했을 때, 케니와 캣은 한 쌍의 바퀴벌레가 되어 있었다. 나머지는 그 둘이 서로 옆에 앉을 수 있도록 자리를 바꿔줘야만 했다.

 "농담이 아니라, 학교에서 역사를 배우는 건 바보 같은 짓 아닌가? 역사 과목은 점점 더 어려워지기만 하잖아. 많은 일들이 계속 일어나니까."

 "그래서 내가 지리학을 하고 싶어 하는 거잖아. 지구 온난화니 뭐니 하는 것도 그렇고, 해수면도 계속 상승하고……. 갈수록 쉬워지거든."

 10시가 가까워진 시각이었다. 여전히 빛은 남아 있었지만, 하루의 끝이 다가오고 있다는 사실은 분명했다. 우리 여섯 명은 나란히 기차역을 빠져나왔다. 나는 멍청하게 굴지 말자고 다짐했지만, 주변에 경찰차가 기다리고 있지는 않은지 살펴보려고 몇 초간 망설였다.

심이 물었다.

"괜찮아?"

나는 고개를 끄덕였다.

"어, 당근 괜찮지."

우리는 기차역 바로 앞 주차장에 서 있었다. 시내 중심이 눈앞에 펼쳐질 거라고 생각했는데, 어딘가의 외곽인 것 같았다. 반대편에는 커다랗고 높고 오래되고 장식도 화려한 부티 나는 집들이 있었다. 이렇게 말하면 좀 이상하지만, 그 집들도 무척 스코틀랜드스러웠다. 버스 정류장도 있었다. 유리로 된 가림막 바깥에는 버스 시간표가 붙어 있었다.

케니와 캣의 사이가 너무 좋아서, 나머지 일행들 사이에서도 냉랭한 기운이 좀 사라지기는 했다. 심은 헤일리와 한시라도 빨리 어색한 분위기를 풀고 싶어 했다. 심은 이제는 손을 잡고 있는 케니와 캣을 가리키며 말했다.

"귀엽지 않아?"

헤일리도 끄덕거렸다.

"그러네. 한 쌍의 곰 젤리 같네."

카일리가 무슨 말인지 설명해주었다.

"쟤는 곰 젤리 싫어해."

심은 어깨를 으쓱거렸다.

"물 만난 물고기들 같구만."

이 말에 헤일리만큼은 웃음을 터뜨렸다.

심은 놀리듯이 물었다.

"어, 근데 너네 오빠랑 군대 친구들이 마중 나온다고 하지 않았어?"

헤일리가 심을 흘겨보았다.

"당연하지. 너희가 치한이라고 말만 하면 바로 달려올걸."

심이 헤일리에게 윙크했다. 헤일리는 혀를 쯧쯧 차더니 심을 밀쳐냈다. 누가 봐도 서로 좋아서 그러는 것이었다.

나는 버스 정류장으로 가서 시간표를 확인했다. 운이 좋다면, 가고자 하는 방향의 버스를 탈 수 있을 것이다. 문제는, 버스가 향하는 곳의 지명을 도대체 하나도 알 수가 없다는 것이었다. 어딜 봐도 로스라는 곳은 없었다. 나는 배낭에서 지도를 꺼냈다. 가능한 한 가까운 곳이 어딘가 있기를 바라면서. 다행히도 적당해 보이는 도시를 찾았다.

나는 친구들을 불렀다.

"케니. 심."

심은 이리저리 돌아다니고 있었다. 케니도 내 말을 못 들었거나 무시하려는 것 같았다. 캣과 킬킬대느라 바빠서 말이다. 나는 다시 한 번 소리를 질렀다. 그러자 이번에는 찡그린 얼굴로 나를 돌아보았다. 나도 얼굴을 찡그려주었다. 심은 발로 한 곳을 가리키더니 천천히 손가락을 구부려 신호를 보냈다. 케니는 성질부리는 개처럼 몸을 수그리고 주차장을 건너 우리에게 다가왔다.

"왜?"

나는 친구들도 나처럼 마음이 놓이기를 기대하며 씨익 웃었다.
"오늘 밤에 버스를 탈 수 있어."
"로스까지?"
나는 지도를 보여주었다.
"정확히 로스까진 아니고. 그래도 가까워. 여기까지 가는 거야. 커크쿠드브라이트. 거기서 로스까지는 8, 9킬로미터 정도밖에 안 돼."

모든 일이 생각보다 쉽게 풀리는 것 같았다. 정말 잘된 일이야. 굉장해. 내 어깨에 얹혀 있던 무거운 것이 떨어져 내린 것 같았다. 결국 모든 일이 잘 풀릴 거야.

케니는 뒤돌아서 캣을 바라보았다. 세 명으로 이루어진 한통속의 핵심 인물.

"오늘 밤 여기서 묵을 줄 알았는데."
"오늘 밤 로스까지 간다면, 내일 안에 집에 돌아갈 수 있어. 버스는 일요일에도 운행하잖아? 집에 빨리 돌아갈수록 골칫거리들도 적어진다고."

케니는 발끝만 바라보았다. 그러더니 뒤돌아서 캣을 보았다. 케니는 똑같은 말을 반복했다.

"하지만 오늘 밤 여기서 묵을 거라고 했잖아."
비밀도 계속 감춰야 하고, 케니의 욕망도 다스려야 했다. 나는 스트레스가 이만저만이 아니었다.

"너 엄마 때문에 걱정했잖아. 앞으로 살날도 많은데 골치 아픈 일들은 또 얼마나 많이 맞닥뜨리겠어. 안 그래? 그리고 어디서 자? 무슨 돈으로?"

케니는 뭔가 계속 꿍얼거렸다.

"왜?"

"쟤들이랑 같이 있을 수 있지 않을까."

케니가 말했다.

"물어는 봤어?"

"아니."

"걔들이 그러자고 해?"

"아니. 하지만……."

"좋아. 버스 출발 시각은……."

심이 혀를 끌끌 찼다.

"버스는 내일 타도 돼. 일요일도 운행한댔지, 맞지?"

나는 심을 향해 몸을 돌렸다.

"그래. 하지만 오늘 밤에 타야 한다고."

"블레이크, 나 좀 봐. 케니 농담에 웃어주는 여자애를 마지막으로 본 게 언제였냐? 케니가 입만 열면 늘 여자애들 다 썰렁해하고 실망했잖아."

케니는 자기를 모욕하는 말을 해도 뭐라 하지 않았다. 심이 지금 자기편을 들고 있다는 걸 깨닫지 못할 만큼 어리석진 않았으니까.

"저 면상을 좀 봐. 엄마라도 별로 안 좋아할걸. 그런데 자기한테 정신 팔린 여자애를 만난 거야. 이건 운명 아니냐. 케니한테 여길 떠나자고 하면 그건 심한 고문이란 말이야."

"너도 헤일리랑 지금 엮였다고 생각해서 그렇게 말하는 거 아니야?"

"그건 아니야. 헤일리랑 엮인 건 사실이지만. 그리고 어쨌거나 너한테는 카일리가 남아 있잖아."

나는 고개를 저었다.

"말했잖아. 난 누구랑 자는 거 관심 없다고."

심은 나를 비웃었다.

"그럼 처음으로 하면 되겠네."

"우리가 이곳까지 와서 하려고 했던 걸 하고 싶을 뿐이야. 알겠어? 너도 그게 뭔지 기억하지, 그치?"

나는 앞섶으로 배낭을 들어 올렸다. 그 안에 있는 것이 친구들에게 사리 분별을 시켜줄 거라는 기대를 하며.

"조도 말했잖아. 우리는 미션 수행 중이라고. 그리고 우리를 데려다줄 버스도 있……."

"투표하자."

케니의 말에 순간 나는 얼어붙고 말았다. 녀석은 재빨리 어느 쪽이 유리한지 파악한 것이다.

"내일 버스 타는 거에 찬성하는 사람?"

케니와 심이 손을 높이 들었다.

나는 벙어리가 된 듯 제자리에 서 있었다.

"그게…… 뭐라고……? 하지만……."

케니는 이미 캣한테로 서둘러 가고 있었다.

심은 나를 향해 씨익 웃었다.

"내가 헤일리한테 얘기해서 카일리랑 잠깐 얘기하게 해줄게. 그러니까 너도 너에 대해서 얘깃거리 좀 던져줘."

"하지 마."

나는 단호하게 말했다. 충격도 받았고, 자신감도 떨어져 있었다. 오늘은 생각보다 훨씬 복잡한 날이 되어가고 있다, 또다시.

"그냥…… 하지 마."

심도 여자애들한테로 돌아갔다. 두 친구에게 동시에 공격당한 것만 같았다. 마치 반란이 일어난 것만 같은 느낌이었다. 로스랑 있을 때도 이런 말도 안 되는 투표를 하곤 했다. 하지만 적어도 그때는 로스가 내 편이라는 믿음이 있었다. 우리의 우정은 마치 단단한 사각형 같아서, 한 명씩 각 꼭짓점에 있는 것 같았다. 삼각형일 때는 얘기가 다르다.

형사 크로퍼 씨에 관해 말해버릴까 하는 유혹에 시달렸다. 그냥 입 밖으로 소리쳐서 말할까. 그러면 저 녀석들도 가다가 걸음을 뚝 멈출 것이다. 하지만 바로 돌아서서 기차역으로 향해 갈 것이다. 그러곤 남쪽으로 가는 첫 번째 기차 안으로 뛰어들겠지. 나는 폭로해버리고 싶은 욕망을 꾹 누르고 위험을 감수하지 않기로 했다.

배낭을 다시 어깨에 둘러메고 친구들이 모여 있는 주차장을 향해 어슬렁거리며 갔다.

"그래서 너희 두 천재들은 어떤 계획을 세웠냐?"

내 말이 얼마나 언짢은 투로 들리는지는 신경 쓰지 않았다.

심이 헤일리에게 말했다.

"우리는 오늘 밤 잘 곳이 필요해."

"친구네 집에 가는 줄 알았는데."

"어, 그럴 거야. 하지만 그 친구는 덤프리스에 살지 않아. 그리고 우리가 내일 오는 줄 알고 있어."

케니가 말을 보탰다.

"호텔 잡을 돈도 하나도 없어. 왜냐면 내가 가방을 잃어버렸잖아? 말했지? 내 돈이랑 소지품들이 전부 다 거기 있었는데. 지금 나한테 있는 건 이 티셔츠가 다야."

카일리가 나에게 물었다.

"그래서 어떻게 할 셈이야?"

"나보고 얘기하지 마. 저 녀석들한테 물어봐. 우리 모임의 브레인이시니까."

카일리는 재미있다는 듯 나를 바라보았지만, 나는 그냥 무시하기로 했다.

캣이 물었다.

"너희 친구는 그래서 어디에 사는데?"

케니와 심이 무슨 말을 하기 전에 내가 얼른 말해버렸다.

"커크쿠드브라이트."

"어디라고?"

"커크쿠드브라이트."

나는 지도를 펴서 보여주었다.

캣이 나를 보고 깔깔 웃었다.

"커-쿠-브리. 이렇게 발음해야 돼. 커. 쿠. 브리."

"커-커브-레이."

케니가 발음하려 애썼지만, 스코틀랜드 억양은 영 흡족지 않았다.

"케니-쿠-브리. 케니-쿠-브리."

캣은 케니의 귀에 코를 비비며 속삭였다. 케니는 마치 천국에서 하늘을 나는 자동차를 타고 내려온 천사인 양 캣을 바라보았다.

내가 말했다.

"어, 그래. 뭐라고 부르든 간에, 거기가 내 친구가 사는 곳이고, 우리는 거기에 가야 해. 빨리 갈수록 더 좋아."

심이 선글라스를 끼며 말했다.

"지금은 멋진 토요일 여름밤 10시인데. 좀 으슬으슬해지네? 여기서 하룻밤 묵을 데를 찾거나 거기 가더라도 묵을 곳은 찾아야 해. 그럼 그냥 여기 있자."

심이 헤일리에게 말했다.

"외로운 방랑자 셋이 묵을 만한 방이 어디 없을까?"

헤일리가 말했다.

"아, 거 잘됐네. 우리 엄마는 잉글랜드에서 온 괴짜들이 우리 집에 묵었으면 하셨는데. 그런데 너희가 여기 머물든 말든 내가 왜 신경 써야 하지?"

"그럼 쟤네 둘은 신경 쓰지 마. 내 지친 몸을 뉠 만한 곳이면 어디든 좋아."

"참 자신만만하네."

심은 씨익 웃으며 혀를 끌끌거렸다.

헤일리는 팔꿈치로 심을 쿡 찔렀다.

"우리도 덤프리스에 살지는 않아."

캣의 말에 케니가 당황하는 것 같았다.

"거기 산다고 말한 적 없어. 그치? 그리고 우리도 어쨌든 버스를 타야 해."

"커크쿠드브라이트에 사는 거야?"

나는 약간의 희망을 품었다.

캣은 고개를 저었다.

"그건 아닌데, 우릴 따라온다면, 오늘 밤 묵을 만한 곳을 알고 있기는 해."

캣이 친구들을 향해 씩 웃었다.

"떠돌이 호텔에 데려가면 되겠다."

왠지 기분 좋은 말은 아니었다.

"뭘 한다고?"

카일리가 말했다.

"그건 그냥 부르는 이름이고. 실은 아주 낡은 집이야. 아무도 안 살아."

"그러니까, 폐가 같은 거?"

내 물음에 캣이 눈을 크게 뜨고 눈동자를 굴리며 마치 미친 여자처럼 기분 나쁘게 웃고는 이렇게 말했다.

"그런 셈이지. 오래 방치돼서 귀신 나올 것 같은 집."

나는 케니와 심을 바라보았다. 케니가 뛸 듯이 기뻐하지 않는다는 걸 확인해서 마음이 놓였다. 하지만 심은 달랐다.

"어, 얘들아. 말했던 것처럼 우리는 모험 중이야. 너희는 뭐가 문제인지 모르겠다."

"떠돌이 호텔이라니까, 떠돌이 호텔. 뭐가 문제인지는 이 말에서 힌트를 찾아보지그래? 그런 데를 알려줄 거 아니면 우리가 이런 문구가 씌어 있는 티셔츠나 입고 있지 않았겠어? 날 따먹고 가시든가."

심은 혀를 차면서 헤일리에게 눈썹을 찡그려 보였다.

"참 예쁘게도 말하시네."

심은 어깨에 배낭을 메고, 한 손으로는 헤일리의 커다란 쇼핑백 뭉치를 받아 들었다.

"그럼 유령이 무서운 거야? 보호가 필요하다고 생각해?"

버스 정류장으로 걸어가면서, 심은 다른 한 손으로 헤일리의 허리를 슬쩍 감쌌다.

"손대지 마."

헤일리는 몸을 비틀며 심한테서 물러났다. 하지만 아주 많이 떨어지진 않았다.

"케니?"

나는 케니 속에 숨겨져 있는 쪼다 본능에 호소해보려고 불렀다.

"재미있겠다."

캣은 킥킥댔다.

케니는 거의 2초 정도 넋을 놓고 있었다. 그러다가 사과하듯 말했다.

"어, 재미있겠다."

케니는 캣이 자기를 끌고 가도록 내버려두었다.

케니와 캣이 헤일리와 심을 따라갔다. 나랑 카일리만 남은 것이다. 카일리는 손으로 긴 머리카락을 쓸어 넘겨 어깨 위로 늘어뜨렸다. 어깨를 으쓱대며 반쯤은 미소를 지었고, 쇼핑백을 집어 들더니 친구들을 쫓아갔다.

나는 속으로 욕을 내뱉었다. 뭔가 일이 잘된다 싶더니만. 의기투합하던 우리에게 결국 여자애들이 방해가 되고 있다는 사실을 믿을 수가 없었다. 하지만 내가 뭘 어쩌겠는가? 버스가 모퉁이를 돌아왔고, 정류장에 멈추어 섰다. 나는 배낭을 어깨에 짊어지고 그들을 따라갔다.

21

헤일리가 말했다.

"앵무새."

"company."

캣이 외쳤다.

"캥거루."

"mob. 야, 누가 좀 어려운 문제 좀 내봐라."

"나 컴퓨터 진짜 잘해."

케니는 자기 존재가 잊히는 것이 싫은지 캣에게 말했다.

버스는 우리를 덤프리스 한복판으로 데려갔다. 클리소프스보다 작아 보였고, 더 조용하고 더 오래되어 보였다. 우리 엄마라면 예쁘다고 했을 법한 곳이었다. 버스는 폭이 넓고 야트막한 강 위의 오래된 돌다리를 건너갔다. 도시 한복판에 뿅 하고 솟아오른 시골의 일부분 같았다. 카겐, 커코넬, 뉴 애비 같은 지명의 표지판을 보았다. 하지만 내가 타봤던 다른 버스들처럼, 경로를 쫓아가기에는 너무 복잡했다. 20분쯤 뒤에 우리가 내렸을 때, 나는 우리가 도착한 곳의 이름이 그중에 어떤 거였는지 전혀 알 수가 없었다. 내가 봤던 이름이기나 했는지도 모르겠고. 생판 모르는 낯선 곳 한복판일 뿐이었다. 이제 우리는 양쪽으로 울타리가 쳐진 좁은 시골길을 걸으면서, 어디인지 알 수 없는 곳으로 점점 더 깊이 들어가고 있었다. 해는 뉘엿뉘엿 지고 있었다. 차비 없는 가엾은 여행자들도 기운이 빠져갔다. 이제 우리한테는 10파운드 남짓뿐이었다. 이 돈으로 어떻게 집까지 돌아갈지는 차라리 생각 안 하는 게 나았다.

"타조."

내가 말했다.

심은 어깨 너머로 나를 돌아보았다. 버스에서 내린 뒤로 처음 내가 대화에 끼어들었기 때문이다. 버스 안에서는 심과 케니가 나를 바라볼 때마다 매번 배낭을 가리키면서 우리가 어딜 가려고 했는지 상기시켜주기만 했을 뿐이었다.

심이 솔직히 말했다.

"음, 그건 좀 어렵네. 대부분은 flock으로 센다고 생각하겠지만. 하지만 진짜로 세는 단위는 pride일 거다."

그러고는 여자애들에게 말했다.

"블레이크가 오늘 번지점프 했다는 얘기 했던가? 높이가 얼마였더라?"

심이 나를 보며 물었다. 뭘 하려고 하는지 속이 빤하다. 그러시든지.

"160미터."

"진짜?"

카일리는 뭐 이런 미친놈이 다 있냐는 듯한 병 찐 표정으로 나를 바라보았다. 다른 두 여자애도 질문을 하기 시작했다. 심은 나를 보고 씩 웃으며 윙크를 보냈다.

내가 원한다면 계속 침울한 분위기를 유지할 수도 있었다. 하지만 그래야 하는 이유를 결국 찾을 수가 없었다. 이 여행은 자기 나름의 방식으로 굴러가고 있다. 마치 거대한 뱀이 몸을 꼬며 꿈틀꿈틀 내 아래로 지나가는데 그 위에 올라타려고 하는 것만 같다. 내가 조종할 수 있는 방법이란 없는 것이다. 게다가 예측이 불가능하고 위험하기도 하다. 내가 할 수 있는 일이란 잘 매달려 있으면서 목표하는 곳까지 무사히 갔다가 한 패거리로 다시 돌아갈 수 있도록 두 손 모아 비는 것밖에는.

내가 왜 이러고 있는지 다시 생각해야만 했다. 클리소프스의 집으로 돌아가지 않고 여기 스코틀랜드까지 온 이유. 그것이 단 하나의 중요한 이유였다. 나는 내 어깨 위로 배낭을 높이 치켜 멨다.

"떠돌이 호텔이란 데가 정확히 어디 있어?"

나는 카일리에게 물었다. 카일리는 내 옆에서 가장 가깝게 걷고 있는 아이였고, 다른 네 명과는 한두 발자국 뒤에 떨어져 있었다.

카일리가 대답했다.

"별로 안 멀어."

캣이 고개를 돌려 나를 보며 말했다.

"우리 집이랑 가까워. 옛날에 이동식 유원지가 서곤 했던 들판에 있는데, 아주 어렸을 때는 서로 들어가보라고 등 떠밀기도 했지. 그때 사람들이 거기에 유령이 나온다고 했거든. 아주아주 용감하게 그 안으로 들어가든지 아니면 언니 오빠들한테 얻어맞는 거지."

케니가 물었다.

"넌 들어가봤어?"

"어, 그럼. 수도 없이 들어가봤어. 그치만 애네 둘은 아니야."

헤일리가 말했다.

"네가 들어갔던 건 멀키 스미스랑 눈 맞아서 그런 거잖아."

"어, 그래서 뭐?"

케니가 물었다.

"멀키 스미스가 누구야?"

캣은 케니의 손을 꼭 쥐었다.

"난 그 자식 그렇게 좋아하지는 않았어. 야, 사람들이 다 그 자식 물건이 덤프리스 갤러웨이 일대에서 젤 크다고 해서 한번 보여달라고 했던 거야."

캣은 어깨를 으쓱했다.

"뭐, 괜찮기는 하더라만."

케니의 얼굴에 근심이 서렸다.

우리는 얼기설기 골격만 남고 지붕은 기울어진 다 쓰러져가는 축사를 지나갔다. 그 앞에 펼쳐진 것은 잡초로 뒤덮인 녹슨 농기계 더미였다. 쟁기나 뭐 그런 것 같았다. 잔잔하고 어둑어둑한 연못도 있었다. 나무들이 빽빽해 어두웠다. 거기서부터 울타리 관목들의 키가 커지기 시작했다. 관목 틈새를 지키고 있는 것은 낮고 널따란 나무 대문이었다. 체인이 둘러쳐져 있고 열쇠로 잠겨 있어서 우리는 그 위를 타고 넘어갔다. 우리 앞에 펼쳐진 풀밭에는 무릎까지 오는 마른풀들이 노란색, 보라색 이삭을 매단 채로 우거져 있었다. 뾰족한 엉겅퀴까지 있었다. 크기는 아마도 축구하기 좋은 정도, 어쩌면 그보다 좀 컸는지도 모르겠고, 3면이 높다랗고 듬성듬성한 관목들로 둘러쳐져 있었다. 하지만 연못과 낡은 축사에서 떨어져 나온 작은 나뭇조각들이 더 많았다. 나는 나무가 우거진 잡목 숲 사이에서 마치 카메라 플래시를 오랫동안 켜놓은 듯 날카롭게 반짝이는 불빛을 발견했는데, 알고 보니 창문에 반사된 해질녘 햇살이었다. 저기 어딘가에 집이 숨어 있는 것이다. 짐작건대, 그게 떠돌이 호텔일 것이다.

하지만 케니의 눈길을 사로잡은 것은 우리가 밤을 보낼 장소가 아니었다. 케니는 들판 뒤편을 정확히 가리켰다.

"저게 뭐지?"

캣이 얘기해주었다.

"놀이기구야."

우리는 풀숲을 헤치고 그곳을 향해 나아갔다. 나는 그것이 버려진 농기계가 아닐까 생각했다. 진창에 빠져 있는 녹슨 물건이 밧줄로 칭칭 감겨 있는데, 은색과 붉은색의 금속 문어 같아 보였다.

심이 물었다.

"근데 이게 대체 뭐야?"

캣이 말했다.

"어, 전에 여기에 이동식 유원지가 섰다고 했잖아. 근데 마을 사람들이 불평불만이 많았어. 사람들이 새집을 지을 때 우리 셋 다 여기 살았는데, 우리 아빠가 민원을 넣기 시작했지."

캣은 분명히 자기 아빠가 그랬을 법한 표정과 목소리로 말을 하기 시작했다.

"안녕하십니까. 저는 덤프리스 갤러웨이에 사는 성난 시민으로서, 재미난 일을 아주 싫어합니다. 이동식 유원지가 서는 걸 중지시켜주십시오. 저한테는 지나치게 재미난 일입니다. 뭐 이렇게 해서 이동식 유원지는 더 이상 오지 않게 됐어. 이 놀이기구는 계속 남아 있지만."

놀이기구의 거대한 발 네 개가 풀숲에 반쯤 묻혀 있었다. 표면은 완전히 녹이 슬었고, 페인트 자국도 너덜너덜했다. 좌석은 작은 소파로 되어 있었는데 대부분 아직 붙어 있었다. 하지만 땅에 놓여 있는 탓에 잡초들로 덮여 있었다. 몇몇 좌석은 전체가 빠져나왔는데, 몇 년 동안 부식되거나 사람들이 부수어서 망가져 있었다. 이런 물건에 아래에는 꼭 엔진이 있을 거라고 생각했는데, 이것 같은 경우는 그냥 올라탈 수만 있는 구조였다. 내팽개쳐진 놀이기구는 발이 큰대자로 뻗어 있어서, 마치 죽은 것만 같았다.

내가 물었다.

"얼마나 오래된 거야?"

너 참 멍청하다는 듯한 말투로 캣이 대답했다.

"유원지가 폐장된 뒤로 쭉 있었어."

카일리가 말했다.

"6, 7년 됐지. 이걸 왜 여기 놔두고 갔는지 아무도 몰라."

심이 얘기했다.

"이동식 유원지를 운영하던 사람들이 이다음 도시에 갔을 때 어땠을지 상상해봐. 미끄럼틀? 됐고. 대관람차? 됐고. 문어발? 문어발? 제기랄! 문어발 챙기는 거 까먹은 놈 누구야? 잃어버렸다니 무슨 말이야? 다시 생각 좀 해봐. 마지막으로 본 게 언제야?"

우리 모두가 빵 터졌다.

"되게 괴상하게 생겼다."

나는 문어발 놀이기구 주위를 어슬렁거리면서 쇠로 된 버팀목을 만져보고, 바스락거리는 페인트칠을 긁어보기도 했다. 기다란 문어발에는 빈 소켓들이 수백 개가 남아 있었다. 색색깔, 번쩍이는 전구들이 있던 자리였겠지. 나는 중얼거렸다.

"재미있는 일이 다 죽은 날."

심은 배낭을 바닥에 떨어뜨리며 말했다.

"비참한 얘긴 좀 그만해. 너 꼭 로스처럼 말한다. 봐, 이거 여전히 재미있다고."

심은 케니를 쿡쿡 찌르면서 문어발 의자로 가라고 했다.

"타봐. 너랑 캣이랑 같이."

안전대가 내려와 있어서, 둘은 그 안으로 몸을 쑤셔 넣듯 비틀면서 들어갔다.

심이 재빨리 내려가더니 조절 장치 주변을 맴돌았다.

"신사 숙녀 여러분, 꼭 잡으시기 바랍니다. 손과 발을 좌석 안에 고정하고 움직이지 마시고요."

심은 완전히 주저앉더니 뛰기 시작했다.

"더 빨리 달리고 싶으면 소리 질러, 케니!"

케니는 안전대를 단단히 움켜잡았다.

"예에!"

심은 한 번 더 쪼그리고 앉았고, 더 빨리 뛰었다. 헤일리와 카일리 옆을 지나가면서는 그 애들을 붙잡더니 잡아당겨 자기와 함께 돌게 했다.

"더 빨리 가고 싶으면, 소리 질러, 캣!"

캣은 비명을 지르더니 손으로 얼굴을 가렸다. 심, 헤일리, 카일리는 놀이기구 주위를 빙글빙글 돌면서 있는 힘껏 빠르게 달렸다. 케니와 캣은 무서워 죽는 척하며 둘 다 비명을 질러댔다. 친구들은 달리면서 손을 흔들어주었다. 심은 고개를 숙이고 더 빨리 돌려주려고 애썼다.

"우후!"

케니가 소리쳤다.

우리 모두 함성을 지르며 응원했다. 지금껏 내가 본 가장 웃긴 광경이었다.

결국 심은 발이 걸려 고꾸라지면서 풀밭에 처박혔다. 하지만 더 웃긴 건 헤일리와 카일리가 바로 옆에서 숨을 헉헉거리면서 나동그라진 것이다. 케니와 캣은 함성을 지르며 박수를 쳤다.

나는 심을 일으켜주러 갔다.

"도대체 얼마나 더 재미있어야 돼?"

심은 내가 몸을 당겨 자세를 고쳐 잡고 일으켜주자 숨을 헐떡였다. 일어설 힘조차 없이 녹초가 되어 있었다.

"그래, 내가 틀렸어."

나는 솔직히 인정했다. 그러고는 배낭을 벗어 풀밭에 똑바로 세워놓았다.

"거기 마실 거 좀 남아 있냐?"

사력을 다해 놀고 난 뒤 목이 많이 타는지 심이 혀를 축 내밀면서 말했다.

나는 고개를 저었다.

"없어. 아직 문 연 가게가 있으니까 뭘 좀 사올 수는 있을 거야."

헤일리가 말했다.

"운이 좋아야 할걸. 가장 가까운 가게도 몇 킬로미터 떨어져 있어."

캣이 말했다.

"내가 집에 가서 뭘 좀 가져올게. 한밤중의 피크닉 어때? 별과 달과 블랙홀 아래서 먹고 마시자고. 언젠가는 꼭 한번 해보고 싶었던 일이야."

"그거 좋겠는데."

심이 말했다. 케니도 몸이 달았다. 그럼 나는 할 말이 없잖아?

여자애 셋은 쇼핑백을 들고서 다 함께 들판을 건너갔다. 우리는 그들이 사라지는 모습을 지켜보았다.

"쟤들, 다시 돌아올 거 같아?"

케니의 얼굴은 근심 걱정으로 일그러졌다.

심은 등을 토닥이며 격려해주었다.

"걱정하지 마. 네 매력에 빠져 있으니까."

심은 내겐 눈알을 부라렸지만 케니에게는 이렇게 말했다.

"친구, 행운을 빈다."

"너도 정말 헤일리 좋아하는 거지, 그치?"

"바꾸고 싶은 거 아니지? 너는 내 절친이지만, 케니, 농담이 아니라……."

케니는 고개를 저었다.

"아니야. 나 진짜로 캣이 좋아. 진짜, 레알. 완벽한 여자애야, 안 그래? 그치만 헤일리는 뭐랄까 좀…… 잘 모르겠어……. 좀 까다롭다고 해야 하나?"

심은 한심하다는 듯 혀를 끌끌 찼다.

"그래서 걔들이 좋다는 거 아니냐. 하지만 네가 걱정해야 할 사람은 내가 아니야. 여기 계신 금욕주의자시지."

심은 엄지손가락을 들어 나를 가리켰다.

케니가 말했다.

"카일리도 진짜 예쁜데, 블레이크. 네 생각엔 네가 아무래도……."

나는 케니의 말을 잘랐다.

"닥쳐라, 케니. 그리고 너도."

나는 심에게도 경고를 보냈다. 심은 내가 도대체 무슨 말을 하는 건지 모르겠다는 표정으로 손을 들어 올렸다.

한숨이 절로 나왔다.

"오늘 밤 묵게 될 곳이나 보러 가자."

내가 나무들 쪽으로 성큼성큼 걸어 나갔을 때 내 등 뒤에서 심과 케니가 서로를 보며 인상을 찌푸리더니 웃긴다는 표정을 지었다. 하지만 나는 무시했다. 마음대로 생각하라지 뭐.

22

떠돌이 호텔은 기대 이하였다.

나무 아래 있는 떠돌이 호텔에 도달하기 위해서는 심하게 뒤엉킨 덤불을 헤치고 나가야 했다. 허리 높이까지 오는 쐐기풀들을 밟으면서, 낮은 가지들은 부러뜨리며 나아갔다. 그곳은 야트막하고 더러운 벽돌 오두막집이었고, 뾰족지붕은 절반만 남아 있었다. 100년 정도, 어쩌면 그 이상 된 집일 것 같았다. 벽을 따라 얼룩덜룩 낙서가 되어 있었다. 아까 햇빛이 반사되는 창유리라고 생각했던 것은 알고 보니 원래 유리창이 있어야 할 공간을 메운 금속판이었다. 금속판은 여기저기 쿡쿡 찔린 자국과 장난삼아 수없이 던진 돌멩이에 움푹 팬 자국투성이였지만 여전히 반짝거렸다. 현관문은 없었다. 단지 시커먼 어둠에 싸인, 현관문 모양의 구멍이 있었을 뿐.

우리는 귀를 기울였다. 조용했다. 안을 들여다보았다. 첫 번째 방은 내 침실 정도 크기였고 복도로 연결된 출입문 두 개가 있었다. 풀과 낙엽, 비닐봉지와 구겨진 담뱃갑, 바닥에 나뒹구는 찌그러진 맥주 캔 말고는 너무 어두워서 잘 보이지 않았다. 축축한 흙 냄새가 났다.

케니가 말했다.

"비어 있어서 으스스해 보이는 것뿐이야."

"그럼 먼저 들어가봐."

심이 한 발 물러섰다. 용기가 있다면 케니 네가 먼저 안으로 들어가라는 듯 자리를 내주었다.

케니는 그만큼 용감하지 않았다.

아마도 케니의 말이 맞겠지만 집 안 깊숙이 뻗어나가는 출입문의 으스스한 느낌은 썩 좋지 않았다. 그림자에 가려져 보이지 않을 뿐, 누군가가 출입문 중 한 군데에 바짝 붙어서 우리를 보고 있을지도 모른다. 알 수 없는 일이다.

심이 폐가 바깥쪽을 돌아다니며 살폈다. 걸어갈 때마다 더 많은 잡풀들이 발에 밟혔다. 창문은 전부 다 깨져서 금속판으로 덮여 있었다. 금속판 중에 하나가 가장자리가 찌그러져 있어서 심이 까치발을 하고 안을 들여다보았다.

"뭐가 보여?"

심이 대답했다.

"너무 어두워."

원래 오두막의 뒷마당이었을 법한 곳에는 바닥에 시커먼 자국이 남아 있었다.

"누가 여기 불을 피웠나 봐. 노숙자거나 애들일 거야."

심이 말했다. 불에 타고 남은 나뭇가지를 신발 끝으로 비비자, 숯 덩어리 같은 시커먼 재로 산산이 부서졌다.

잡초들과 나무들이 더 이상 없는 지점에 이르자, 탁한 물빛의 연못이 나왔다. 주변은 높다란 쇠사슬 울타리로 가로막혀 있었다. 뼈대만 남은 축사 뒤쪽이었다. 오두막의 뒷문은 비록 커다란 금속판에 불과하지만, 제자리에는 붙어 있었다. 누군가 강제로 잡아당겨 열려고 했지만 성공하지 못한 흔적이 보였다. 긁히고 움푹 들어간 자국 가득한 금속판에 장화 자국 같아 보이는 것들이 가득했다.

"왜 문을 따고 들어가려고 했을까? 담벼락을 넘어가면 지붕이 무너진 자리가 있으니까 거기로 들어가면 될 텐데."

케니가 궁금해했다.

"어떻게든 문을 부수고 싶었나 보지."

심이 말하면서 자기도 문을 차보았다. 둔한 종소리 같은 소리가 났다.

그게 나한테는 너무 크게 들렸다.

"야, 꼭 그래야겠냐? 안에 누가 있을 수도 있잖아."

심이 말했다.

"산 사람이 아니라, 죽은 누군가가 있을지도 모르지. 시체들이 뒤엉켜서 메스꺼운 냄새를 풍기며 썩어갈지도."

케니가 오두막에서 한 걸음 물러섰다.

"캣이 그러는데 유령 나온댔어."

나는 우리가 왔던 방향으로 뒤돌아가며 말했다.

"노숙자들은 그렇다 쳐. 하지만 유령은 담배를 피우지도 않고, 싸구려 맥주를 마시지도 않고, 불도 피우지 않을걸."

심이 케니의 귀에 바싹 다가가 속삭였다.

"살아 있을 땐 노숙자였을 거야. 하지만 죽어서 썩어가고 있을 걸. 지금은 유령이 된 거지. 자, 한번 봐, 케니."

케니는 뒤로 물러섰다. 심은 케니를 붙잡고 나에게 신호를 보냈다. 나는 케니의 다른 팔을 잡았고, 우리 둘이 케니를 사이에 끼고 현관문 앞으로 질질 끌고 갔다. 그러곤 집 안으로 던져 넣을 준비를 했다. 케니는 버둥거리고 저항하면서, 몸부림치며 잡초들을 발로 찼다.

"블레이크를 넣어."

케니가 심에게 외쳤다. 그러더니 둘은 나를 붙잡고 문 앞으로 끌고 가려고 애썼다. 하지만 그들이 나를 움직일 수는 없는 노릇이었다. 나는 진흙과 낙엽 속으로 발을 집어넣고는 애써봤자 소용없다는 듯 웃음을 터뜨렸다.

나와 케니는 심한테로 몸을 틀었다. 하지만 심이 단호하게 말했다.

"내 몸에 손대면 죽을 줄 알아."

우리 셋은 엎치락뒤치락 으르렁거리면서 서로의 몸에 올라타고 상대방을 넘어뜨리든가 자빠뜨리려고 애썼다. 몸싸움을 하면서, 웃으면서, 욕을 하면서. 어른들처럼 말이다. 우리는 서로에게

솔방울을 던지며 공격하고, 서로의 등짝을 부러진 나뭇가지로 후려치기도 했다. 그러고 나서는 얼마 안 가 녹초가 되고 말았다. 정말 길고 피곤한 하루였으니까. 나무 아래서 들판으로 다시 나와 다행이라는 듯 씩 웃었다.

"저 안에서 자고 싶은 사람 손들어."

내가 말했다.

케니는 여전히 희망에 부풀어 있었다.

"여자애들 중에 한 사람이랑 잘 수도 있지."

우리는 놀이기구를 향해 들판을 가로질러 천천히 나아갔다. 해가 넘어가서 점점 더 어두워지고 있었다.

심은 문어발 놀이기구 좌석 중에 하나를 가리켰다.

"여기서 자도 되지 않을까. 한 사람에 하나씩 차지하고. 비만 내리지 않는다면 문제없을 거야."

케니가 말했다.

"텐트가 있으면 좋을 텐데."

심이 한숨을 내쉬었다.

"로스도 늘 그렇게 말했지. 한 손에 소망을 채우고 다른 손에 절망을 채우면, 과연 어느 쪽이 먼저 가득 찰까."

심은 문어발 가운데 하나에 기어 올라가 앉더니 다리를 달랑거렸다.

케니는 안전대 아래로 기어가서 보호대가 있는 좌석으로 올라갔다. 그러더니 얼마나 편안한지 시험해보려는 듯 등을 기댔다.

케니는 어두워지는 하늘을 바라보았다.

"있지, 나 얘기할 게 있어. 사실 나 지금 진짜 좋다. 어, 그러니까, 우리가 곤란한 지경에 처해 있다는 건 알겠는데, 그래도 진짜 죽이지 않냐?"

"완전."

심도 동의했다.

나는 배낭을 옆에 놓고 앉았다. 나도 반쯤은 동의했다. 이건 굉장한 모험이야, 그렇고말고. 나머지 반쯤은 음성 메시지에 실려 전해지던 형사의 목소리를 잊지 못하고 있었다.

케니가 말했다.

"로스도 분명히 좋아했을 텐데. 안 그래? 여기 우리랑 같이 왔어야 하는데 말이야."

이 말에 우리는 로스 생각을 하느라 아무 말이 없었다.

다행히도 여자애들이 다시 나타나는 바람에 우리는 침울해지지 않을 수 있었다.

23

캣이 손을 흔들었다. 곧 세 사람은 길가에서 오두막 입구로 넘어 들어왔다. 그러고는 기다란 풀숲을 헤치며 우리에게 다가왔다.

캣이 말했다.

"내가 바리바리 싸왔지. 우리 아빠가 열 받지 않을 선에서 최대한 많이."

캣은 쇼핑백에 생수 병, 과일 주스 팩, 귀리 비스킷, 바나나, 사과 같은 것들을 담아 왔다. 전부 두꺼운 담요 석 장에 둘둘 싸여 있었다.

"어, 너희가 침낭을 갖고 왔는지 안 갖고 왔는지 알 수가 없어서. 카일리는 너희가 침낭을 빼먹고 올 정도로 멍청할 리는 없다고 했는데, 헤일리는 아닐 거라고, 너희가 멍청할 수도 있다고 하더라."

케니, 심, 그리고 나는 서로 멀뚱멀뚱 바라보았다. 그러다가 심이 말했다.

"케니가 가방을 잃어버려서 말이지."

"응, 그건 알지. 그 안에 침낭 있었어?"

케니는 발끝을 내려다보며 우물쭈물했다.

"뭐라고 한 거야?"

케니는 얼굴을 붉힌 채 고개를 쳐들지 못했다.

"여행용 보드게임이 있었어."

헤일리는 팔짱을 끼며 우쭐대는 표정을 지었다.

우리는 담요 한 장을 펴서 풀밭에 깔고 둥글게 모여 앉았다. 케니, 심과 나는 재빨리 음식들을 쑤셔 넣었다.

"딱 좋다, 캣."

내가 말했다.

"진짜 진짜 고마워."

심은 입안 가득 우물거리며 고개를 끄덕끄덕했다.

케니는 쇼핑백 안으로 코를 박고 물었다.

"과자는 혹시 없니?"

캣이 대답했다.

"과자가 얼마나 몸에 안 좋은지 알아? 내가 늘 주장하는 바인데, 과자 같은 건 판매 금지 돼야 해."

케니는 귀리 비스킷이 마치 다른 행성에서 온 것인 양 바라보았다.

"이거 먹을 만하냐?"

심이 케니의 팔을 쳤다.

"잔말 말고 먹고, 고맙다고나 해."

해가 진 지 오래였다. 우리는 여자애들이 가져온 손전등 두 개를 켰다. 우리는 클리소프스에 관해 이야기해주었다. 그 애들은 거기가 어딘지 전혀 알지 못했지만, 괜찮았다. 우리도 마찬가지로 여기가 어딘지 지도에서 찾아내지 못했을 테니까. 하지만 우리는 지금 여기에 있다. 케니는 평소 즐겨 하던 농담을 꺼냈다.

"새우랑 고래랑 싸우면 누가 이기게? 새우는 깡이 있고, 고래는 밥이니까 새우가 이기지!"

그 말이 끝나자 캣은 어쩌다가 떠돌이 호텔에 유령이 나오게 됐는지 얘기해주었다.

"처음부터 어떻게 된 건지는 모르지만, 살해당한 여자가 있어서 그렇대. 아주 오래오래 전에 일어난 일이야. 그 여자는 그레트나 출신이고. 어, 아버지는 무슨 귀족 같은 신분이었다는데, 그 여자 삼촌이 그 여자를 너무 사랑해서 죽여버렸대."

"추잡한 늙은이."

헤일리가 말을 붙였다.

"그 여자는 다른 사람을 사랑했던 거지."

캣이 이어서 말했다.

"그 여자가 그레트나 출신이라면, 떠돌이 호텔이랑 무슨 상관인데?"

케니가 물었다.

"어, 떠돌이 호텔은 그 여자가 실제로 살았던 집이야. 떠돌이 호텔이 되기 전, 제대로 된 집이었을 때 말이지. 그 여자가 좋아한 남자는 농장 인부였어. 처음에는 아무도 그 여자가 살해당한지 몰랐어. 가족들은 여자가 농부랑 사랑의 도피를 했을지도 모른다고 생각하고, 여기로 찾으러 왔어."

캣의 이야기에 케니가 끼어들었다.

"그리고 그 여자 시체를 이 집에서 발견한 거구나. 사람들이 다들 농부를 범인으로 의심하고……."

"아니야. 농부가 그 여자 시체를 그레트나 근처의 들판에서 발견했어. 그 사람이 일하던 곳이었지."

"하지만 그 여자는 오랜 세월 자기가 사랑했던 사람 곁에 남아 있고 싶어서 이 집에 계속 유령으로 나타나는구나."

케니의 말에 캣의 표정이 험악해졌다.

"지금 누가 얘기하고 있는 거야? 아니야. 자, 농부는 그 여자 시체를 들판에서 찾았어. 하지만 머리가 없었던 거야. 그 여자의 삼촌이 머리를 잘라냈던 거지. 떠돌이 호텔에서 찾은 건 바로 그거였어."

케니는 묻지 말 걸 그랬다는 표정이 되었다. 우리는 화제를 돌렸다.

얼마 지나지 않아서 케니와 캣은 손전등 하나를 들고서 함께 자리를 떴다. 나무 쪽도 아니고 떠돌이 호텔 쪽도 아닌 문어발 놀이기구 뒤편이었다. 정확하게 뭐라고 하는지는 안 들리지만, 둘이 속삭이는 소리는 여전히 들릴 만큼 가까운 거리였다. 그리고 몇 분 뒤에 심과 헤일리도 들판 저 반대편의 무성한 풀밭의 은밀한 곳을 향해 걸어갔다. 이제 카일리와 나만 손전등도 없이 남았다.

우리 둘 다 정말로 무슨 말을 해야 할지 몰랐다. 나는 한숨을 내쉬었다.

"어, 이거 참 난처하네."

카일리는 살짝 웃었다.

밤공기는 여전히 따스했고, 달빛과 별빛은 환하게 빛났다. 마치 영화에서처럼. 카일리는 내 반대편에 가느다란 그림자를 드리우고 있었다. 금발머리가 달빛에 선명하게 빛났다. 카일리의 표정을 잘 알아볼 수는 없었지만 그녀가 나를 똑바로 바라볼 때면 눈동자가 달빛을 받아서 반짝거렸다. 케니와 심은 내가 뭐라도 하기를 바라고 있을 것이다. 아무것도 안 한다면 나한테 실망하겠지. 좀 수줍어하긴 해도, 어쩌면 카일리조차도 내가 뭔가 하기를 바라고 있을지도 모른다. 내가 아는 한, 아무것도 기대하지 않고 있는 사람은 오로지 나뿐일 것이다.

달이 바로 내 등 뒤에 있어서, 내 덩치 때문에 카일리가 어두컴컴하게 보인다는 걸 깨달았다. 나는 사과를 우적우적 씹으면서 약간 옆으로 비켜났고, 당황해거나 불편해하는 기색을 보이지 않으려고 애썼다. 그러는 나 자신이 정말 싫었다. 나는 오랫동안 여자애들 사이에서 내 덩치를 의식하면서 살았다. 하지만 요즘 들어서는 니나 덕분에 그런 종류의 근심 걱정은 과거의 일이 되었다. 나는 여자애들과 얘기를 나눌 수 있게 되었고, 웃길 수도 있었다. 하지만 여자애들이 나에게 우정 이상의 어떤 것을 원하는 경우는 드물었다. 게다가 나는 심만큼 능글맞지도 못했다. 케니만큼 낙관적이지도 못했으며, 로스만큼 필사적이지도 못했다.

카일리와 나는 우리만 서로가 마음에 들어 하지 않는다는 걸 모르는 것처럼 행동하려 애쓰며 앉아 있었다. 나는 헤일리가 더듬는 심의 손을 탁 쳐내고 여기로 다시 돌아오는 모습을 상상했다. 아니면 케니가 캣 앞에서 말도 안 되는 멍청한 말을 하는 모습.

나는 기지개를 켜면서 일어났다.

"놀이기구에 가서 앉을래. 아까 안 앉아봤거든. 갈래?"

카일리는 가장 가까운 보호대 좌석으로 나를 따라왔다. 안전대가 내려와 있었고 안으로 기어 들어가기는 어렵지 않았다. 좌석은 딱딱한 나무로 되어 있었지만, 카일리 옆에 가까이, 나란히 앉는 느낌은 좋았다. 이제 내 몸이 달빛을 가리지 않아서 카일리의 얼굴이 훨씬 잘 보였다. 내가 마른 여자애를 좋아한다면, 카일리를 굉장히 좋아했을 것 같았다. 우리는 비좁은 곳에 끼여 앉았지만, 전혀 불편하지는 않았다.

내가 물었다.

"헤일리랑 캣이랑 알고 지낸 지 오래됐어?"

"아주아주 오래됐지."

"쭉 학교 친구였던 거야?"

"캣은 헤일리랑 나보다 한 학년 아래야."

나는 카일리의 스코틀랜드 억양이 좋았다. 어둠 속에서는 더 근사하게 들렸다.

"너는 몇 살이야?"

"열일곱 살. 너는?"

"어, 나도 열일곱."

나는 거짓말을 했다. 그러고는 화제를 돌렸다.

"캣의 원래 이름은 캐서린인 거야? 아니면, 카타리나?"

카일리가 킥킥댔다.

"아니. 패트리샤. 걔한테 내가 말해줬다고 하면 안 돼. 그 이름이 싫어서 다른 사람들한테 캣이라고 부르게 하거든. 아빠나 선생님이 불러도 캣이라고 하지 않으면 절대 대답도 안 해."

"하지만 너는 진짜로 카일리지?"

"응. 그러는 너는 진짜로 블레이크?"

"말할 것도 없어. 두말하면 잔소리지."

확실하지는 않지만 카일리가 나에게 점점 더 가까이 몸을 기대오는 것 같았다. 나는 가만히 카일리가 내게 기대도록 놔두었다. 머리에서 코코넛 향이 났다.

잠시 뒤에 카일리가 말했다.

"이제 친구 얘기 좀 해줄래?"

"누구? 케니? 심?"

"아니, 내일 찾아간다는 친구."

"아, 그 친구."

나는 주머니에 집어넣었던 사과 한 개를 더 꺼내 들고 티셔츠에 문질러 닦았다. 대답을 하려면 시간이 좀 필요했다. 약간은 정직하게 말해도 문제 될 건 없겠지.

"그 친구 이름은 로스야. 오래된 친구지."

"이 근처에 로스라는 곳이 있는데."

나는 사과를 한입 베어 물었다.

"진짜로?"

"어, 해안선 따라 조금만 더 가면 돼. 거기 가면 등대도 있어."

"로스라는 데가 있다는 거 알고 있는지 물어봐야겠다."

"그 애도 클리소프스에서 왔어?"

"응. 우리 절친이거든."

"근데 왜 커쿠브리에 있어?"

"어디?"

"커쿠브리. 그 친구가 거기 산다고 그랬잖아."

나는 머릿속으로 바보 멍청이라고 스스로 욕했다.

"아, 그렇지. 응, 맞아. 거기 살지."

"거기서 산 지는 얼마나 되었는데?"

이제부터는 이야기를 지어내는 수밖에 없다.

"어, 음. 한 1년쯤 됐나? 그보다 좀 오래됐는지도 모르겠다."

"어느 학교 다니는지 알아? 그쪽에 친구들이 좀 있는데……."

"전혀 몰라."

나는 사과를 씹는 것도 잊고 꿀꺽 삼켜버렸다. 큰 사과 덩어리가 목구멍을 타고 내려갔다.

사방이 어두웠지만, 내가 몸을 돌리기만 하면 카일리의 표정을 살필 수 있었을 것이다. 하지만 나는 그러지 않았다. 카일리가 우리 얘기를 믿어야 할지 말아야 할지 의심하기 시작했다는 것을 굳이 확인하고 싶지 않았다.

나는 카일리를 설득하려고 다시 말을 꺼냈다.

"우리는 학교 친구야. 어, 케니랑 로스는 초등학교 때부터 친구고. 엄마들끼리도 잘 아셔. 심이랑은 처음에는 친구가 아니었어. 그 자식은 일진이었거든. 지금은 아니지만, 옛날에는 꼭 얼간이들 같았어. 심은 숀 먼로라는 나쁜 자식이랑 그 정신 나간 패거리하고 어울려 다녔는데 그 자식들이 케니를 콕 찍어서는 날이면 날마다 패곤 했어."

"그런데 지금은 어떻게 친구가 됐어?"

"케니가 심한테 복수를 했거든. 그날도 다른 날처럼 심이 케니를 괴롭혔는데, 케니는 아마 울고 있었을 거야. 그런데 갑자기 케니가 심 얼굴에 주먹을 날렸어. 그게 행운의 펀치라고나 할까. 심한테 닿지도 않았는데, 심이 너무 빠르게 뒷걸음질 치는 바람에 자기 뒤에 있던 벽에 머리를 쿵 찧은 거야. 그러고는 뻗어버렸지."

카일리가 웃음을 터뜨렸다.

"미치겠다."

"정말이야. 쾅 하고 뒷머리를 세게 부딪치더니 그대로 주저앉았어. 그러고는 일주일 동안 학교에 못 나왔지, 아마. 다시 학교에 나왔을 때는 원래 패거리한테 엄청 놀림받았지. 그러다가 어떻게 해서 그렇게 됐는지는 잘 모르겠는데, 로스랑 케니 사이에서 어슬렁대더라고. 원래 친구들 사이에서는 더 이상 환영받지 못한다고 느낀 거 같아. 웃기지 않냐?"

"어, 되게 웃기다."

"정말인데, 마저 들어봐. 심은 지금도 가끔씩 케니를 아주 바보 멍청이로 만들 때가 있어. 아마도 세상에서 가장 느린 복수일 거야, 내 생각엔."

카일리는 다시 깔깔 웃었다. 카일리는 무척이나 가까이 있었다. 우리가 맞대고 앉은 부분이 따끔거렸다. 카일리에게로 몸을 돌려서 키스하는 건 무척 쉬울 것만 같았다. 쉽고도 유혹적이었다. 하지만 나는 가만히 있었다. 대신 계속 떠들어댔다.

"나는 중학교 때 친구가 됐어. 부모님이 이혼하고, 엄마랑 살기 위해서 이사 왔거든. 그렇게 해서 같이 학교를 다니게 된 거지."

옆에 앉은 카일리와 내 몸이 스치곤 했지만, 우리 사이는 충분히 멀었다.

캣과 케니가 깔깔대는 소리가 들렸다. 어디선가 서늘한 바람이 불어왔고, 나무 위쪽이 바스락거렸다.

카일리가 물었다.

"그런데 로스란 애가 실제로 존재하기는 하는 거야?"

나는 뭐라고 대답해야 할지 몰라 잠시 멈칫했다. 아무 말 못 하고 우물거렸다. 카일리는 내가 긴장하는 것을 느꼈을 것이다.

카일리가 말을 이었다.

"헤일리는 로스가 너희가 지어낸 인물일 거래. 하지만 실존 인물이 아니라면, 너희가 도대체 왜 여기에 왔는지 전혀 짐작이 안 가. 캣은 너희가 도망치고 있을지도 모른다고 생각해."

나는 바보같이 이런 말을 내뱉고 말았다.

"무슨 소리야, 실존 인물이냐니? 그렇다면…… 어, 아니기라도 하단 말이야?"

나는 움츠러들었다.

"만약에 실제 존재한다고 해도 너희랑 가장 친한 친구는 분명 아닐 거야."

이 문제만큼은 확실하게 말할 수 있었다. 방어할 확실한 무언가가 있었다.

"로스는 내 둘도 없는 절친이야. 로스, 케니, 심 모두가."

"하지만 어디 사는지도 모르면서 어떻게 절친이라고 할 수 있어?"

"알아. 말했잖아. 커쿠브리에 산다고."

"아니야. 우리한테 커크쿠드브라이트라고 했어. 방금 그 애가 거기 산 지 1년쯤 됐다고 했지? 1년이 지나도록 자기 사는 곳을 어떻게 발음하는지도 얘기 안 해줬단 말이야?"

나는 우물쭈물했다.

"어, 거기는 그 애가 사는 곳 근처일 뿐이야. 그러니까, 거기 한복판은 아니라는 거지, 정확히 말하자면."

카일리는 고개를 저었다.

"진짜라니까. 내가 맹세할게. 케니랑 심한테 물어봐. 로스는 분명히 우리 절친이야. 우리 넷이 다 서로 절친이라고."

카일리는 생각에 잠긴 채 아무 말이 없었다.

바람이 점점 강해져서 여름날의 온기를 뺏어가고 있었다. 내가 말했다.

"점퍼 꺼내야겠다."

배낭을 가지고 온다는 건 놀이기구에서 빠져나올 좋은 핑계였다. 카일리가 기대고 있었던 내 옆쪽은 그 애의 온기가 사라지자 금세 차갑게 식었다.

카일리는 담요를 들고 나를 따라왔다.

"너희가 진짜로 절친이기는 한지도 잘 모르겠다."

나는 충격을 받았다. 그리고 불쾌했다.

"무슨 소리야. 물론 우린 절친이야."

"너는 케니, 심, 로스한테 생일 선물 사주니?"

"아니."

조금은 냉소적인 말투였다.

"남자애들은 절대 안 그러지? 여자애들은 크리스마스나 생일날 선물을 해. 우리 우정이 얼마나 특별한지, 서로를 얼마나 생각하고 있는지 보여주는 일이니까. 내가 2월에 몸이 아팠을 때, 학교는 고작 이틀 빠졌지만, 헤일리과 캣은 그래도 나를 보러 와서 얼른 낫기를 바라는 편지를 주고 갔어. 지난주에 피아노 시험을 쳤는데, 행운을 빌어주는 편지도 줬어. 남자애들은 절대 편지 같은 건 안 쓰지."

내가 남자라는 사실이 참으로 감사했다. 하지만 나는 이렇게 말했다.

"그렇다고 우리가 친구가 아닌 건 아니야."

"여자애들은 늘 이야기를 나눠. 우린 서로 모든 걸 다 얘기해."

"우리도 늘 얘기해."

"언제?"

"학교에서. 집에서. 얼굴 볼 때마다 늘."

"우리는 밤마다 전화를 해. 시도 때도 없이 문자 메시지도 보내고. 얼굴 볼 때만 그러는 게 아니라는 거지. 남자애들은 해야 할 얘기도 서로 하지 않아. 나는 늘, 언제고 간에 하고 싶은 얘기는 뭐든지 다 할 수 있어."

내가 케니와 심한테는 얘기할 엄두도 못 내는 것이 한두 가지 있다는 걸 알고 있었다. 하지만 로스였다면 얘기할 수 있었을지도 모른다…….

내가 말했다.

"그건 좀 불공평하잖아? 좋아, 우리는 시도 때도 없이 얘기하지는 않는지도 몰라. 하지만 그건 그럴 필요가 없기 때문이야. 케니와 심은 내가 필요하다고 하면 언제든 와줄 거야. 사실 오늘만 봐도 그래. 번지점프 얘기 들었지? 그걸 운영하는 인간은 진짜 개자식이었지만, 케니와 심은 내내 내 옆에 있어줬다고."

나는 내 감정이 이렇게 강력하다는 것에 대해 스스로 놀랐다. 나는 부당한 취급을 받고 있다고, 오해받고 있다고 느꼈던 것이다.

"서로를 위해 하는 일들을 전부 다 소리 내어 말하지 않을 뿐이야."

카일리는 내 말을 이해하지 못하는 것 같았다.

"남자애들을 쭉 봐왔는데, 대부분이 싸움박질을 하고 나서는 서로 좋아해서 그랬다고 얘기하던걸."

내가 말했다.

"대부분이지 전부는 아니야."

"우리는 서로에 대해 모르는 게 없어. 헤일리와 캣의 옷 사이즈도 알고, 서로 옷도 바꿔 입어. 너는 절대로 케니랑 옷 안 바꿔 입을 거 같은데."

"야, 씨. 절대 안 하지. 그 자식이 입고 있는 티셔츠 너도 봤잖아?"

"그럼 너희는 뭘 해? 나는 남자 형제가 둘 있는데 남동생이랑 친구들이 하는 것이라곤 하루 종일 컴퓨터 게임뿐이야. 오빠는, 이름이 케일럼인데, 늘 하는 거라곤 오토바이를 타거나 오토바이를 닦거나 오토바이를 수리하는 것뿐이야. 진짜 사람보다 오토바이가 더 좋은가 봐. 아니면 축구를 하고."

"어, 그래. 우리는 축구를 하고 컴퓨터 게임을 해. 하지만 그것도 친구랑 하는 건 맞잖아, 안 그래?"

"아니. 안 그래. 그건 이기려고 하는 거야. 서로 경쟁하는 거지."

"나는 케니랑 심을 위해서는 뭐든 할 수 있어."

이런 말을 큰 소리로 내뱉자니 기분이 이상하고 당혹스러웠다.

하지만 우리는 친구다. 단지 그것뿐이다. 카일리가 이 사실을 하찮게 여기는 것은 정말 싫었다.

"너희 셋이랑 다를 게 없어. 나랑 케니랑 심은 로스를 위해서라면 뭐든지 해. 자 봐, 지금 우리가 로스를 위해서 뭘 하려는지를. 스코틀랜드까지 이 먼 길을 왔어. 정말 친한 친구가 아니라면 누군가를 위해서 이렇게까지 할 수 있겠어? 정말로 보고 싶어서 그러는 거란 말이야. 나는 정말로, 진심으로, 100퍼센트 로스가 보고 싶어. 로스가 여기 함께 있기를 내가 얼마나 바라는지 알아? 왜냐하면……."

나는 그다음으로 나올 단어를 재빨리 입속으로 꿀꺽 삼켰다. 하지만 내 목에 걸린 덩어리 때문에 쉽지가 않았다. 로스가 보고 싶었다. 나는 갑자기 솟구친 눈물도 꿀꺽 삼켜야 했다. 로스는 여기 있어야 해. 지금.

"보고 싶으니까."

카일리가 물었다.

"하지만 그 친구도 알아? 내가 장담하는데, 너희는 그 친구 앞에서 이런 얘기 한 번도 안 했을걸."

추웠다. 닭살이 돋았다. 내 목소리는 더듬거리고 있었다.

"……못 했어."

나는 솔직히 털어놓았다.

"못 했어. 한 번도 얘기한 적 없어."

나는 만난 지 얼마 안 된 여자애 앞에서 눈물을 흘리며 무너져

내릴지도 모른다는 사실에 겁이 났다. 케니와 심이 알게 된다면 돌이킬 수 없다. 내 얼굴이 어둠에 가려져 있다는 사실에 감사하며 나는 고개를 떨구었다.

바람이 나무 꼭대기를 바스락거리며 지나갔다. 어두운 밤하늘에 구름이 흘러갔다. 거센 폭풍우가 지나가는 듯했다. 나는 배낭을 뒤져 점퍼를 꺼냈다. 로스를 감쌌던 점퍼를 펼치면서 카일리한테 전부 다 털어놓고 싶은 유혹에 시달렸다. 단지 네가 틀렸다고 말하고 싶어서. 점퍼를 머리 위로 덮어 입으면서, 눈물 자국을 지우려고 살금살금 얼굴을 문질렀다. 옷을 다 입고 고개를 내밀었을 때, 우리를 향해 손전등이 들판을 이리저리 움직이는 것을 보았다. 누군가가 길을 건너서 출입문을 넘어온 것이다.

"누구지?"

카일리는 누군가의 이름이 불리는 순간 뒤를 돌아보았다.

"헤일리!"

목소리는 스코틀랜드 사람이었고, 그림자의 덩치를 보건대 몸집이 큰 사람이었다.

우리 오른쪽 풀밭 쪽에서, 욕설과 함께 분주한 움직임이 들려왔다. 헤일리의 손전등이 깜빡이며 켜졌다. 심이 짜증나고 당황한 얼굴로 눈을 가늘게 뜬 것이 보였다. 잠시 후 그 불빛은 낯선 손님을 이리저리 비추어댔다.

그 사람은 다시 외쳤다.

"헤일리!"

카일리의 얼굴에 근심이 서렸다. 카일리는 담요를 낚아채더니 쇼핑백에 다시 말아 넣었다.
"헤일리 아버지야?"
카일리는 고개를 저었다.
"아니야. 우리 오빠 케일럼."
"그런데 왜 헤일리를 찾아?"
"자기 여자친구니까."

24

 상황이 최악으로 치달을 수도 있었지만, 다행히 비가 내리기 시작했다. 빗줄기가 강하게 퍼부었다. 누구라도 이렇게 퍼붓는 빗속에서 싸우고 싶지는 않을 것이다. 케일럼도 심도, 먼저 패배를 인정하는 사람이 되고 싶어 하지는 않았다.
 둘은 어둠 속에서 서로를 향해 경계 태세를 취했다. 나는 케니와 내가 심의 편이라는 걸 카일리가 알아차리길 바랐다. 케일럼은 스물한두 살쯤 되어 보였고, 오토바이 윤활유로 얼룩진 것 같은 얇은 티셔츠를 입고 있었다. 사각 턱에, 록 스타같이 짧은 수염을 기른 덩치 큰 사내였다. 심보다는 잘생겼고, 그래서 얼굴에 상처를 입는 걸 좀 더 걱정할 것 같아 보였다. 어쨌거나 그는 먼저 주먹을 날릴 생각은 없어 보였다. 비 때문에 머리가 푹 젖어서 빗방울이 코로 뚝뚝 떨어졌다.
 나는 심에게 말했다.
 "가만히 있어. 싸울 일이 아니야."
 심은 분명히 호시탐탐 기회를 엿보았을 것이다.

심은 머리 위로 손을 올려서, 칫솔의 거센 털을 다듬을 때처럼 빗방울을 털어냈다.

"저 사람이 먼저 물러서야지."

헤일리는 남자친구의 팔을 잡아당겼다.

"아무 일 없었어, 케일럼. 아이 씨, 이럴 때 진짜 싫다니까. 가자, 얼른."

케일럼의 스코틀랜드 억양은 여자애들보다 훨씬 더 강했다.

"너 찾으러 온 거야. 너희 아버지가 네가 캣이랑 있을 거라고 해서, 여기 있을 줄 알았어."

캣이 말했다.

"봐, 헤일리는 나랑 있었다고. 우리 다 여기 있잖아. 대체 왜 이렇게 안달복달이야?"

케일럼은 심의 얼굴에 삿대질을 했다.

"이 자식도 여기 있으니까 그렇지."

심은 그 손가락을 잡아서 관절을 뚝 꺾어버리고 싶다는 표정이었다.

"야, 심. 내버려둬."

케니가 말했다. 그러더니 마치 우리가 아직도 모른다는 듯이 말했다.

"비가 오네."

헤일리가 말했다.

"나 홀딱 젖었어."

헤일리는 남자친구의 손을 놓더니 큰길을 향해 들판을 성큼성큼 걸어 나갔다. 카일리도 몸을 돌려 따라가면서, 캣한테 따라오라고 신호를 보냈다.

케일럼은 손으로 얼굴을 문질러 빗물을 털어냈다. 심은 그를 향해 한 발짝 나아갔다. 나는 늘어지고 축축하고 차가워진 점퍼 속에서 몸을 떨었다.

캣은 재빨리 케니를 안았다.

"나 기다리고 있어, 알았지? 내일 아침에 다시 올게."

그러고는 자기 친구들을 부지런히 쫓아갔다.

케일럼은 여자애들이 사라지는 것을 지켜보았다. 그러고는 심에게 말했다.

"운 좋은 줄 알아라."

심은 눈살을 찌푸렸다.

"겁쟁이 주제에."

케일럼이 주먹을 휘두를 수도 있었지만, 헤일리가 외쳤다.

"가자, 케일럼."

헤일리는 큰길을 향해 출입문을 넘었다.

"진짜 운 좋았다."

케일럼은 심에게 으르렁거리고는 여자애들을 따라갔다.

케일럼은 마치 뽐내듯이, 멋있게 보이려는 듯이 걸어 나갔다. 하지만 홀딱 젖은 생쥐 꼴일 뿐이었다. 여자애들이 출입문에서 기다리고 있었다. 케일럼은 들판 중간쯤에서 한 번 멈춰 서서 담뱃불을 붙이려고 했지만 손전등을 든 채로 담뱃불을 붙이는 일은 쉽지 않았다. 헤일리가 얼른 오라고 고함을 지르더니 큰길 너머로 성큼성큼 사라졌다. 친구들도 그 뒤를 따랐다. 캣은 케니에게 손을 한 번 흔들어주었다. 케일럼은 축축한 담배를 던져버리고, 출입문을 향해 느릿느릿 걸어가서 큰길가로 사라졌다. 캄캄한 어둠 속이라, 케일럼이 우릴 돌아봤는지 아닌지는 알아볼 수 없었다.

심이 말했다.

"제대로 밟아줄 수 있었는데! 자기가 뭔데 그러는 거야?"

"네가 저 사람 여자친구랑 놀아났던 거야. 너를 한 대 갈길 권리 같은 게 있다고 볼 수 있지."

케니가 걱정하며 물었다.

"다시 오면 어떡하지? 친구들도 데리고 오면?"

심은 아무 대답이 없었다. 자기 배낭과 여자애들이 남기고 간 손전등을 휙 낚아채더니 나무들이 우거진 떠돌이 호텔을 향해 멀어져갔다.

우리도 수풀을 헤치고 폐가를 향해 전진했다. 혹시라도 노숙자가 이미 자리를 잡고 누워 하룻밤을 보내고 있을 수도 있지 싶어서, 나는 안으로 들어가기 전에 불빛을 비춰보고 싶었다. 하지만 심은 어두컴컴한 첫 번째 방으로 바로 돌진했다. 심은 배낭을 바닥에 내던지고는 안을 뒤져서 젖지 않은 티셔츠를 찾았다. 나는 심을 따라 그다음으로 들어갔지만, 주위에 다른 게 없는지 꼼꼼히 살펴보았다. 전에 살짝 들여다보았을 때와는 별로 달라진 게 없는 것 같았다. 바닥에는 똑같은 낙엽과 진흙이, 벽에는 똑같은 낙서들이 남아 있었다. 하지만 이 집 안으로 뻗어나가는 두 개의 출입문은 아까보다 훨씬 더 음침해 보였다.

　나는 깨끗한 티셔츠를 꺼냈고, 한 벌 남은 옷을 케니에게 주었다. 케니는 착하게도 자기한테 너무 크다는 말을 하지 않았고, 나 또한 케니가 오렌지색 괴물 딱지를 벗게 되어서 얼마나 기쁜지 모르겠다는 말을 하지 않았다. 우리는 조금이라도 마르기를 기대하며 젖은 옷을 배낭 위에 널어놓았다. 케니는 여기 있는 게 전혀 기쁘지 않아 보였다. 심이 이리저리 손전등을 비추자 케니는 자기 그림자에 놀라 펄쩍 뛰었다. 케니는 어두컴컴한 두 개의 문에서 등을 돌리지 않고, 앉아서 그쪽을 바라보았다. 심과 나는 케니 양쪽에 털썩 주저앉아 벽에 등을 기댔는데, 벽은 손을 대면 부서지는 비스킷처럼 잘게 부서져 내렸다. 우리 가운데 누구도 아무 말이 없었지만, 이 어두운 방에 계속 있는 게 좋겠다는 생각은 아무도 하지 않는 것 같았다. 심은 발밑에 있는 손전등을 꺼내, 한쪽 구석을 조준하고 동그랗고 넓게 쏘아서 혹시라도 누군가가 문으로 들어오지는 않을지 지켜볼 수 있도록 준비했다.

　바깥의 폭풍우는 거세게 몰아치는 단계를 넘어서 불안한 마음이 들 정도가 되었다. 번개가 밤하늘을 쾌걸 조로의 Z 자 형태로 갈랐으며, 비는 줄무늬를 그릴 수 있을 정도로 주룩주룩 쏟아졌다. 빗줄기가 나무를 흔들고 낡은 지붕을 때리는 소리가 들려왔다. 빗줄기가 바람을 타고서 열린 문 틈으로 쏟아져 들어오지 않는다는 게 감사할 뿐이었다. 손전등이 없었더라면 칠흑같이 깜깜했을 것이다.

마침내 케니가 입을 열었다.

"나 오줌 마려워."

심이 성질을 냈다.

"밖에서 싸."

"하지만 밖에 나가면 다시 흠뻑 젖을 텐데."

"이 안에서 싸면 얻어터질 줄 알아."

"그치만 밖에 누가 있기라도 하면 어떡해? 헤일리 남자친구라든지."

"이런 날씨에 다시 오겠냐."

"노숙자가 있으면 어떡해?"

"우산 있냐고 한번 물어봐라."

케니는 꿍얼거렸지만 그 자리에 계속 머물렀다. 참기로 한 모양이었다.

심이 중얼거렸다.

"제대로 밟아줄 수 있었는데! 할 수 있었는데! 씨. 안 그래?"

내가 말했다.

"그럴 만한 가치가 없었을 거야."

심이 분하다는 듯 말했다.

"아, 씨. 지가 뭐라고! 헤일리랑 뭔 일이나 있었으면 억울하지나 않지."

나는 어깨를 으쓱거렸다.

"세상에 어느 누가 케니가 행운의 주인공이 될 거라고 생각했겠어?"

케니가 씨익 웃었다.

"우리가 떠나기 전에 나를 보러 온댔어. 괜찮지, 그치? 얼른 다시 만나고 싶어."

"올 거면 아주 일찍 와야 해. 우린 꾸물댈 시간이 없어."

심은 여전히 분이 풀리지 않는 눈치였다.

"그 자식한테 대체 네가 뭔데 그러느냐고 물었어야 했는데. 날 무서워하지도 않았어."

내가 말했다.

"다 지난 일이야. 잊어버려. 그저 그런 날 가운데 하루일 뿐이야. 나는 이 거대한 몸으로 번지점프대에서 뛰어내리는 포스터가 블랙풀 전 지역에 쫙 도배됐고, 너는 덤프리스의 웬 들판에서 싸움에 휘말릴 뻔했고, 케니는 정신없는 스코틀랜드 아가씨랑 사랑에 빠졌지. 이게 다 우리가 절친의 유골을 훔쳐냈기 때문이야. 내가 말했잖아. 그저 그런 날 가운데 하루일 뿐이라니까."

심은 투덜거리기도 하고 웃기도 했지만 분명히 가슴속이 부글부글 끓고 있었을 것이다.

나무를 스쳐가는 바람 소리가 너무 거세서 마치 공장 기계 돌아가는 소리 같았다. 이러다가 떠돌이 호텔이 끝장나는 걸 보게 되는 게 아닐까 걱정되기 시작했다. 오랜 세월을 견딘 끝에 폭풍우가 몰아쳐 지붕이 다 벗겨지고 벽이 다 무너져 내리는 건 아닐지.

케니가 말했다.

"나 진짜 쌀 거 같아."

심과 내가 입을 모아 말했다.

"그럼 가!"

케니는 발을 질질 끌면서 안절부절못했다.

"손전등 가져가도 돼?"

우리 둘은 다시 입을 모았다.

"안 돼."

케니는 씩씩거리며 욕을 했지만 여전히 제자리에 앉아 있었다.

심이 말했다.

"나는 지는 거 정말 싫은데. 내가 지는 거 몇 번이나 봤냐?"

"넌 진 게 아니야. 아니라고. 너는 그 사람 여자친구랑 같이 있었어. 만약 반대였다면, 나는 너를 말릴 생각도 안 했을 거야."

심은 내 말을 곰곰이 생각해보는 듯했다.

"덩치만 큰 스코틀랜드 개자식."

하지만 마침내 분을 삭이고 있는 것은 분명했다.

"불알을 차버리지 않은 것만 해도 다행인 줄 알아야지."

나는 고개를 끄덕였다.

"배를 터뜨리지 않은 것도 다행이고."

심이 껄껄 웃었다. 그러고는 진심으로 덧붙였다.

"그래. 다음엔 꼭 터뜨려줄 거야."

케니가 말했다.

"누구 나랑 같이 가줄 사람 없어?"

심이 물었다.

"왜 그러는 거야, 케니? 머리 없는 유령이 무서워?"

케니는 대답 없이 발끝만 바라보았다.

"아, 제발, 케니……."

"그럼 네가 나랑 같이 가."

심은 아무 말이 없었다.

나는 어두운 출입문을 가리켰다.

"그럼 저 안으로 들어가면 되잖아. 여기랑 충분히 떨어져 있어서 오줌 튀기는 소리, 뚝뚝 떨어지는 소리 안 들어도 되잖아. 밖으로 나갈 필요도 없고. 안 그래? 다른 사람도 여기서 그랬던 것 같은 냄새 안 나냐?"

"그래도 손전등 필요해."

심과 나는 서로를 바라보면서 눈동자를 굴리고 한숨을 쉬고 투덜거렸다. 우리 둘이 같이 가는 건 다 케니를 위해서라는 듯이. 하지만 마음 깊은 곳에서는 둘 중 누구도 이 어둠 속에 혼자 남고 싶지 않았던 것이다.

손전등을 가진 내가 먼저 나갔다. 나는 왼쪽 문을 선택했다. 그러다가 마음을 바꿔서 오른쪽 문으로 향했다. 앉아 있는 동안에 누군가가 우리를 지켜보고 있다는 이상한 느낌이 들었던 것이다. 바늘 때문에 목 뒤가 따끔거리는 듯한 서늘한 기분이었다. 친구들에게는 아무 말 하지 않았고, 그 느낌을 무시하려고 애를 썼다. 헤일리의 남자친구가 다시 맞짱을 뜨려고 돌아왔거나, 우리가 거처에 침입해서 화가 난 노숙자일 거라는 생각이 들었다. 누군가의 눈길이 분명히 느껴졌다. 케니와 심과 함께 방을 걸어가는 순간 누군가가 왼쪽 문으로 연결된 방에서 기다리며 귀를 기울이는 기척이 났다. 그래서 오른쪽 문으로 나가기로 한 것이다.

하지만 방 안으로 발을 내딛기 전에 나는 손전등으로 그 안을 천천히 이리저리 비추어보면서 아무도, 그 어떤 것도 그림자 사이에 숨어 있지 않다는 걸 확인했다. 그 방은 첫 번째 방과 거의 같은 크기였고, 자연물과 인공물을 망라해 온갖 지저분한 쓰레기가 널려 있었다. 한쪽 벽에는 반쯤 부서진 벽난로가 있었는데, 검은 재가 가득했다. 그 앞의 바닥에는 얼룩지고 곰팡이가 핀 매트리스가 놓여 있었다. 내가 들어가고 싶지 않았던 방으로 향하는 문은 우리 왼쪽에 있었다. 나는 거기서 물러서서 벽난로와 매트리스 쪽으로 가까이 다가갔다.

케니가 말했다.

"누가 진짜로 여기 살고 있나 봐."

내가 말했다.

"어, 어쨌든 여기서 잠은 자는 것 같다."

낡은 지붕 위로 빗방울이 타닥타닥 소리를 내며 떨어졌다.

"얼른 오줌이나 눠."

날이 선 목소리를 감출 수가 없었다.

"누군가 자는 공간에서는 못 하겠어."

심이 말했다.

"남자 화장실을 찾고 싶으면, 너 혼자 찾아봐."

"저기로 가면 안 될까?"

케니는 내가 피하고 싶어 하는 방 입구 쪽으로 돌아섰다.

"케니, 저기……."

심이 내 팔을 잡았다.

"쉿!"

"왜?"

"무슨 소리 못 들었어?"

케니가 소리 나는 곳을 가리켰다.

"저기서 들려. 내가 들었는데……."

"조용히 해!"

심이 씩씩거렸다.

우리 모두 다른 방에서 뭔가 휙 지나가는 소리를 들었다.

등골이 오싹해지면서 극도의 공포가 밀려왔다. 나는 그 자리에 얼어붙었다. 아무도 숨소리조차 내지 못했다. 나는 겨우 손전등을 들어 올려서 빈 복도를 비추었다. 하지만 방에 그림자만 지게 했을 뿐이었다. 아무것도 보이지 않았다.

케니는 고개를 덜덜 떨면서 어깨를 늘어뜨리고, 주먹을 꽉 쥐었다. 여차하면 도망갈 준비가 된 것이다. 심은 여전히 내 팔을 붙잡고 있었는데, 너무 세게 잡은 나머지 아플 정도였다. 곧이어 소리가 다시 들렸다. 심이 너무 꼭 움켜쥐는 바람에 나는 꽥 소리를 질렀다.

케니가 낮은 소리로 말했다.

"아, 씨. 아, 씨. 어떡해. 아, 씨. 어떡해."

폭풍이 쿵쿵거리며 유령의 비명 소리를 냈다. 낡은 폐가 전체가 신음하고 있었다. 우리는 꼼짝도 못 하고 조용히 서 있었다. 움직이는 게 현명한 일 같지 않았다. 우리는 온 힘을 다해 귀를 기울였지만, 폭풍우 소리 말고는 아무것도 들리지 않았다.

내가 말했다.

"바람 소리였어. 창문 사이나 뭐 그런 데로 불어오는 소리였나 봐."

"아니야. 농담 아니고, 진짜 아니었어. 아, 하느님. 제기랄, 이게 무슨 꼴이람."

하지만 바깥의 비와 바람 소리를 빼면 주위가 조용했다. 그렇다고 해도 우리는 그 자리에서 꼼짝 않은 채 숨을 죽이고서 바짝 긴장한 채 귀를 기울이고 있었다.

내가 말했다.

"짐승이었을 수도 있어. 여우나 오소리나 뭐 그런 거……."

심도 케니도 아무런 반응이 없었다.

나는 깊이 심호흡을 하고 기운을 차리려고 애썼다.

"케니, 이제 일 봐. 그리고 가자."

"하지만……."

나는 손전등을 좌우로 흔들었고, 최대한 멀리 빛을 보냈다.

"봐, 아무것도 없······."

바로 그때, 우리 셋 다 바닥에서 여자애의 머리를 보았다.

심은 헉헉거리며 욕설을 내뱉었다. 케니는 울부짖었다. 나는 하마터면 손전등을 떨어뜨릴 뻔했다. 우리 모두 그녀의 얼굴을, 눈동자를, 머리카락을 보았다. 우리는 펄쩍 뒤로 물러나 도망치려 했다.

그때였다. 심이 말했다.

"축구공이야. 봐, 보이지? 세상에. 와. 보여? 축구공이야."

심은 경박스럽게 클클 웃었다.

나는 손전등을 들어서 낙엽이 가득한 마룻바닥에 놓여 있는 반쯤 바람 빠진 축구공을 비추었다. 가발 아래, 그려 넣은 얼굴과 눈동자 아래로 낡은 가죽 표면에 육각형 이음새가 보였다. 참고 있던 숨을 내뱉고 나니 온몸이 축 처졌다.

심이 말했다.

"제길. 오줌 지릴 뻔했네."

우리 중 그 누구도 그 방에 들어가길 원치 않았던 것 같다. 하지만 축구공은 자세히 들여다봐야 했다. 발을 내딛기 전에 나는 손전등을 다시 비추었다. 이곳은 아마도 전에 부엌이었던 것 같다. 커다란 구식 화로가 놓여 있었을 움푹 파인 자리가 있었고, 지금은 다 부서졌지만 거대한 석제 싱크대처럼 보이는 것이 있었다. 창문이 열려 있고, 아까 밖에서 봤던 꽉 닫혀 있고 훼손된 금속 문이 있었다. 방 구석에는 계단 같은 것이 있었다. 그것을 보자마자 우리 머리 위에서 발소리가 들리는 것 같았다. 하지만 이건 머릿니가 있다고 생각하면 저절로 머리를 긁게 되는 거나 마찬가지라고 스스로를 달랬다. 그래도 로스의 엄마 생각이 났다. 계단 위에 마치 유령처럼 서 있던 모습이.

방 안으로 들어섰을 때 나는 손전등을 들고 어두운 구석구석을 쓸어내듯 비추었다. 심이 축구공을 집어 들었다. 가까이서 보니, 그것은 마치 사람 모양의, 그냥 축구공이었다.

심이 말했다.

"캣이 한 짓일 거야. 재미있을 거라고 생각해서."

케니가 말했다.

"캣한테 뭐라고 하지 마. 걔에 대해서 잘 모르잖아."

심이 외쳤다.

"캣! 나와. 네가 한 건지 다 알아."

하지만 가발은 먼지와 낙엽으로 뒤덮여 있었고, 페인트는 표면이 다 일어나고 빛이 바래 있었다. 내가 말했다.

"캣이 그랬다면, 조금 전에 만들어놨을 텐데. 그렇게 생각한다면 너한테 정신적으로 문제가 있는 거야."

"그러니까 캣일 리가 없다는 거지. 진심 캣은 아무 문제 없어."

심이 어깨를 으쓱거렸다.

"꼬마들을 겁주려고 만들어놓은 걸 수도 있고."

"어른들도 겁나는 건 마찬가지야."

심은 축구공을 손에 들고 이리저리 돌리며 다시 한 번 뚫어져라 바라보았다. 그러고는 열린 창문으로 한 걸음 다가가더니, 바깥으로 차버렸다.

"어떠냐, 케니. 벌써 하나 죽였네."

케니는 전에 화로가 있었을 법한 우묵한 곳으로 발걸음을 옮겼다. 케니가 누기 시작하자 나와 심도 오줌이 마려웠다. 그렇게 우리 셋은 거기 나란히 섰다. 심이 말했다.

"오줌발 엇갈리게 하지 마."

우리는 재빨리 첫 번째 방으로 돌아와 배낭을 옆에 두고 현관문 가까이 앉았다.

"아직도 소리 들리지 않냐? 그치?"

케니는 이렇게 말하고는 손전등을 들고서 다시 방 구석구석을 비추었다. 100퍼센트 우리밖에 없다는 것을 확인하고 확신하는 뜻으로.

심은 골똘히 생각에 잠겨 있는 듯했다.

내가 말했다.

"여우나 뭐 그런 걸 거야. 우리가 겁나서 도망갔을걸."

"캣이 한 얘기 진짜일지도 몰라. 너도 겁먹었잖아, 블레이크. 아니라고 거짓말하지 마."

나는 케니한테서 손전등을 뺏어서 우리 발밑에 놓았다.

"아까 말했잖아. 이런 장소에서 걱정해야 할 건 유령이 아니라고. 만약 노숙자들이 정말로 이곳에 살고 있다면, 우리가 걱정해야 할 건 그 사람들이라고. 안 보이는 존재들보다는 형체가 있는, 살아 있는 사람들이 더 큰 문제야. 커다란 칼을 들고 있는 수염 난 미친 사람들을 알지도 못하는 곳에서 만난다는 게 진짜로 겁나는 일이야."

"유령이 없다는 걸 어떻게 알아?"

"세상에 그런 건 없어. 진짜가 아니기 때문이지. 존재하지 않기 때문이고."

나는 모르겠다는 듯 어깨를 으쓱했다.

"계속 얘기해줘?"

"하지만 너도 모르잖아. 안 그래? 증명할 수가 없잖아."

나는 한숨을 쉬었다. 내 편을 들어주길 바라며 심을 쳐다보았다. 하지만 돌아온 대답은.

"나는 유령 믿어."

"뭐라고? 제길. 내 주변에 다 심령주의자였어?"

나는 농담으로 말했지만, 놀란 것은 사실이었다.

"사귀던 남자를 찾아오거나 하는 머리 없는 소녀 유령을 믿지는 않아. 하지만 우리가 죽었을 때 무언가 일어날 거라고 생각해. 안 그래? 우리는 어딘가로 갈 거잖아. 아니야?"

"뭔 개소리야."

"아니야. 진지하게 말하는 거야."

"그래, 나도 진지하게 말하는 거야. 개소리라고."

케니가 물었다.

"너는 신을 안 믿어?"

나는 진짜로 궁금했다.

"그게 지금 이거랑 무슨 상관이야?"

"어, 천국과 지옥 뭐 그런 거 말이야. 우리가 죽으면 갈 곳. 너는 죽음 뒤의 삶이나 뭐 그런 거에 대해 전혀 안 믿어?"

"전혀."

"그럼 너는 뭐냐, 무신론자야?"

"그렇지."

"믿을 수가 없는데."

"네가 믿든 말든 뭔 상관."

"그럼 우리가 죽으면 그다음에 어떻게 되는데?"

나는 한숨을 내쉬었다.

"만약에 운이 좋으면, 절친이 유골을 훔치겠지. 그리고……."

케니는 이 말을 전혀 재미있어하지 않았다.

"네가 그렇게 말하면 안 되지. 너도 우리가 옳다는 걸 알고 있잖아. 로스는 신을 믿었다고."

"아니야. 어머니 아버지가 교회에 다녔으니까 꾹 참고 같이 다녔던 것뿐이라고. 게다가 같이 다니지 않은 지도 오래됐어."

"로스는 자기만의 기도문을 쓰기도 했어. 내가 봤는걸."

"몇 년 전 이야기야."

나도 그걸 본 적이 있었다. 그건 내가 여태껏 읽어본 최고로 기분 나쁜 시였다. 로스는 한때 신을 믿은 적이 있지만, 그러다가 믿지 않았다. 또 그러다가 믿고, 또다시 믿지 않았다. 요즘 들어서는 나와 생각이 같다는 걸 알고 있었다. 그 문제에 대해 얘기를 나눈 적이 있으니까.

"로스는 요즘에는 아무도 오딘이나 주피터나 제우스를 믿지 않는다고 했어. 그래서 머지않아 사람들이 현대의 신도 믿지 않게 될 거라고 생각했고."

심이 말했다.

"네가 하는 말은 다 헛소리야."

손전등 불빛에 비친 심의 얼굴은 잔뜩 화가 나 있었다.

"네 말대로라면 로스의 삶이 낭비였다는 말이야? 정말 그렇게 생각한다면 넌 대체 왜 여기 있는 거야?"

"난 그런 얘기 한 적 없어."

"아니. 그랬어. 넌 그렇게 말했다고. 만일 네가 신도 믿지 않고, 천국이나 죽음 뒤의 삶을 믿지 않는다면, 왜 우리가 이렇게까지 해야 하는 건데?"

"나는 로스가 무덤 안에서나 아니면 다른 세계에서 우릴 지켜보고 있다고 생각해서 이러는 게 아니야. 너는 어떤지 모르겠지만, 난 로스가 내 둘도 없는 친구였기 때문에 이러고 있어."

나는 내 옆으로 배낭을 바싹 끌어당긴 뒤 그 안에서 항아리를 꺼냈다.

"이게 지금 로스의 모습이야. 난 정말로, 정말로, 로스가 여기 있으면 좋겠어. 하지만 지금 이게 로스의 전부라고. 로스는 우리가 뭘 하고 있는지 전혀 알 수가 없어. 알잖아, 로스는 이제 죽었다고."

심은 점점 더 공격적으로 변했다.

"그래서 네 얘기의 요점이 뭐야? 지금 그게, 그 항아리에 담긴 재가 로스의 모습 전부라면, 전에 살아 있을 때는 어땠는데? 우리가 죽은 뒤에 아무것도 남지 않는다면, 왜 굳이 살아 있으려고 하는 건데?"

나는 제대로 된 답을 찾으려고 애썼다.

"왜냐하면 이것 때문에,"

나는 마침내 말을 꺼내고는 떠돌이 호텔과 이 어두운 방과 우리 모두를 다 감싸 안을 듯이 팔을 뻗었다.

"그래, 맞아. 로스는 이제 항아리에 담긴 재일 뿐이야. 하지만 살아 있지 않았다면, 우리가 여기 있지도 않겠지. 만약 로스가 살아 있지 않았다면 우리가 했을 리 없는 모든 것들을 생각해봐. 우리는 만나지도 않았을 거야. 로스는 케니를 가장 먼저 알았고, 그 다음엔 너를, 그다음엔 나를 만났어. 로스가 우리를 하나로 뭉치게 했어. 안 그래? 우리를 전부 다 끌어당기는 자석 같았단 말이야. 만약 로스가 사후의 삶을 산다면 그건 우리 안에서일 거야. 그렇지 않아? 앞으로 우리가 영원히 기억할 테니까 로스가 늘 맘에 걸릴 거야. 우리는 계속 로스 얘기를 하겠지. 그게 진정한 영생이야. 그게. 그게 영원한 삶이란 말이야."

심은 여전히 언짢은 얼굴이었다. 하지만 표정을 보니 차츰 화가 누그러들고 있었다. 아, 제발. 나는 속으로 빌었다. 심이 성경을 독파한 근본주의자일 거라고 누가 생각이나 했을까.

바깥에서는 폭풍우가 잦아드는 것 같았다. 나무를 스치던 바람은 언제 그렇게 큰 소리를 냈냐는 듯 흔적이 없었다. 나는 시계를 들여다보았다. 2시 20분이었다. 우리가 로스네 집 부엌에 앉아 있었던 뒤로 열여섯 시간이 흘렀다는 사실을 믿을 수가 없었다. 로스의 가족들은 잠이 들었을까. 우리가 그들을 잠 못 이루게 하고, 분노하게 하고, 걱정시키면서 궁금하게 했을까.

계단 위에 서 있던 로스 어머니가 생각났다. 그 모습이 계속 떠올라 마음이 괴로웠다. 내가 봤던 모습 가운데 가장 유령에 가까웠던 게 바로 그 모습이 아닐까.

3부

타조들

25

 자다 깨다를 반복한 밤이었다. 우리는 꿈과 현실 사이를 왔다 갔다 했다. 나는 잠들었는지도 몰랐다가 두어 번 갑자기 깨어나 벽에 등을 꼿꼿이 세우기도 했다. 잠에서 깼을 때 케니가 내 다리에 몸을 큰대자로 걸친 채 부르르 떨고 코를 골면서 잠결에 혼자 중얼거리고 있는 광경도 두 번 보았다. 두 번 다 케니는 벌떡 일어나 외쳤다.
 "뭐? 그게 뭔데?"
 4시 반쯤 동이 틀 때가 되어서야 우리는 배낭을 나눠 베고서 바닥에 누워 있어도 괜찮고, 눈을 감아도 별일 없을 거라는 생각이 들었다. 자기가 어둠 속에서 살해당했다고 누가 얘기한다 해도, 물론 믿지도 않았겠지만, 너무 기진맥진한 상태였던 것이다.
 발을 질질 끄는 소리에 잠이 깼다. 깜짝 놀라서 일어났다. 나는 경찰에게 쫓기는 꿈을 내내 꾸고 있었고, 깨어났을 때는 아드레날린이 솟구치고 심장이 방망이질하고 있었다.
 처음에는 눈을 뜨지도 못했다. 내 눈에 안 보이면 상대방도 나를 못 볼 거라고 생각하는 어린아이처럼. 그 소리는 어젯밤에 들었던 것과 똑같은 소리인 게 확실했다.

케니와 심은 깊이 잠들어 있었다. 나는 그 둘 사이에 있었다. 심은 부엌 입구 근처에서 문에 등을 기댄 채 아기처럼 웅크려 자고 있었다. 나는 한쪽 눈을 뜨고 심의 어깨 너머를 내다보았다. 하지만 누가 소리를 내는지는 알 수 없었다.

"야, 심. 심!"

나는 속삭이며 심을 쿡쿡 찔렀다.

심은 뭐라고 꿍얼거리면서 한 바퀴 구르더니 계속 잠을 잤다.

발소리가 다시 다가왔다. 도대체 뭘까, 떠오르는 게 아무것도 없었다. 누군가 와서 뭔가를 찾는 건가?

나는 손목시계를 들여다보았다. 8시 10분이었다. 해가 떠 있을 땐 두려울 게 없어. 나는 천천히, 아주 천천히 심호흡을 하면서 팔꿈치와 무릎을 짚고 상반신을 일으켰다. 그러고는 숨을 짧게 짧게 내쉬면서, 귀를 쫑긋 기울이고 천천히 일어섰다. 나는 심을 타고 넘어 부엌 문 쪽으로 슬금슬금 다가갔다. 발소리는 그칠 줄 모르고 계속 났다. 뭘 찾는 거지? 나랑 눈이 마주치면 뭐라고 말하지?

나는 벽에 몸을 붙이고, 텅 빈 복도를 향해 고개를 쑥 내밀었다.

개 한 마리가 나를 보더니 달아났다. 곧바로 펄쩍 뛰어 부서진 계단 맨 아래 칸으로 가더니 창문을 넘어 사라졌다. 내가 본 것은 듬성듬성 털이 빠진 네발 달린 동물일 뿐이었다. 나는 서둘러 창문으로 달려갔다. 개는 덤불 밑에서 뒷걸음질 치며 나를 지켜보고 있었다.

나는 개에게 소리쳤다.

"괜찮아. 어이, 괜찮다니까."

깡마르고 지저분한 개였다. 온몸이 벼룩 잔치일 게 뻔했다. 하지만 나는 씩 웃으며 개를 불렀다. 당연히 내 가까이로 다가오지 않았다. 고개를 살짝 내리깔고, 안전한 거리에서 나를 지켜볼 뿐이었다. 어젯밤에 들은 것은 분명 저 개가 낸 소리였다. 아닐 수도 있지만, 소녀 머리 모양의 축구공은 저 개의 장난감이었을지도 모른다.

나는 심과 케니가 여전히 자고 있는 첫 번째 방으로 다시 슬그머니 들어갔다. 깨우고 싶지는 않았다. 배낭을 뒤져서 어젯밤 가장자리 주머니에 넣어놓았던 사과를 꺼냈다. 신선한 아침 공기 속으로 다시 나가 폐가 뒤쪽으로 향했다. 개는 아직 있었다. 나는 다시 한 번 개를 불렀다. 사과를 툭 던지자, 개가 달려오기 시작했다. 아마도 늘 누가 던진 돌에 맞기만 했겠지. 그런데 사과가 낙엽 위로 굴러가더니 개한테서 1미터는 족히 멀어졌다.

개는 지쳐 있었지만 호기심이 많고 굶주려 있었다. 나에게서 눈을 떼지 않은 채, 몸을 굽혀 기다시피 해서 사과로 다가가 코를 킁킁거렸다. 캔 사료라면 더 좋았겠지만, 개는 두 번 만에 와그작거리며 사과를 다 먹어치웠다.

"내 아침밥이었어."

개는 별 반응이 없었다.

개는 덤불 아래서 어슬렁거리며 코를 쿵쿵댔다. 사과가 있던 자리를 맴돌며, 하나 더 없을까 찾는 중이었다. 개는 나를 올려다보았다. 하지만 내가 할 수 있는 일이란 빈손을 내보이며 고개를 젓는 것밖에는 없었다. 감사의 뜻으로 짖거나 가까이 다가와서 손바닥을 핥아주는 일은 없었다. 철사로 된 담장으로 뚜벅뚜벅 걸어가더니 바닥에 난 구멍으로 말라깽이 몸을 집어넣고는 쪼그려서 기어 나갔다. 나는 그 개가 버려진 축사 쪽 연못 주위를 배회하는 모습을 지켜보았다. 개는 구석에 가서 다리를 들어 올리더니 곧 등을 보이며 사라져갔다.

케니와 심에게 개를 봤다고 말할 수도 있었지만, 하지 않았다. 지난밤의 소음이 개 때문이었을 거라는 말을 안 한 건 어쩌면 좀 잔인한 일인지도 모르겠다. 하지만 내가 알고 있는 친구들이라면, 스스로 맘을 다잡는 편이 더 행복할 것이다. 나는 친구들을 깨우지 않고 배낭에서 지도를 꺼냈다.

나무들을 지나 들판으로 걸어 나갔다. 해가 일찍 떠서 날은 이미 따뜻해졌다. 또 후덥지근한 하루가 될 것이다. 놀이기구로 가서 카일리와 내가 전날밤에 앉았던 좌석으로 올라갔다. 지도를 꺼내서 우리가 이미 지나온 경로를 연구했다. 그리고 오늘의 최적 경로까지.

26

 한 시간이나 지난 뒤에야 심이 모습을 드러냈다. 나는 아직 한 번도 가본 적 없는 모든 곳을 지도에서 찾아가며 연구하느라 시간을 보냈다. 언젠가 이 모든 곳을 다 가보리라 다짐하면서. 심은 들판을 가로질러 나에게로 왔다. 기지개를 켜면서 어깨를 주무르고 있었는데, 나무 인형 피노키오처럼 뻣뻣해 보였다. 딱딱한 바닥에서 하루 자느라 뼈가 삐끗한 게 아닌가 싶었다.
 "이런 바닥에서 자려면 푹신한 게 있어야지."
 나는 내 몸을 토닥거리며 심에게 말했다. 심이 웃는 걸 보니 마음이 놓였다. 어젯밤의 논쟁은 아직 해결되지 않았지만, 그래도 오늘 아침 우리는 계속 잘 지낼 수 있을 것 같았다.
 "케니는 아직 자?"
 "세상모르고 곯아떨어졌어."
 "9시가 다 됐는데. 그 자식 여자친구가 나타나지 않으면, 작별 인사도 못 하고 떠나야 되니까 엄청 짜증낼 거 같은데."
 심은 내가 앉은 좌석에 몸을 기대고, 지도를 잘 볼 수 있도록 자기 쪽으로 끌어당겼다.

"자, 그래서 어떻게 할 계획이야?"

"우리가 왔던 길로 되돌아 나가서 어젯밤에 내렸던 버스 정류장을 찾아야겠지. 그리고 오늘도 또 한 대가 여기에 서기를 바라야지. 우리가 가진 돈으로 표 석 장을 살 수 있으면 좋겠고."

"네 생각엔 그럴 수 있을 것 같냐?"

"네 생각이나 내 생각이나 똑같을걸. 우리한테 없는 건, 집으로 돌아갈 차비야."

심이 한숨을 내쉬었다.

"그 생각은 안 하려고 했는데……. 만약에 걸어간다면 로스가지는 얼마나 멀어?"

"우리가 정확히 어디 있느냐에 따라 다르지. 내 생각엔 여기 어디쯤인 것 같은데."

나는 지도를 손가락으로 짚었다.

"그럼 그게 얼마나 돼? 40킬로미터, 50킬로미터?"

"대충 그쯤 돼."

"그럼 꽤 머네."

"멀지. 하지만 그 정도 거리는 걸어본 적 있잖아?"

나는 멀다는 걸 솔직히 인정한 뒤 심에게 물었다.

"어. 아빠랑 사이가 좋았을 때 일인데, 아빠가 페나인 웨이●에 데려간 적이 있어. 40킬로미터쯤 걷는 건 뭐 일도 아니었지."

"그럼 분명히 하루에 갈 수 있겠네. 어서 빨리 떠나야겠다."

나는 지도를 접었다.

"케니를 깨워야겠는데. 적어도 일으켜서 준비는 시켜야지. 캣한테는 어제 전화번호 받았을 거야. 전화하면 되겠지 뭐."

심은 출입구와 큰길가를 보고 있었다.

"그 애 아니야?"

누군가 출입문을 넘어오고 있었다. 밝은 아침 햇살 때문에 누군지 보려면 눈을 찡그려야 했다. 반짝이는 긴 금발머리가 보였다.

"카일리네."

카일리가 우리를 향해 달려오고 있었다. 서둘러 풀밭을 헤치고 오느라 비틀거렸다. 심과 나는 서로를 바라보았다. 뭔가 잘못됐다. 우리는 서둘러 카일리를 마중 나갔다.

카일리는 불안한 표정으로 숨을 헐떡거렸다. 얼굴은 땀에 젖어 있고, 눈가가 반짝였다. 옷도 급하게 챙겨 입은 게 분명했다.

"너희, 티브이에 나왔어."

이게 무슨 말도 안 되는 소리야.

"뭐라고?"

"뉴스에 나왔다고. 너희가 친구 유골을 훔쳤다고 그러던데. 로스, 그 애는 죽은 거지, 그치? 자살했다던데, 맞지? 오늘 아침 뉴스에서 봤어."

● 북부 잉글랜드에서 남부 스코틀랜드에 걸쳐 이어진 페나인 산맥에 있는 영국 최초의 장거리 산책로. 길이는 약 430킬로미터이다.

심과 나는 어안이 벙벙해서 카일리를 그냥 바라보기만 했다.

"다들 정말 걱정하고 있어. 너희도 자살할지 모른다고 하던데. 자살하기로 약속했다고 하면서."

들으면 들을수록 더 해괴한 이야기였다. 나는 문자 그대로 뒤로 한 발짝 물러섰다. 그러고는 물었다.

"지금 뭐라고 그랬어?"

카일리는 창백했다. 아마 놀란 것 같았다. 호흡을 고르려 애쓰고 있었다.

"너희 친구가 자살했다고 했어. 너희는 친구의 유골을 가지고 나와서 아마도 다 같이 자살하려고 하는 것 같다고."

이게 무슨 터무니없는 소리야. 내가 들은 말을 도대체 믿을 수가 없었다. 티브이에 나온 사람들이 왜 걱정을 하는 거지? 나는 놀라서 말문이 막혔다. 심은 화를 냈다.

"로스는 자살하지 않았어. 그 인간들은 머릿속에 뭐가 들었기에 그딴 개소리를 지껄이는 거야?"

심의 말에는 분노가 그대로 드러났다.

카일리는 우리만큼이나 당황스러워했다.

"티브이에서 그렇게 얘기했다니까. 너희 셋 사진이 나왔고, 너희를 보면 누구든 전화해달라고 했어. 우리 오빠가 전화해봐야겠다고 했어."

"누구?"

"케일럽 오빠."

"어디다가 전화를 한다는 건데?"

"경찰. 너희가 여기 있다고 말했댔어."

어느새 나는 움직이고 있었다. 달리고 있었다. 오로지 케니를 깨워야 한다는 것과 여기에서 도망쳐야 한다는 생각뿐이었다. 그것 말고는 아무것도 중요하지 않았다. 사람들은 우리가 로스로 가는 걸 어떻게든 막으려고 할 것이다. 사람들이 우릴 막는 건 싫다. 그러도록 놔둘 수는 없다.

심도, 카일리도 내 뒤를 따랐다. 우리는 나무에 몸을 부딪혀가면서 떠돌이 호텔로 돌진했다. 케니는 내 배낭을 벤 채 여전히 잠에 빠져 있었다. 나는 배낭을 확 잡아 빼서 케니를 벌떡 일으켜 세웠다.

여전히 잠에 취한 눈으로 어리둥절한 채, 케니는 포동포동한 얼굴을 문지르며 여기가 대체 어디인지 확인하려는 듯 주위를 두리번거렸다.

내가 말했다.

"서둘러 케니. 얼른 떠나야 해. 여기를 빠져나가야 한다고."

케니는 늘어지게 하품을 했다.

"나 너무 피곤해."

"케니, 제발 좀. 응? 꾸물거릴 시간 없어. 지금 엄청 엿 같은 상황인 것 기억하지? 점점 더 엿 같아지고 있어. 경찰이 우릴 쫓고 있대."

이 말이 케니를 번쩍 깨웠다.

"경찰?"

심이 고개를 끄덕였다. 심은 주먹을 쥐었다 폈다 하면서 아랫입술을 깨물었다.

나는 케니가 울음을 터뜨릴 줄 알았다.

"나 집에 갈래."

케니는 이렇게 말하고는 튕겨 오르듯 자리에서 일어났다. 하지만 어디로, 어떻게 갈지는 잘 모르는 것 같았다.

"무슨 소리야. 우리는 로스로 가야 해."

내 말에 케니는 내가 무슨 외계인이라도 되는 듯이 바라보았다.

"무슨 수로. 우리는……."

"이제 와서 돌아갈 수는 없어. 내가 널 놔주지 않을 거야. 심도 너를 안 놔줄 거고."

우리 둘 다 심을 돌아보았다. 그 순간 나는 깨달았다. 심이 지금 돌아가는 상황을 어떻게 판단하고 있는지에 대해 나는 아무것도 모른다는 걸. 로스까지 계속 가기를 원하는지, 아니면 집으로 돌아가 부모님 얼굴을 마주해야 한다고 생각하는지.

"심? 내 말이 맞지? 응? 우리는 계속 가야 하는 거지, 그치?"

심은 화가 난 것처럼 보였다.

"모르겠어."

우리 셋은 아무 말 없이 거기 서 있었다. 이제 또 무슨 일이 벌어질지 알지 못한 채로.

하루가 더 지나면 상황이 더욱 나빠질까? 그건 의심의 여지가 없었다. 하지만 더 나빠질 만한 게 있기나 할까? 그럼 어떻게 될까? 내가 골치 아픈 일들에 대해 걱정했던가, 아니면 부모님들이 뭐라고 할까 봐 걱정했던가? 외출 금지를 당해본 적이 있다. 그건 괜찮다. 2개월 동안 바깥출입을 하려면 허락을 받아야 했는데 별문제 없이 잘 지냈다. 부모님이 뭐라고 하건, 고래고래 소리를 지르건 벌을 주건 간에 지금은 내가 열두 살일 때만큼 겁나지는 않는다.

하지만 경찰이 연루되어 있다면……. 크로퍼 경사…… 그 사람이 우릴 체포하려나? 로스의 부모님이 우리를 절도나 뭐 그런 걸로 고소하려나?

그래도 지금 우리가 하려는 일은 살면서 한 번도 해본 적 없는 정말 중요한 일이다.

카일리가 거기 있다는 걸 잠시 잊고 있었다.

"너희 자살하려는 거 아니지? 정말 아니지?"

심이 퉁명스럽게 말했다.

"우리가 그렇게 멍청해 보이냐?"

카일리가 말했다.

"멍청해야만 자살하는 건 아니야. 우리 학교에서도 어떤 애가……."

내가 카일리의 말을 끊었다.

"아니야. 자살하려는 거 아니야. 당연히 아니야."

심이 덧붙였다.

"로스도 자살한 거 아니야. 알았어?"

카일리는 심한테서 물러섰다.

"그냥 뉴스에서 그러길래……."

케니는 곧 기절이라도 할 것 같았다.

"우리가 뉴스에 나왔다고?"

나는 카일리에게 말했다.

"내 말 좀 들어봐. 그래, 우리가 로스의 유골을 들고 온 건 사실이야. 하지만 우리는 제대로 된 장례식을 치러주고 싶었던 것뿐이야. 자살이니 뭐니 하는 쓰레기 같은 얘기들은 로스의 부모님, 그리고 다른 모든 사람이 우리가 로스에 대해 아는 것의 절반도 알지 못하기 때문에 하는 소리야. 오빠한테 가서 경찰에 전화 못 하게 해야 해."

케니가 말했다.

"일이 너무 커졌어, 블레이크. 너무 멀리 왔어. 진심으로 하는 말인데……."

"말도 안 되는 소리 집어치워!"

나는 케니의 얼굴에 대고 소리를 질렀다. 그러곤 카일리에게로 고개를 돌렸다.

"너희 오빠한테 얘기 좀 잘 해줘. 응?"

카일리가 물었다.

"그 친구도 너희를 위해서 이렇게 해줄까? 너희 친구 로스 말이야. 그 친구도 너희에게 똑같이 해줄 것 같아?"

그건 세상에서 대답하기 가장 쉬운 질문이었다.

"그럼!"

그 생각이 나를 자극했다.

"심, 나 좀 봐. 너도 그렇게 생각하지?"

심은 마음을 다잡는 것 같더니 고개를 끄덕였다.

"응, 그런 것 같아."

"케니?"

케니는 우물쭈물했다.

"로스라면 우리랑 똑같이 했을 거야, 케니. 너도 그럴 거라는 거 잘 알잖아. 무슨 일이 일어났든 간에."

케니는 얼굴을 찡그렸지만, 고개를 끄덕였다.

"그래, 그래. 알아. 어쨌거나 이 일이 끝난 뒤에 집에 가기 싫어. 그다음에 죽는 사람은 바로 나일 거야. 우리 엄마가, 엄마가…… 정말로 날 죽일 거야."

나는 기분이 좀 나아졌다. 우리는 다시 발걸음을 옮겼다. 짐을 꾸려서 배낭에 밀어 넣었다. 아직 다 마르지 않았지만, 티셔츠도 전부 다 집어넣었고, 그 밑에 유골 항아리를 묻었다. 나는 케니의 등을 두드리며 다 괜찮을 거라고 말했다.

"캣도 와?"

케니가 카일리에게 물었지만, 나는 카일리가 대답할 틈을 주지 않았다.

"기다릴 시간이 없어, 케니."

"떠나기 전에 캣 얼굴을 볼 수 있을 거라고 했잖아."

"억지로 일으켜 세우지 않으면, 아침 10시 전에 일어나는 걸 본 적이 없는 애야."

카일리가 대답했다.

케니의 어깨가 축 늘어졌다. 하지만 카일리가 손등에 캣의 전화번호를 써주자 케니는 약간 생기가 돌았다.

"내가 정말 좋아한다고 얘기해줘. 해줄 거지?"

카일리가 고개를 끄덕였다.

나는 배낭을 어깨 위로 추켜올리면서 카일리에게 말했다.

"그래, 네 말이 맞았어. 어쩌면, 우리가 어떻게 느끼고 있는지를 로스한테 얘기만 했더라도 이런 일까지는 안 해도 됐을지 모르겠다."

카일리가 물었다.

"커쿠브리까지 갈 작정인 거야? 걷기에는 진짜 먼 거리인데."

"버스를 타려고 해. 버스가 있겠지?"

심이 말했다.

"버스는 못 타. 우리가 티브이에 나왔다면 누군가가 분명히 알아볼 거잖아."

"하지만 어서 빨리 로스에 가야만 해. 사람들이 우리가 어디로 가려는지 알아차리기 전에 가야만 한다고."

마치 레이싱 경기를 펼치는 기분이었다. 달랑 우리 셋이 수많은 사람과 맞서는. 사람들은 우리를 보자마자 경기를 중단시키려고 할 것이다.

카일리는 뭔가 생각하는 듯했다.

"오토바이 탈 줄 아는 사람 있어?"

27

 아침 햇살이 벌써 후끈했다. 하늘은 구름 한 점 없이 눈이 시리게 파랬다. 카일리는 떠돌이 호텔에서 걸어서 10분 거리의 개조된 농가 주택에 살았다. 우리는 5분 만에 그곳으로 뛰어갔다. 양옆에 나무가 심어져 있고, 자갈이 깔린 구불구불한 자동차 진입로가 큰 도로에서부터 집 앞까지 나 있었다. 흰 칠이 된 작은 집에는 무거운 자물쇠로 잠긴 헛간이 딸려 있었다. 카일리는 열쇠를 훔쳐 올 테니 그동안 우리에게 나무 뒤에 숨어 있으라고 했다.
 심과 나는 웅크려 앉았지만, 케니는 계속 안절부절못했다.
 "캣이 분명 이 근처 어딘가에 살고 있을 거야. 마을 같은 게 있을 텐데. 어딜까?"
 심은 케니의 목덜미를 잡아당기며 씩씩거렸다.
 "고개 좀 숙여, 인마."
 우리는 기다렸다. 집 안에서 무슨 일이 벌어지고 있는지 알아볼 방법은 전혀 없었다. 카일리의 오빠가 바로 그 순간 전화기를 들고 있을까? 열쇠를 들고 나오려다가 붙잡힌 건 아닐까? 경찰이 출동했을까?

심이 물었다.

"카일리는 믿어도 되는 거냐?"

"고자질할 애는 아닐 거야."

나는 사실이기를 바라며 말했다.

"하지만 뉴스니 경찰이니 하는 건? 카일리랑 친구들이 짜고 하는 말인 것 같지 않아? 너무 말 같지도 않은 얘기 아니냐? 걔들이 장난 한번 크게 치는 걸 수도 있어."

무슨 말을 하고 싶은지 나는 안다. 어쩌다가 이렇게 감당할 수 없을 지경이 되었을까? 언제부터 세상에 이런 말도 안 되는 일이 벌어진 걸까? 형사과 크로퍼 경사가 내 전화기에 메시지를 남긴 바로 그때부터? 그래, 내 귀로 직접 들었지.

"그냥 농담이라고 하기엔 카일리가 너무 걱정스러워하고 신경이 곤두선 것 같아 보였어. 로스가 죽었다는 것도 전혀 모르고 있었잖아. 티브이에 정말로 우리가 나왔기 때문에 카일리가 알 수 있었을 거야."

"티브이에 나왔다니, 엄마가 날 죽일 거야."

케니가 말했다.

"그럴 수도 있고, 안 그럴 수도 있지. 우리가 제정신이 아니어서 정말 자살을 감행할 거라고 생각한다면, 우리가 자살한다는 게 사실이 아니라는 걸 알게 되고, 우리 얼굴을 볼 수만 있어도 기뻐하지 않을까. 우리가 살아만 있어도 기뻐서 어쩔 줄 모를 거고, 곧바로 우릴 용서할 거야."

 나는 이렇게 말하며 케니를 달랬다.

 케니의 표정에 희망이 번져나갔다.

 "정말?"

 나는 고개를 저었다.

 "아니."

 심이 벌떡 일어섰다.

 "저기 온다."

 카일리가 집에서 쓱 나오더니 헛간을 향해 종종걸음을 쳤다. 우리 셋은 고개를 숙인 채로 나무 뒤에 몸을 숨겨가며 진입로를 달려갔다. 카일리는 우리만큼이나 신경이 곤두서 있는 듯했다. 헛간 열쇠를 더듬거리며 찾는데 긴 머리가 날리며 눈을 가리자 뭐라고 욕을 내뱉었다. 짜증나고 불안한 것 같았다.

 "오빠가 전화했대? 오빠가……."

 나는 조바심이 났다.

 "나도 몰라. 얼굴도 못 봤어."

 카일리는 무거운 나무 문을 밀어서 우리가 겨우 비집고 들어갈 정도로만 열었다. 그러고는 안에 들어가자마자 문을 닫았다.

 바닥에는 지푸라기가 남아 있었지만, 지금 이 헛간에는 더 이상 말은 없고 오로지 오토바이뿐이었다. 세어보니 아홉 대였다. 최신 디자인의, 총알처럼 생긴 경주용 바이크가 두 대, 차축이 낮은 헬스 엔젤 브랜드의 맞춤 제작 바이크가 한 대, 말만큼이나 덩치가 크고 오래된 검정 바이크 한 대, 거대한 짐바구니들과 안장 뒤에 매단 자루들 때문에 바퀴 달린 캐러밴처럼 보이는 것 한 대, 비포장도로용 오토바이 두 대, 소형 스쿠터가 두 대. 공기 중에서 윤활유와 휘발유 냄새가 났다. 이런 상황만 아니었다면 아마 오토바이마다 다 앉아보고 싶었을 것이다.

"아빠랑 오빠가 수집한 것들이야."

카일리가 말했다.

케니와 심 그리고 나는 서로 얼굴을 바라보았다. 우리가 진짜로 오토바이 두 대를 훔칠 수 있을까?

심은 곤란하다는 듯 어깨를 으쓱했다.

"다시 갖다놓으면 되지 뭐."

"한 번도 타본 적이 없다면 이 스쿠터를 가져가야 해. 초록색은 어쨌거나 내 거고."

카일리가 스쿠터를 가리키며 말했다. 마치 열 받은 헤어드라이어 소리를 내는 것들 말이다. 우리 동네에서 열일곱 살짜리들이 이걸 타고 시끌벅적하게 해안가로 달려가는 걸 보곤 했었다.

케니가 얼굴을 찌푸렸다. 하지만 두 배 크고 다섯 배쯤 더 비싼 물건을 탐낸다면 유치장에 들어가게 될 거라고, 그럴 각오가 돼 있으면 하라고 내가 말해주었다.

케니가 말했다.

"스쿠터는 두 대밖에 없잖아."

심이 말했다.

"내 뒤에 같이 타."

카일리가 벽에 있는 갈고리에서 흰색과 빨간색 헬멧을 내리면서 말했다.

"헬멧은 두 개밖에 없어. 오빠가 자기 헬멧은 집 안으로 가지고 들어갔을 거야."

심이 나와 케니에게 헬멧을 쓰라고 몸짓으로 말했다.

"말이야 바른 말이지, 내가 너희 둘보다 더 돌대가리잖냐."

내가 카일리에게 물었다.

"아버지가 이 사실을 알면 너는 어떻게 되는 거야?"

카일리는 고개를 저었다. 생각하고 싶지도 않다는 듯.

"네가 곤란해지는 거, 우린 정말 싫어."

카일리가 말했다.

"어, 이걸 훔치는 건 내가 아니야. 자물쇠나 뭐 그런 걸 깨부술게. 그러니 나를 만났다고 얘기하지 마. 나도 너희 만난 적 없다고 할 거니까."

"고마워."

나는 인사를 하는 게 맞는 건지 별로 확신이 없었지만 고맙다고 했다.

카일리는 걱정스러워하면서 물었다.

"나한테 거짓말하는 거 아니지? 나는 너희가 자살하도록 돕는 거 아니다, 응?"

"우리가 점점 더 곤란한 상황에 빠져들도록 돕는 건 맞지. 하지만 이건 다 우리 절친을 위해 정말 제대로 된 일을 하도록 돕는 거야. 그뿐이야. 내가 약속할게."

나는 어깨를 으쓱거리면서 웃었다.

카일리는 나를 보며 고개를 끄덕였지만, 웃어주지는 않았다.

"그런데 왜 우릴 돕는 거야?"

케니가 물었다.

카일리가 어깨를 으쓱할 차례였다.

"모든 사람이 너희 친구가 자살했다고 생각하는 건 정말 끔찍한 일이야. 만약 사람들이 나에 대해서도 그렇게 생각한다면 정말 싫을 것 같아. 나는 헤일리와 캣이 내 편을 들어주면 좋겠어. 너희가 친구를 위해 이러는 것처럼."

나는 초록색 스쿠터를 거치대에서 꺼내 굴려보았다. 생각보다 가벼웠다. 타는 것도 그닥 어렵지 않을 것 같았다. 심도 파란색 스쿠터를 가지고 나와 똑같이 했다.

"그거 내 거야. 잊지 마."

카일리가 내게 말했다.

"그렇다면 너도 도난에 절반은 책임이 있는 거다?"

내가 확인하듯 물었다.

"어, 뭐 그렇지. 어디다 쿵 박지 말라는 게 내 얘기의 요점이야."

카일리의 대답은 다소 스코틀랜드식으로, 동의한다는 소리와는 거리가 멀었다.

"최선을 다할게."

"집에서 멀리 떨어져서 큰길에 나갈 때까지 시동은 걸지 마."
카일리가 주의를 주었다.
"어느 길로 가야 해?"
나는 지도를 더듬더듬 찾기 시작했다.
"처음에는 커크빈 표지판을 따라가. 그다음엔 달비티 표지판. 좀 돌아가는 길이긴 해도, 그쪽에 운전하는 사람들이 적을 거야. 달비티에서 커쿠브리는 찾기 쉬워."

만일 이게 영화였다면 카일리에게 키스를 했을 것이다. 하지만 우리는 카일리를 그냥 남겨둔 채 진입로로 뛰어 내려갔다. 스쿠터를 끌면서, 고개를 돌려 카일리네 집을 보고 또 보았다. 카일리는 우리가 떠나는 모습을 지켜본 뒤에야 집 안으로 들어갔다.

길가로 다시 나와서도 우리는 감히 올라탈 용기를 내지 못하고 몇 백 미터나 더 스쿠터를 끌고 다녔다. 한 번도 타본 적이 없었기 때문에, 티브이에서 보던 걸 흉내 내 킥스타터 시동기를 찾아보았다. 당연히, 이 작은 물건에는 그런 게 없었다.

결정적으로 케니가 말했다.
"버튼을 눌러봐."

생판 모르는 곳 한복판에서 햇살 좋은 조용한 일요일 아침, 부르르릉 소리가 엄청 크게 울렸다. 꼭 이래야만 하나 싶기도 하고 마음도 편하지 않았지만 몇 번을 비틀거린 다음 겨우겨우 움직이는 데 성공했다.

"그렇게 꼭 끌어안을 필요 없어, 케니. 나를 마음에 두고 있었다면 몰라도."

심이 말했다.

우리는 느릿느릿 출발했지만, 운전은 점점 쉬워졌다. 우리는 양옆에 나란히 붙어 갔다. 자신감이 붙자 조금씩 속도를 높였다. 시골길가의 울타리와 덤불들이 멋진 동영상 화면처럼 스쳐 지나갔다. 시속 55킬로미터, 그리고 거의 시속 65킬로미터에 달했을 때 나는 뿌듯했다. 얼마 지나지 않아, 최고 속도가 이보다 더 높았으면 하고 바라게 되었다.

두세 대의 차가 우리를 스쳐 지났다. 심이 헬멧을 쓰지 않았다는 걸 알아챈 사람이 몇 명이나 될까. 지나가는 사람들이 주의를 기울이지 않아 심의 빡빡 깎은 머리가 헬멧이라고 착각할 수도 있기를 바랐다. 심은 풀밭 가장자리로 가까이 다가갔고, 나는 심이 좀 덜 눈에 띌 수 있도록 심의 바깥쪽에 있었다.

교차로에서는 특별히 더 주의했다. 어느 방향으로 갈지 확실히 하기 위해 속도를 줄였다. 모든 표지판에 달비티나 커쿠브리가 표시되어 있지는 않았다. 두어 번은 어느 방향이 맞는지 생각해 보아야 했다. 어떤 길은 바로 농장으로 향해 있어서 한 번은 되돌아 나오기도 했다. 나는 지도에 표시된 대로 왔는지 점검하기 위해 가다 서기를 반복했다. 시속 55킬로미터 속도가 점점 더 느리게 느껴지기 시작했다.

길바닥에 나온 지 거의 30분이 되었다. 하지만 여전히 겨우 몇 발자국밖에 못 온 것처럼 느껴졌다. 마음이 놓이지가 않았다. 나는 우리의 끝이 보이지 않는 난처한 상황에 대해 잊어버리려고 애썼다. 희한한 것은 불안감이 어제만큼 심각하지는 않다는 것이었다. 분명히 경찰이 우리를 쫓고 있다. 이것은 단지 경주일 뿐이다. 우리의 목적지가 로스라는 것을 알아내고 못 가게 막기 전에 우리가 로스에 도착하기만 하면 된다. 나는 몸을 앞으로 숙이고, 이 작은 스쿠터의 속도를 높였다.

"심, 나도 한번 몰아봐도 돼? 심? 응? 내가 운전할게."

케니가 소리를 질렀다.

심은 못 들은 척했다.

"심? 나도 좀……."

우리는 경찰차를 보았고, 때는 이미 늦었다.

28

우리 앞에 놓인 도로는 살짝 굽은 길이었고, 나무들에 시야가 가려서 우리를 향해 다가오는 게 무엇인지 잘 보이지 않았다. 다가오고 있는 건 경찰차였다. 빠른 속도로, 우리를 향해 경광등을 번쩍이고 있었다. 앞쪽에는 제복 차림의 경찰관 두 명이 보였다. 우리를 정면으로 바라보고 있었다.

"우릴 봤어! 으아, 진짜야. 저 사람들 나를 똑바로 봤어."

케니가 울부짖었다. 나도 케니를 향해 외쳤다.

"당연히 우릴 봤지. 우리를 찾고 있느냐 아니냐가 문제야. 내가 걱정하는 건 그거라고."

어쩌면 심이 헬멧을 쓰지 않아서일 수도 있다.

스쿠터의 백미러로 경찰을 볼 수 있었다. 붉은색 브레이크 등이 들어왔을 때 나는 욕설을 내뱉었다.

심도 경찰을 봤다. 심은 스쿠터 손잡이에 고개를 파묻고 최대한 속도를 올렸다. 케니는 뒤를 돌아보려고 몸을 비틀려 했다. 그런데 심이 나무 울타리 사이에 있는 개구멍을 발견했다. 심은 그

쪽으로 방향을 홱 틀었다. 그 바람에 케니는 꽥 소리를 지르며 심을 꼭 붙잡았다. 둘은 나뭇잎을 흩날리면서 나무 울타리 사이로 사라졌다.

나는 제때 그 구멍을 보지 못해서 심을 따라가기 위해 한 바퀴를 빙글 돌아야 했다. 경찰차도 똑같이 빙글 돌려고 했다. 좁은 길이지만 단순한 조작으로도 회전이 가능했다. 경찰차에게는 훨씬 더 어려운 일이어서, 힘겹게 방향 전환을 해야 했다. 이런 식이라면 뒤돌아서 달아나는 게 더 빠를지도 모른다. 이렇게 생각하고 있을 때, 뒷좌석 문이 열리더니 경찰관이 차 밖으로 다리를 내밀었다. 하지만 너무 늦었다. 나는 나무 울타리의 구멍을 통과했고, 들판을 앞서서 달려 나가는 심과 케니를 뒤쫓았다.

소들이 풀을 뜯는 목장이었다. 참으로 다행스럽게도, 소들은 꽤 먼 거리에 있었다. 하지만 여전히 내 머릿속에는 소들이 놀라서 우르르 달려 나가는 광경이 떠올랐다. 소들은 풀을 뜯다 말고 고개를 들어 우리가 지나가는 모습을 지켜보았다. 목장은 평평해 보였지만 스쿠터를 탔을 때의 느낌은 꼭 그렇진 않았다. 마치 로데오 경기용 소를 탄 것 같은 기분이었다. 케니가 등 뒤에 착 달라붙어 있어서 심은 나만큼 빠르게 달리지는 못했다. 케니는 눈을 질끈 감고 있었다. 심은 겁을 먹었지만 단호해 보였다. 우리는 우거진 풀숲 위에서 소똥에 철퍼덕 철퍼덕 부딪히면서 경주를 벌였다.

경찰은 우리가 로스의 유골을 훔쳤기 때문에 쫓는 걸까? 스쿠터를 훔쳤기 때문일까? 아니면 심이 헬멧을 안 쓰고 있다는 걸 알아차렸기 때문일까? 이유는 상관없었다. 그걸 알아내자고 멈출 수는 없었다.

하지만 뒤를 돌아보았을 때, 경찰차는 더 이상 보이지 않았다.

"이제 안 쫓아온다. 나무 울타리 개구멍 안으로는 못 쫓아오나 봐."

나는 심에게 소리쳤다. 헬멧의 턱 보호대 안에서 뜨겁고 축축한 내 숨결이 느껴졌다.

하지만 심은 속도를 낮출 생각이 없어 보였다. 심이 다시 나에게 외쳤다.

"우회하는 길을 알고 있을 거야. 다시 도로에 나가면 우릴 막아설걸."

뼈가 덜덜거리고, 척추가 삐걱거리고, 불알이 덜렁거리는 들판을 우리는 통통 튀면서, 새처럼 날아서 지나갔다. 우리의 작은 엔진은 두 바퀴가 땅바닥을 떠날 때마다 윙윙 소리를 냈다. 지금 내가 뭘 하고 있는지 믿을 수가 없었다. 숙제를 제시간에 제출하고 최고 점수를 받는 그런 아이가 아니었던가? 언제부터 소를 키우는 들판에서 자의 반 타의 반 훔친 스쿠터를 타고 경찰에 쫓기는 신세가 되었던가? 이 상황은 마치 유체 이탈한 채로 내 옆에서 나 자신을 지켜보면서, 경찰이 추적하고 있는 사람이 바로 나라는 것을 믿지 못한 채로 달리고 있는 것만 같았다.

로스, 나를 도대체 어떤 사람으로 만들고 싶은 거냐.

들판 반대편은 또 다른 울타리로 막혀 있었다. 이번에는 빠져나갈 구멍이 없었다. 우리는 울타리 가장자리를 따라 속도를 내며 출입문 같은 게 없는지 찾아보았지만 초록 잎사귀들이 너무나 빽빽해서 초록색 천을 두른 들쑥날쑥한 형체가 마치 거기 숨어 있는 듯했다. 이번에는 내가 개구멍을 찾았다.

"보여? 보여?"

나는 몸을 홱 돌리면서 심에게 소리쳤다. 심은 바로 뒤에 있었다.

바닥에 움푹 파인 곳이 있었다. 나무 울타리가 자라지 않는 말라붙은 수로였다. 시속 5, 60킬로미터를 오르락내리락하면서 스쿠터를 타는 것은 롤러코스터 타는 것만큼이나 힘들었다. 어제 번지점프 할 때 가슴이 뛰던 것이 생각났다. 스쿠터의 완충장치가 터졌다. 발이 미끄러졌고, 나는 운동화 발끝을 땅바닥에 질질 끌며 앞으로 나갔다. 가슴이 쿵쾅쿵쾅 뛰었다. 하지만 나는 넘어지지 않았다. 심도 그랬다. 심의 스쿠터 엔진도 뜨거운 상태로 윙윙거리고 있었다. 바로 내 뒤에서.

우리는 막다른 오솔길에 맞닥뜨렸다. 키 큰 나무들, 무성한 덤불, 높은 나무 울타리가 양쪽에 버티고 있었다. 보라색 히스가 여기저기 흐드러져 있었다. 트랙터가 축축한 땅 위를 지나가면서 생긴 깊은 바퀴 자국이 말라붙어 있었다. 스쿠터는 내 몸을 떠받친 채로 경쾌하게 미끄러지며 앞으로 나아갔다. 나는 땅바닥에서 눈을 떼지 못했다. 감히 더 빠르게 나아가지 못했다. 속도를 낮춰야 했다. 이 스쿠터가 계속 내 몸 아래 있어줄까. 내가 계속 매달려 있을 수는 있을까. 스쿠터 핸들이 내 손아귀를 벗어나려고 하는 것만 같았다. 내가 할 수 있는 일이라곤 심이 스쿠터를 제대로 타고 있기를 바라는 것뿐이었다. 단 1초라도 뒤를 돌아볼 용기가 없었다.

나무들이 우거진 곳을 지나니 또 다른 벌판이었다. 아래로 늘어진 크고 작은 나뭇가지들에 부딪혀서 고개를 푹 숙여야 했다. 내 팔뚝은 나뭇가지에 긁혔고, 눈 사이를 정통으로 찔릴 뻔하기도 했다. 나는 고개를 숙이고 절대로 다시 들지 않았다. 두 번째 들판을 벗어나니 바로 저 너머, 반대편 쪽에, 정말 기적처럼, 도로로 나가는 출입문이 있었다. 땅바닥은 또다시 울퉁불퉁해졌지만 나는 출입문에 시선을 고정한 채로 곧장 내달렸다. 심은 내 뒤를 따라오고 있었다. 스쿠터 바퀴가 매끈한 포장도로에 닿았을 때 우리는 핸들을 돌려서 속도를 최대한으로 높였다.

나는 제정신이 아니었다. 두려웠다. 온몸의 뼈들이 여전히 욱신욱신 요동치고 있었다. 심장은 평소 박동수로 다시 돌아가지 못할 것만 같았다. 나는 이런저런 합리적인 생각들을 다 무시하고 그냥 달렸다.

심이 내 옆에 바짝 따라붙었다. 자기 몸이 두 동강 나지 않았다는 사실을 믿을 수 없는 듯한 표정이었다. 갈림길에서 나는 속도를 늦추거나 표지판을 보지도 않고 방향을 틀었다.

"케니, 경찰이 있는지 계속 잘 살펴봐. 알았지? 보이면 우리한테 꼭 얘기해줘."

내 눈으로 살펴볼 엄두는 내지도 못한 채 케니에게 소리쳤다. 하지만 케니는 아무 대답도 할 수 없었다. 거기 없었으니까.

29

"도대체 어떻게 했길래 케니를 놓친 거야?"

"없어졌는지도 몰랐어. 나도 몰라. 아마 아까 그 도랑에서였을 거야. 아니면 나뭇가지 같은 거에 얻어맞아 나뒹굴었는지도 모르고. 없어진 걸 전혀 눈치 못 챘어."

"돌아가서 찾아봐야지."

"경찰이 잡아갔으면 어떡하지?"

"죽었을지도 몰라."

"우리가 그렇게 빨리 달리진 않았어."

"충분히 빨랐어. 크게 다쳤을 수도 있고."

"경찰이 케니랑 같이 있을 수도 있고."

우리는 스쿠터에서 내린 뒤, 스쿠터를 질질 끌고서 나무 울타리 사이에 꽁꽁 숨겼다. 케니가 큰길을 따라 우리를 쫓아왔으면 좋겠다고 생각했다. 하지만 그런 기척은 전혀 없었다. 자동차 몇 대가 지나갔고, 우리는 고개를 수그렸다. 그 가운데 다행히 경찰차는 없었다.

"죽었으면 어떡하지?"

나는 자꾸 안 좋은 생각이 들었다.

"케니는 헬멧 쓰고 있었어."

적어도 그건 사실이다.

"아, 심. 진짜 맘대로 되는 게 하나도 없다."

나는 탄식했다.

우리는 조금 더 기다렸다. 시계를 보니 막 10시 반을 지났다. 뭘 해야 하는지도 모른 채, 원래 생각했던 것보다 이 덤불숲에서 훨씬 오래 있었다.

"찾아봐야 해. 떨어져서 척추를 다쳤을 수도 있는데 놔두고 갈 수는 없어."

내가 말했다.

"일주일 동안 친구 둘을 잃을 순 없지."

심이 말했다.

농담인 걸 알고 있었지만, 너무 겁이 나서 웃을 수가 없었.

우리는 걸어서 되돌아가기로 했고, 스쿠터와 내 헬멧은 숨겨놓았다. 왔던 길로 천천히 걸었다. 차 소리라도 들리면 바짝 긴장했다. 조그만 소리에도 놀라서 여차하면 가까운 나무 울타리로 뛰어들 만반의 태세를 갖추었다. 어느새 갈림길까지 다 왔다.

"우리가 어느 쪽에서 왔지?"

심이 왼쪽을 가리켰다.

"확실해?"

심은 어깨를 으쓱하며 자신 없는 표정을 지었다.

자동차 엔진 소리에 깜짝 놀라 나무 울타리 쪽으로 뛰었다. 안으로 뛰어들기에는 너무 빽빽한 울타리였다. 우리는 울타리를 껑충 뛰어넘어 반대편 들판에 내려앉았다. 나는 딱딱한 바닥에 착지해서 몸을 웅크린 다음 배를 납작 깔고 엎드려 나뭇잎과 나뭇가지 사이로 건너편을 내다보았다. 폐차 직전의 구형 미니가 갈림길에서 속도를 줄이다가 덜컹거리며 길을 건넜다.

"야, 경찰은 스쿠터 두 대에 탄 애 셋을 찾지, 그냥 걸어가는 애 둘을 찾고 있지는 않잖아. 계속 나무 덤불 속으로 뛰어들 수는 없어."

심이 말했다.

나는 고개를 끄덕였다. 조금 전 착지할 때 생긴 충격으로 가슴에 통증이 느껴져 얼굴을 찡그렸다.

"그래도 어쨌든 빨리 움직여야 해. 왼쪽이었던 게 확실해?"

우리는 큰길가로 다시 기어 나가 서둘러 움직였다. 심의 기억은 정확해서, 우리가 나왔던 출입문이 있는 목장에 다다를 수 있었다. 스쿠터를 타고 똑바로 가로질러 왔던 것과는 달리 이번에는 내내 가장자리로만 움직였다. 나무들 틈에 난 개구멍과 낮게 드리워진 나뭇가지들과 말라붙은 흙덩어리도 발견했다. 케니가 어디선가 몸을 뒤틀며 괴로워하고 있는 건 아닌가 내내 걱정되었다.

심이 말했다.

"케니가 이걸 못 봤다면 이 나뭇가지들이 케니를 자빠뜨리고도 남았겠어."

심은 어떤 때는 나지막이, 또 어떤 때는 고래고래 소리 지르며 케니를 불렀다.

아무 반응이 없었다.

우리는 오솔길을 따라 천천히 가면서, 소가 풀을 뜯는 들판과 경계선에 있는 마른 웅덩이까지 왔다. 케니가 아까 그 나무들에 걸려 나자빠지지 않았다면, 이쯤에서 넘어졌어야 한다. 하지만 케니의 모습은 아무 데서도 보이지 않았다.

"케니!"

나는 용기를 내어 목청껏 외쳤다.

여전히 아무 반응이 없었다. 수풀 아래 풀밭에는 시체 같은 것도 없었다.

나는 소가 있는 들판을 향해 웅덩이를 건너뛰며 외쳤다.

"케니!"

아무 대답이 없었다. 심이 말했다.

"경찰에 붙잡혔을 거야. 야, 여기서 이러고 있을 때가 아니……."

나는 심에게 조금만 더, 단 몇 분만이라도 좀 기다리라고 떼를 썼다. 혹시 모르지 않나. 하지만 곧 나도 현실을 인정해야만 했다. 경찰이 케니를 찾아냈다는 것 말고는 설명할 방법이 없었다.

"케니가 우리를 꼰지를 거 같아?"

심이 물었다.

"아니. 절대로 그럴 리 없어."

하지만 곧 내 입에서는 이런 말이 흘러나왔다.

"아, 제발. 안 그랬으면 좋겠다."

우리가 할 수 있는 일이라곤, 스쿠터를 놓고 온 곳을 향해 발길을 돌리는 것뿐이었다. 이번에는 마음이 급했다. 누군가가 차에서 우릴 보지 않을까 걱정하지 않으려고 애썼다. 만일 케니가 경찰에게 우리가 어딜 가는지 얘기했다면, 우리가 거기까지 계속 가도록 내버려두지 않을 것이다.

"우리 둘만 남았다는 게 그다지 나쁘지 않을 수도 있어."

내가 어리둥절해하는데 심이 말했다.

"케니가 부탁을 거절한 뒤에 로스는 얼마나 발을 동동 구르면서 아버지 컴퓨터 문제를 해결하려고 했겠어. 소설이 다 날아갔다는 걸 아버지가 알게 되면 얼마나 펄펄 뛸지 잘 알 텐데. 분명히 그 자식은 자기가 바보 멍청이여서 그렇다고 자책했을 거야."

"그래도 로스는 우리 셋이 함께이길 바랄 거야. 로스는 너 같은 자식은 아니었어. 적어도 뒤끝 작렬은 아니었다고."

사실 이렇게까지 거칠게 말할 생각은 없었다. 하지만 나는 초조했고 불안했다. 당연히 그럴 수밖에 없는 상황이었다. 나는 농담이었다는 걸 밝히기 위해 씨익 웃으려 했지만, 심은 내내 부루퉁해 있었다.

나는 심을 곁눈질로 힐끔힐끔 보면서, 로스에게 일어났던 일에 대해 뒤끝 작렬인 심이 다른 사람들을 얼마나 욕하고 싶어 하는지 생각했다. 파울러 선생, 먼로, 니나, 캐럴라인, 그리고 이제는 케니까지도.

햇살은 더욱 강렬해졌다. 샤워를 한 지 너무 오래되었고, 이제는 그게 티가 나기 시작했을 거였다. 스쿠터를 찾으러 길을 건너가면서, 우리는 아무 말 없이 생각에 잠겨 있었다. 자동차 소리가 들렸다. 우리 곁에 너무 가까이 있어서, 도망치고 싶었더라도 그럴 수가 없었다. 우리는 고개를 숙이고 대화에 몰두한 듯 서로 마주 보았다. 자동차가 속도를 줄이는 소리가 들렸지만, 둘 중 누구도 올려다보지 않았다. 자동차가 지나가고 나서야 그게 경찰차라는 것을 깨달았다.

햇살이 따가웠지만 우리는 그 자리에 얼어붙었다. 심은 어땠는지 모르겠지만 나는 숨을 꾹 참고 있었다. 경찰차는 커브길을 따라갔고, 차가 시야에서 사라지자마자 우리는 가장 가까운 나무 울타리로 뛰어들었다.

"분명히 우릴 봤어."

심이 말했다.

"당연히 봤겠지. 그래도 우릴 알아보진 못했어."

"근데 케니는 그 안에 없었어."

"그래. 경찰 두 명만 있더라."

우리는 스쿠터를 감춰놓은 지점을 향해 울타리 안으로 종종걸음을 쳤다. 뭔가 느낌이 굉장히 안 좋았고…… 그 예감은 들어맞았다. 경찰차가 길가에 주차되어 있었다. 경찰관 중 한 명이 덤불

속에서 심이 탔던 스쿠터를 끌어내고 있었다.

"잘 감춰놨다고 생각했는데. 케니가 분명히 불었을 거야."

심이 말했다.

"케니는 알지도 못했어. 네가 떨어뜨렸잖아. 기억 안 나?"

"모르면 짜져 있어, 블레이크."

심이 싸늘하게 말했다.

우리는 방향을 틀어 왔던 길로 다시 갔다. 경찰들에게서 충분히 멀리 떨어져 있도록.

"그럼 이제 걸어가야 하는 거네. 어쨌든 가는 거다. 어느 방향이지?"

심이 말했다.

"경찰관들이 왔던 반대 방향으로 가면 좋지 않을까?"

'도망자'라고 쓰인, 환히 불이 켜지고 번쩍번쩍 붉은빛을 껌뻑이는 커다란 네온사인을 들고 있는 듯한 기분이었다. 나는 배낭에서 지도를 꺼냈고, 우리는 갈 길을 궁리해보려고 주저앉았다.

"지금 여기가 어딘지 알면 도움이 될 거야. 어딘지 알겠어?"

심은 몸을 굽히고 지도를 이리저리 틀며 들여다보더니 고개를 절레절레 저었다.

"들판을 가로질러 가는 게 좋을지도 모르겠다. 잠시 동안은 큰 길가를 벗어나 있는 게 좋겠고, 운이 좋다면 여행자용 표지판 같은 게 보이겠지."

생각해낼 수 있는 가장 좋은 방법이었다. 또 그게 유일한 방법이기도 했다.

어느 방향으로 가야 할지 최선을 다해 추측한 다음 우리는 아까 경찰들을 보았던 지점을 피하기 위해 들판을 똑바로 가로질러 가기 시작했다. 터덜터덜 걸으며 웅덩이들을 피하고, 울타리를 기어오르고, 소와 양 들을 피해 다녔다. 작은 호수가 두 개 있었는데, 우리가 가진 지도와 맞아떨어지는 듯했다. 우리가 가려고 하는 방향과 어느 정도 일치한다는 사실을 확인하고는 씨익 웃으며 서로의 등을 두드려주었다. 점차 속도를 회복했지만, 나는 여전히 케니가 걱정되었다. 카일리도 걱정이었다. 오빠와 아버지가 과연 뭐라고 했을지. 우리 집에서는 또 어떤 일이 벌어지고 있을지, 무슨 얘기들을 하고 있을지도 궁금했다. 로스의 부모님 생각도 났다. 우리가 왜 이런 일을 벌이고 있는지 설명할 기회를 준다면, 이해시킬 수도 있을 텐데. 나는 무슨 말을 할지 머릿속으로 연습을 했다.

우리는 별말 없이 그저 터덜터덜 걸었다. 어느덧 한낮이 되었고, 조금 있으면 1시였다. 처음에는 희망에 부풀어 올랐지만, 이제는 지도가 의심이 되기 시작했다. 배가 고팠다. 심에게 어젯밤에 먹고 남은 사과 두 개랑 주스 한 팩이 있다는 걸 알고 있었지만, 먼저 먹어보라고 하지 않는 한 달라고 할 생각은 없었다. 보아하니 심도 기운이 하나도 없는 게 분명했다. 하지만 내가 지켜보고 있다는 걸 알아챈 심은 어깨를 쫙 펴더니 감정을 드러내지 않으려고 했다.

내가 말했다.

"우리가 잘 있다는 걸 다른 사람들에게 알려야 할 것 같아. 우리가 자살할 생각이 아니라는 걸 알면, 어쩌면 계속 가게 해줄지도 모르잖아."

심이 말했다.

"난 그렇게 생각 안 해. 솔직히 말하면 무슨 일이 일어나고 있는지, 우리를 두고 무슨 얘기들을 하고 있는지 정말 궁금하긴 해. 하지만 엄마나 아빠에게 전화를 할 순 없어. 바로 폭발해버릴걸. 말참견이나 하는 거 듣고 싶지 않아. 날 그냥 바보 취급하기 바쁠 거야."

나도 솔직히 털어놓았다.

"나도 마찬가지야. 로스 부모님이 우리가 돌아가면 무슨 말을 할지 계속 생각하게 되는 걸 어쩔 수가 없다."

심이 말했다.

"신경 쓰지 마. 어쨌거나 다 부모님 잘못이야. 제대로 된 장례식을 치러줬다면 이렇게까지 안 했을 테니까."

"너는 계속 딴 사람들을 비난하고 있어. 어떤 때 들으면 너는 로스가 진짜 자살했다고 생각하는 것 같아."

심이 내게 종주먹을 들이댔다.

"한 대 처맞고 싶으면 또 한 번 그렇게 말해보시지!"

나는 주먹을 꼭 쥐었다. 참자.

심이 이글대는 눈빛으로 나를 쏘아보았다.

"로스의 마지막 날과 마지막 몇 주를 비참하게 만든 사람들이 자기들이 무슨 짓을 했는지 제대로 알기를 바랄 뿐이야."

"부모님까지도?"

"만약 부모들이 갈라서야 한다면 그건 로스의 부모여야 해. 그 양반들 어떤지 너도 알잖아. 로스 아버지는 글 좀 쓰고 걸작 소설 하나 가지신 예술가 양반 아니냐? 로스를 작가로 만들려고 그렇게 필사적으로 애쓰는 이유는 자기가 작가가 못 되었기 때문이잖아? 로스 엄마는 또, 학교 성적으로 엄청 엄하게 굴면서 이딴 말이나 하지. '공부 열심히 해야지. 시험 통과해야지. 세상에 이만큼 중요한 일이 어디 있니.' 로스가 자기가 쓴 이야기 읽어준 적 있냐? 부모가 반으로 갈가리 찢어놓은 아이 얘기 말이야. 그러니까 부모가 로스를 양쪽에서 잡아당겨서 말 그대로 반으로 찢은 거나 마찬가지야. 그 피 철철 흐르던 얘기 생각나? 로스 자신에 대한 이야기였고, 자기 엄마 아빠에 대한 이야기였어."

나도 읽은 적이 있다. 로스가 쓴 아주 멋진 글 중에 하나였다.

"로스가 나한테 이런 얘기 한 적 있었어. 로스 엄마는 대학 강사잖아? 현대 언어학인가 뭔가. 어느 날은 로스가 나한테 그러더라. '너 같으면 믿을 수 있겠냐? 우리 엄마는 여덟 개의 서로 다른 언어를 구사하는데, 내 말은 한마디도 이해 못 해.' 이랬다고."

우리는 나무와 철사로 된 울타리를 넘어서 좁다란 길에 섰다. 농로 같은 길이었다. 나는 지도를 점검해보았다. 내가 생각하는 길이 맞다면, 제대로 가는 중이었다. 안심이 되었다. 하지만 너무 피곤하고, 땀도 너무 많이 흘린 데다 배낭은 점점 더 무거워지고 있었다. 로스가 점점 더 무거워지는 것일까. 하지만 다 내 머릿속 생각일 뿐이다. 죽은 사람은 언제든 우리 마음속에서 그 무게를 더해가는 것이 아닐까. 심은 자신의 뒤끝 목록에 로스의 어머니 아버지도 추가했다. 머지않아 나도 추가하지 않을까 싶었다.

내가 물었다.

"저기, 우리가 누군가한테 전화를 해야 한다면 누구여야 할까?"

"경찰한테 고발하지 않을 사람."

"니나 어때?"

그 이름에 쏟아지는 온갖 욕설들이 다 지나가길 기다린 뒤에 내가 다시 말했다.

"니나라면 그러지 않을 거야."

심의 표정이 험악해졌다.

"내기할래?"

나는 고개를 저었다.

"안 그럴 거야. 봐, 니나 아니면 캐럴라인 누나한테 전화해야 해. 너라면 누구한테 하겠냐?"

전화기를 꺼내는 것은 쉬자는 좋은 핑계였다. 나는 어깨에서 배낭을 풀고 울타리에 등을 기대고 풀밭에 앉았다. 배낭 주머니에서 전화기를 꺼내 치켜들었다.

"니나지?"

심은 분명 내키는 표정은 아니었지만 아니라고도 하지 않았다. 우리 둘 다 집에서 무슨 일이 일어나고 있는지 궁금했다. 심은 전화기 전원을 켜는 동안 내 옆을 이리저리 맴돌았다. 전화기가 지이익 소리를 내며 켜졌다. 신호를 잡자마자 메시지 도착 알림음이 울리기 시작했다. 다시 한 번 메시지 보관함이 최대치로 찼다.

"제길."

심이 작은 소리로 내뱉었다. 자기 전화기에서는 어떤 일들이 기다리고 있는지 생각하지 않을 수 없었을 것이다.

얼굴로 달려드는 모기 떼를 쫓으면서 니나의 단축 번호를 눌렀다. 전화기를 귀에 바싹 붙였다.

니나는 두 번째 벨이 울리자 전화를 받았다.

30

"나야. 블레이크."

내가 말했다. 심은 불안하고 초조한 눈길로 나를 내려다보고 있었다.

잠시 정적이 흘렀다.

"넌 줄 알아. 어디야?"

니나가 말했다. 내 목소리에 기뻐하기를 바랐는데, 착 가라앉은 목소리가 좀 충격이었다.

"거의 다 왔어."

나의 시선은 울타리 너머의 텅 빈 들판과 농로를 향했다. 솔직히 말하자면 듣도 보도 못한 곳 한복판에 더 깊이 다가와 있는 상태였다. 나는 한마디 덧붙였다.

"스코틀랜드."

"아직도 거기야? 지금쯤이면 집으로 돌아오는 길일 거라고 했잖아."

니나 얼굴에 나타났을 표정을 상상할 수 있었다. 화가 났을 때 코를 찡그려서 주름이 지는 것, 놀랐을 때 커지는 갈색 눈동자……. 기분이 안 좋을 때 니나는 항상 귀 뒤로 머리를 쓸어 넘기고 또 넘기곤 했다. 아마 지금 침대 모서리에 앉아서 그러고 있겠지.

"블레이크, 돌아와야 해. 지금 여기서 무슨 일이 벌어지고 있는지 알아? 너희 셋이 무슨 짓을 한 건지 아느냐고."

"우리 사진이 티브이에 나왔다며. 경찰이 우릴 쫓고 있고. 우리도 그 정도는 알아."

"블랙풀에서는 뭘 하고 있었던 거야?"

나는 깜짝 놀라 심에게 말을 건넸다.

"니나가 우리가 블랙풀에 있었던 걸 알고 있어."

"어떻게?"

"우리가 블랙풀에 있었다는 걸 어떻게 알아?"

나는 전화기에 대고 물었다.

"티브이에 나오는 장면 중에 너랑 똑같이 생긴 사람이 엄청 높은 번지점프대에서 뛰어내리는 사진이 있었어."

"베이컨이 밀고했구나. 내 사진이 티브이에 나왔대."

내가 심에게 말했다. 모욕당했다는 느낌 때문에 속이 메스꺼웠다. 이럴 땐 먼저 놀라야 하는 거 아닌가 싶기도 했지만, 바로 그 순간에는 모욕감이 압도적으로 밀려왔다.

"우리 부모님은 어때?"

이번엔 내가 니나에게 물었다.

"어떨 거 같아?"

"안 좋지?"

"집으로 돌아와. 다들 엄청 화나 있고, 로스 어머니는 정말 눈 뜨고 보기 힘들 정도야. 그리고 너희 셋이 여기저기 로스 얘기를 스프레이 낙서로 쓰고 다닌 거야? 우리 아버지가 펄펄 뛰고 계셔."

"왜, 무슨 일인데?"

"너희가 우리 집 차고에다가도 낙서를 했으니까."

"아니야. 우리는……."

나는 심을 물끄러미 바라보았다. 금요일 늦게, 케니와 내가 집에 갔을 때 심이 니나네 집에 간 게 틀림없었다.

"누가 너한테 좀 보자고 하지는 않았어?"

"로스 누나가 연락했어."

"캐럴라인? 뭐라고 해?"

"무슨 일이 벌어지고 있는지 아는 게 있냐고 했어."

"누나한테 뭐 말한 거 있어?"

"아니. 거의 말할 뻔했지만…… 안 했어. 어쨌든 집으로 돌아와. 안 그러면 내가 갈 거야. 너희가 벌인 일 때문에 다들 힘들단 말이야."

이 말에 어떻게 대답해야 좋을지 알 수 없었다. 나는 우리가 처한 곤경만 걱정하고 있었다. 우리가 사람들에게 얼마나 상처를 줄 수 있는가에 대해서는 걱정을 묻어두려고 애를 썼다. 화창한

6월 아침에 그림 같은 전원 속 푸르른 풀밭에 앉아 있기는 하지만, 로스 어머니가 계단 위에 있던 모습이 다시 떠올라 몸서리가 쳐졌다.

나는 니나에게 말했다.

"로스의 장례식이 제대로 치러지기만 했어도 우리가 여기 있지는 않았을 거야. 우리는 다른 사람들 좋으라고 이러는 거 아니야. 로스를 위해서라고."

"정말이야?"

니나가 어떤 결론을 원하고 있는지 잘 알았다. 거기 넘어갈 만큼 나는 어리석지 않다. 니나는 우리가 우리 자신을 위해 이런다고 생각하고 있었다.

나는 다시 화제를 돌리며 물었다.

"혹시 케니가 붙잡혔어?"

"너희랑 같이 있는 줄 알고 있는데?"

"헤어졌어."

"블레이크, 내 말 들어. 돌아와야 한다고. 이건 좀…… 너무 멀리 나갔어."

나는 니나의 말을 무시했다.

"사람들한테 얘기해. 자살이니 뭐니 바보 같은 말 하지 말라고. 로스는 자살하지 않았어. 우리도 안 그럴 거고. 알았지?"

니나는 잠시 말이 없었다.

"다른 일이 있었어."

하지만 나는 듣고 싶지 않았다.

"얘기해줄 거지? 응? 우리는 잘 있고, 곧 돌아갈 거야."

"블레이크, 내 말 좀 들어!"

"우리가 어디로 갈지 아는 사람 있어? 추측한 사람이라도 있어?"

니나는 분노의 한숨을 내쉬었다.

"없는 것 같아. 없어. 하지만……."

"됐네. 우리가 알고 싶은 건 그것뿐이야."

"블레이크, 너희가 해야 할 건……."

버튼을 눌러 통화를 종료했다.

나는 풀밭에 앉아 고개를 푹 수그리고 긴 한숨을 내뱉었다. 대화를 나누느라 진이 빠졌는데, 왜 그런지는 알 수가 없었다. 나는 일어나서 말했다.

"이제 우린 괜찮아. 아무도 우릴 의심하지 않아."

내 전화기가 울렸다. 니나였다. 나는 마음속으로 사과하면서 다시 한 번 전원을 껐다. 그러고는 전화기를 배낭에 집어넣었다.

"계속 가는 거야, 응? 니나가 한 말이라곤 우리가 사고를 쳤다는 말밖엔 없었어. 그거야 어쨌든 우리가 잘 아는 거고. 우리 동네 사람들이 전부 다 열 받았고 머리끝까지 화가 나서 펄펄 뛰고 있다는 거지. 생각했던 것보다 훨씬 안 좋은 상황이지만……. 그래서 어쩔 건데? 우릴 때릴 거야? 외출 금지를 시킬 거야? 우릴 문제아 캠프에라도 보낼 거야? 우리한테 돌아오지 못할 강을 건너는 지점이 있었다면, 아마도 돈커스터나 그 어디쯤이었을 거야. 우린 이제 그냥 가는 수밖에 없어. 준비됐지?"

나는 심에게 쉴 새 없이 말을 쏟아낸 뒤 배낭을 다시 짊어졌다.

심은 아무 말이 없었지만 미간을 좁히면서 의심 가득한 눈초리로 나를 지켜보고 있었다.

"로스를 위해서라고."

내 말에 심은 얼굴을 찌푸렸다. 뭔가 맘에 걸리는 게 있는 거다. 하지만 심은 고개를 끄덕이며 선글라스를 썼다.

우리는 아무 말 없이 걸었다. 곧 다시 속도를 회복했다. 이건 경주를 벌이는 것과 마찬가지라는 걸 나는 잊지 않았다. 우리는 군데군데 보라색 히스를 뚫고 녹색의 나무 울타리를 따라 들판 가장자리로 터벅터벅 걸었다. 앞길을 훼방 놓는 잉잉거리는 모기 떼와 하루살이 떼를 손짓으로 쫓아가면서. 나는 지치고 불안했지만, 그만큼 단호하기도 했다.

날은 점점 더 뜨거워졌다. 배낭은 마치 1톤은 되는 듯 무거웠다. 심의 가방도 마찬가지였을 것이다. 울퉁불퉁한 비포장 들판 길을 걷는 것은 기운 빠지고도 남는 일이었다. 게다가 나무 울타리가 나오면 뛰어넘거나 그 사이로 통과해야 했으니 그나마 남아 있던 기운까지도 다 말라붙는 듯한 기분이었다. 내 배는 몇 초마다 꼬르륵거렸다.

이제 도로를 따라가지 않았기 때문에 지도는 무용지물이었다. 나무들과 양들과 소들은 다 똑같아 보였다. 도시와 마을을 가리키는 표지판을 따라 큰길가를 가는 것과는 다른 문제였다. 마침내 3시가 막 지난 시각 달비티라는 도시 외곽에 도착했을 때 나는 긍정적인 의미로, 소스라치게 놀랐다.

"와, 이거 굉장한데. 이거 좀 봐. 보이지? 우리 이제 반쯤은 왔어."

나는 심에게 지도를 보여주었다. 나는 멈추지 않고 계속 가고 싶어 안달이 났다.

"난 쉬어야겠어."

심은 내가 동의하는지 안 하는지 살펴볼 생각도 없는 것 같았다.

우리는 달비티라는 동네에 들어가지 않고 큰 도로 옆의 들판에 머물렀다. 우리 둘의 입에서 동시에 끙 소리가 났고, 무너지듯 주저앉아 커다란 나무에 등을 기댔다. 나뭇가지가 드리운 그늘이 너무나 좋았다. 마침내 심이 자기 배낭 밑바닥에서 주스와 사과를 꺼냈고 우리는 그걸 나눠 먹었다. 냄새나는 발이 숨을 쉴 수 있도록 운동화를 벗었고, 우적우적 사과 씹는 소리 말고는 아무 소리도 내지 않은 채 앉아 있었다. 나는 이 휴식의 시간을 즐기고 싶어서 눈을 감았다. 지금은 주저앉아 있지만, 계속 가고 싶다는 욕망이 꿈틀대며 솟아났다. 하지만 심은 무언가 골똘히 생각하고 있는 게 분명했다. 뭐가 문제인 걸까. 심이 무슨 말이라도 꺼내주었으면 했다.

나는 지도를 무릎에 펼쳐놓았다.

"네 생각엔 우리가 할 수 있을 것 같냐?"

심은 물끄러미 지도를 내려다보았다.

"아직도 갈 길이 머네. 이 들판을 내내 터덜터덜 걸어왔다고 일이 쉬워진 건 아니야. 그냥 더 길게 느껴졌을 뿐이지."

"그럼 위험을 무릅쓰고 큰길을 따라가야 한다는 거야?"

"여기서 버스를 탈 수도 있지. 그러니까 헤어져서 서로 다른 버스를 타는 거야. 그리고 로스에서 나중에 만나자."

이건 내가 생각해보지 못한 방법이었다.

"좋은 생각 같기는 하다."

"우리한테 돈 얼마 남았지?"

"10파운드 조금 넘어."

"그 돈으로는 집에 못 돌아가겠네."

"덤프리스까지만 가면 돼. 거기서부터는 돌아가는 기차표가 있어. 잊지 마."

"생각해봤는데, 우리가 일을 다 마치면, 그러니까 로스의 유골을 뿌리든가 하면, 엄마 아빠한테 전화를 하지 않을까? 우리가 어디 있는지 얘기해야지. 그때가 되면 우리를 막기에는 너무 늦었을 거고, 집까지 자동차를 타고 갈 수 있을지도 몰라."

"그것도 나쁘지 않은 생각이다."

나는 솔직히 말했다.

심은 또다시 골똘히 생각에 잠겼다. 그러고는 사과 씨 부분을 휙 던져버리더니, 깍지 낀 양손을 머리에 대고 풀밭에 드러누웠다. 내가 니나한테 전화를 한 뒤부터 내내 그런 식이었다.

나도 심 옆에 누웠다.
"괜찮냐?"
심은 대답하지 않았다. 선글라스 뒤로 표정을 감추고 잠들어버린 건가 생각했다. 다시 한 번 물어봐야 할지 어쩔지 알 수가 없었다. 그런데 심이 먼저 입을 열었다.
"그 애한테 왜 말했어?"
무슨 뜻인지 짐작이 가지 않았다.
"니나 말이야. 우리가 뭘 하고 있는지 왜 말한 거야?"
심은 내가 당황해서 거짓말을 늘어놓을 틈을 주지 않고 연거푸 물었다.
"전화로 얘기하는 걸 들으니까, 우리가 뭘 하고 있는지, 어디로 가고 있는지 니나가 아는 게 분명하더라. 그 애한테 왜 말했어?"
"그래야 할 것 같았어. 그 애가 알아야 한다고 생각했어."
"로스 누나한테 말하고 싶어 했던 것도 그런 이유야?"
"그거랑은 달라. 캐럴라인 누나는 정말로 고통스러워하고 있어. 만약에 누나한테 털어놓았다면, 누나가 얼마나 상심하고 있는지도 지켜봤어야겠지. 난 그냥 우리가 로스를 위해서 뭔가 가치 있는 일을 한다는 걸 누나한테 알려주고 싶었을 뿐이야. 그럼 기분이 좀 나아질 거라고 생각했어."
"그럼, 니나는 속상해하지 않아?"
"물론 속상해해. 하지만 내 말은 그게 아니잖아."
"그래, 니나는 속상해했구나. 하지만 그렇기 때문에 우리 얘기를 한 건 아니라는 거지."

"도대체 무슨 말을 하고 싶은 건지 모르겠다."

심은 말이 없었다.

나는 몸을 일으켰다.

"야, 무슨 말을 하려는 거야?"

심은 그 말에 대해 생각하는 듯하더니 물었다.

"너, 니나랑 사귀냐?"

"뭐?"

심은 몸을 일으키더니 얼굴을 내 코앞으로 들이밀었다.

"니나가 로스랑 헤어진 이유가, 로스의 시가 전교생 앞에서 낭독되어서, 그래서 전교생 앞에서 망신을 당해서 그런 거였냐? 아니면, 네가 니나랑 사귀기 시작해서 그런 거였냐?"

내 모습이 심의 선글라스에 비쳐 보였다. 나는 그 모습을 보고 싶지 않았다.

"네가 생각하는 그런 거 아니야."

"씨발. 절친의 여자친구를 뺏은 거야?"

"심, 그게……."

"맞아, 틀려? 네가 로스 여친을 뺏었어?"

"나는…… 심, 그게 어쩌다가 그렇게 됐는데……."

주먹이 날아왔다. 정말 아팠다. 나는 뒷걸음질을 쳤다. 손을 대 보니 입술에서 피가 흐르고 있었다.

심은 허리를 꼿꼿이 폈다. 주먹을 꽉 쥔 채로.

나도 일어섰다. 친구가 나를 죽이려고 하는 듯한 표정으로 내려다보는 게 싫었다.

"니나는 로스랑 어쨌든 헤어질 참이었어. 그리고 나는 늘 니나랑 잘 지냈고. 너도 알잖아. 내가 일부러 그런 것은 아니……."

심이 또다시 나를 쳤다.

"아! 씨발! 그만 좀 해!"

나는 심한테서 물러선 다음 또다시 주먹이 날아오지 못하도록 팔로 막았다.

"내 기분이 엿 같지 않다고 생각하냐? 네 생각엔 내가 로스가 죽어서 행복한 거 같아? 어떻게 말할까 이제 걱정 안 해도 되니까?"

"나는 그런 말 한 적 없어. 하지만 너는 방금 그렇게 말했고."

"어, 하지만 그건 사실이 아니라고."

"너 같은 게 친구냐? 너는 파울러 선생이나 먼로만큼 나쁜 개자식이야. 나머지랑 비교해도 그렇고."

심은 내 발을 툭툭 건드렸다.

"내가 친구가 아니면 이렇게 하지도 않았을 거야. 친구도 아닌데 도대체 내가 왜 이런 곤란한 일에 스스로 휘말리겠어?"

"죄책감."

"뭐라고?"

"죄책감. 죄책감 때문이라고. 죄책감을 느끼니까 이러고 있는 거 아니야."

어떻게 대답해야 좋을지 알 수 없었다. 그게 사실일까 봐 나는 겁이 났다. 하지만 말을 해야만 하는 곤경에서는 벗어났다. 케니가, 시뻘게진 얼굴로 땀을 뚝뚝 흘리면서, 나무 울타리를 지나 벌판으로 서둘러 오고 있었기 때문이다. 쓰고 있던 헬멧은 여전히 꼭 쥔 채로.

"무슨 일이야? 이 길로 오는 내내 너희 둘이 고함치는 소리가 들리던데."

심과 나는 꿀 먹은 벙어리가 되었다. 처음에는 우리 둘 다 이게 꿈인가 생시인가 싶었다. 할 수 있는 일이라곤 그저 케니를 바라보는 것뿐이었다.

"왜 싸우는 건데?"

"도대체 어디 있었어?"

케니는 내 질문에 놀란 것 같았다.

"너희 둘을 찾으려고 했지, 당연히. 내가 굴러떨어져도 너희는 뒤도 안 보고 그냥 달려가더라."

"다친 데는 없어?"

케니는 몸을 돌려서 티셔츠를 들어 올렸다. 검붉은 멍 자국이 왼쪽 옆구리에서 엉덩이까지 나 있었다.

"아파 죽겠어."

"경찰이 잡으러 오지 않았어?"

심이 물었다.

"경찰은 못 봤는데. 너희가 가다가 나를 기다리고 있을 줄 알았어. 하지만 찾을 수가 없더라."

"너 찾으러 되돌아갔어."

심이 말했다.

"나는 너희를 찾으러 갔는걸."

케니가 심에게 말했다.

"그럼 여기까진 어떻게 왔어?"

내가 물었다.

"달비티 표지판을 봤어. 카일리가 얘기했던 곳 중에 하나라는 걸 기억해냈고."

"큰길을 따라 걸은 거야?"

케니는 고개를 끄덕였다.

"어, 근데 나 지금 장난이 아니야. 발이 떨어져 나갈 것만 같아. 이렇게 큰 물집도 잡혔어. 저기 큰길가에서 쉬고 있었는데, 저기 아래 집들 보이지, 저 근처에 있었어. 저기가 달비티야. 근데 너희 둘이 보이더라고. 너희를 향해서 막 소리를 질렀는데, 너무 멀어서 내 소리가 안 들렸을 거야. 너희가 울타리를 넘어오는 걸 보고 너희를 만나러 왔어. 너희를 다시 잃어버릴까 봐 걱정됐다고. 그런데 10미터 밖에서도 너희가 막 싸우는 소리가 들리더라. 무슨 일이야?"

심과 나는 서로를 바라보았다. 심이 무슨 말을 하기 전에 내가 선수를 쳤다.

"야, 이제 우리 셋이 다시 모였다. 로스가 원하던 게 바로 이거였을 거야. 어서 가자, 좋지? 이제 거의 다 왔어."

나는 이 상황을 진정시키려고 애를 썼다.

하지만 심은 표정이 좋지 않았다.

케니는 여전히 걱정스러운 표정이었다.

"근데 왜……?"

심이 나를 손가락질했다.

"이 자식한테 물어봐. 왜 절친의 여자친구를 가로챘는지 물어보라고."

케니가 나를 돌아보았다. 처음에는 놀란 표정이었다. 그러다 곧 실망스러운 표정으로 변했다.

"네가 진짜로……?"

"심이 말하는 그런 거 아니야."

"나쁜 자식."

심이 썩소를 날리더니 순식간에 케니의 면전에 대고 말했다.

"너는 그런 나쁜 새끼 아니라고 생각했냐? 너는 로스가 아버지 컴퓨터 문제 해결하는 거 도울 수도 있었어. 하지만 귀찮아서 안 해줬지."

케니는 갑작스러운 공격에 움찔해 비틀거리며 한 발 물러섰다.

"로스는 정말 겁났을 거야. 자기가 못난 놈이라 그랬다고 자기 탓만 했겠지. 아버지의 그 잘난 원고를 날렸다는 걸 알았을 때 아버지가 어떻게 할지 알고 있었을 테니까."

"이건 아니야."

케니가 말했다.

"로스는 네 친구였어, 케니. 그 단단한 대가리에 그런 생각이 한 번이라도 스치고 지나가지는 않았냐?"

케니는 자기편을 들어달라는 듯 애처로운 표정으로 나를 바라보았다. 하지만 심의 말이 맞다. 케니와 나 둘 다 둘도 없는 친구를 실망시켰으니까.

케니는 당황스러워했지만, 정신을 가다듬었다.

"네가 그렇게 말하면 안 되지. 그냥 하는 말이 아니라, 네가 최악이야."

심이 케니에게 대들었다.

"지금 뭐라고 했냐?"

케니는 울타리 쪽으로 몸을 움츠렸다. 심의 주먹을 막으려고 헬멧을 가슴팍에 대고 있었다.

"먼로 일은 어떻고? 너 그때 로스 안 도와줬잖아. 안 그래? 블레이크한테 그 얘기 좀 해보지그래, 나를 공격하지 말고!"

심은 한 대 얻어맞은 듯한 표정이 되었다. 심은 입술을 달싹이면서 무슨 말인가를 하려 했지만, 아무 말도 나오지 않았다. 하버스토 공원에서 먼로한테 얻어맞은 뒤에 로스를 만났던 일이 생각났다. 심을 데려오자고 얘기했지만, 로스는 대답을 피하면서 딴청을 피웠다.

"무슨 일이었는데?"

내가 물었지만 심은 아무 대답도 안 했다. 얼굴을 찡그리더니 앞뒤로 초조하게 왔다 갔다 하면서 바닥만 걷어찼다. 그러더니 마치 다리가 떨어져 나간 사람처럼 풀썩 주저앉았다. 그러곤 양손으로 얼굴을 감싸 안았다.

"먼로가 로스를 두드려 팰 때, 그 현장에 있었는데도 먼로한테 그만두라고 하지 않았어."

케니가 말했다.

"오토바이에 해놓은 낙서 때문에 그 모든 일이 벌어졌는데……. 그건 숙제를 베끼도록 해줬기 때문에 시작된 일인데도, 로스는 파울러 선생한테 너를 고자질하지 않았잖아."

나의 추궁에 심은 대답이 없었다. 우리 셋 모두 움직이지 않았다. 우리 중 그 누구도 당당하지 못했다.

나는 터진 입술을 깨물면서 저 멀리 들판 너머 양 떼를 물끄러미 바라보았다. 어제 아침 로스 아버지가 내 머릿속에 심어놓은 도화선에 대해 생각했다. 너무나 뜨겁게 빛을 내면서, 너무나 끈덕지게 자리를 차지하고 있는 도화선.

나는 배낭을 움켜쥐고 전화기를 더듬더듬 찾기 시작했다. 생각만큼 빨리 전원을 켤 수가 없었기 때문에 전화기가 신호를 감지하기까지 무척 초조했다. 케니가 뭘 하느냐고 물었지만 무시했다. 니나에게 전화를 걸었다.

나는 니나가 말할 틈을 주지 않고 다짜고짜 물었다.

"알고 있었어?"

"누가? 블레이크, 내 말 좀……."

"제발. 이 말에만 대답해줘. 로스가 우리에 대해 알고 있었어?"

니나는 대답을 하지 못했다. 니나가 숨을 고르는 소리가 들려왔다.

"니나?"

"우리가 같이 있는 걸 봤어."

내 머릿속 도화선이 지지직거리더니 불꽃을 일으켰다. 로스가 죽기 전 며칠 동안 일어났던 일들을 돌이켜보았다. 파울러 선생, 숀 먼로, 니나, 나, 케니. 심에 대해서도.

니나는 계속 내 이름을 불렀다.

"그래, 나 여기 있어."

"아까 말하려고 했는데……. 유서를 찾았어."

나는 두 눈을 질끈 감았다. 로스가 나한테 얘기했었지. "내가 더 이상 스스로를 지킬 수 없는 날, 그런 순간이 오면 나가서 죽어야지." 그리고 갑자기, 나는 무언가 감당 못 할 거대한 것이 다가오고 있음을 느꼈다.

"로스는 아버지 컴퓨터를 붙잡고 씨름하고 있었어. 어쩌다가 그랬는지 잘 모르겠지만, 망가뜨리거나 그랬겠지. 로스 아버지가 어제 계속 고치려고 하다가 로스가 어떤 인터넷 동호회 대화방에 있었던 흔적을 찾았어. 로스는 자기가 저지른 일을 어떻게든 숨겨보려고 했고, 자기가 쓴 글도 지우려고 했는데, 그러다가 실수로 컴퓨터를 망가뜨린 거야. 그 결과가 이래."

마침내 도화선에 불이 붙었다. 결국 폭탄이 터지고 말았다.

니나도 울고 있었다.
"자살 동호회 대화방이었대. 로스는 죽던 날 아침에 거기다 유서를 남겼어."

31

 전에도 심이 화난 걸 본 적은 있지만, 이번에는 달랐다. 심이 두렵게 느껴졌다. 심은 내 전화기를 낚아채서 산산이 짓밟았다. 나는 심을 피해서 움츠리고 있었다. 나도 곧 전화기처럼 될 거라고 생각했다.
 "어떻게 그런 말을 할 수가 있어? 어떻게? 이 새끼야! 어떻게 그런 말을 하느냐고?"
 심은 나에게 다가왔고, 나는 심의 손이 닿지 않는 곳으로 주춤주춤 물러섰다.
 케니가 내게 말했다.
 "네 말은 틀렸어. 우린 안 믿을 거야. 믿을 수가 없잖아. 로스는 자전거를 타다 넘어졌어. 안 그래? 목을 매단 것도 아니고, 손목을 그은 것도 아니잖아."
 내가 말했다.
 "생각해봐. 우리가 가장 친한 친구들이었는데, 우리 모두가 로스한테 실망만 안겼어. 로스 부모님은 서로 완전히 다른 걸 로스한테 요구했어. 둘 다 만족시킬 수 없다는 걸 로스는 알고 있었고. 누나는 학교에서 전교생을 앞에 두고 모욕을 줬어. 로스가 쓴 글로 말이야. 파울러 선생과 먼로한테는 괴롭힘을 당했어. 온 세상이 다 자기한테서 등을 돌리고 있다고 느꼈을 거야. 게다가 자기가 아버지 인생에서 가장 중요한 걸 망쳐버렸다고 생각했어. 아버지는 로스 편인 것 같았던 유일한 사람이었는데 말이야."

심은 여전히 씩씩거리고 있었다.

"우리가 전부 다 나쁜 놈들이라는 얘기지."

"그럴지도 몰라. 우리 모두 로스한테 일어났던 일들에 무신경했으니까."

그 순간 심이 내게 달려들었다. 심은 나를 땅바닥에 때려눕히더니 옴짝달싹 못 하게 했다. 심의 얼굴은 붉으락푸르락했다.

"나쁜 놈이 있다면, 바로 너야. 네가 여자친구를 채갔잖아."

심은 내 배에 무릎을 갖다 대더니 세게 문질렀다.

"말해. 네 잘못이라고 말하라고."

"심……."

"말하라고!"

"심, 나 좀……."

심은 내 배를 걷어찼고, 나는 비명을 질렀다.

나는 데굴데굴 구르면서 심을 밀쳐냈다. 그러고는 몸을 일으켜 앉아서 배를 움켜쥐었다.

"수많은 이유가 있었을 거야, 분명히. 우리가 알지도 못하는 이

유도 있었을 거고."

"그럼 그 자식은 내가 만났던 사람 중에 제일 나쁜 놈이야."

심은 내게 손을 내밀었다.

"내 돈 내놔."

"뭐?"

"내 돈 돌려달라고. 너한테 5파운드 줬지, 그치? 돌려줘."

"왜?"

"자살한 놈 때문에 이 고생을 해가면서 여기까지 왔다는 걸 믿을 수가 없어서다, 왜!"

"심, 말 좀 들어봐."

"내 돈 돌려줘, 블레이크. 아니면 진짜로 뺏어갈 거야."

"우리는 로스까지 가야 한다고."

심은 선글라스를 벗고는 눈동자를 드러냈다. 포켓볼 공처럼 단단했지만 눈물에 젖어 반짝이고 있었다.

"내 돈 돌려줘. 그냥 돌려달란 말이야."

심이 우는 걸 본 적이 없다. 나는 주머니에 있던 우리 돈에서 5파운드짜리 지폐를 내주었다.

"가지 마."

하지만 나는 어떻게 해야 심이 계속 우리와 함께 있을지 알 수 없었다.

"로스까지 같이 간 다음에……."

"내가 왜? 나한테는 아무 문제 없는 줄 알아? 어?"

심은 눈물을 쓱 훔쳤다.

"내가 왜 로스 숙제를 베껴야 했는지 알아? 너희 셋처럼 똑똑하지가 못해서야. 안 그렇겠냐? 나 혼자서는 못 한다고. 생각이나 해봤냐? 내가 너희처럼 대학에 갈 수 있을지 진지하게 생각해본 적 있어?"

심은 크게 숨을 참아 넘기며 젖은 목소리로 말을 이었다.

"우리 엄마 아빠, 그리고 내가 사는 거지 같은 집은 또 어떻고. 우리 형은 어떻게든 집을 나가고 싶어 안달이었고 이제는 더 이상 집에 오지도 않아. 왜 그런 것 같냐?"

심의 부은 두 눈은 붉게 충혈되어 있었다.

"왜 내가 나가서 죽지 않은 것 같냐고, 왜? 왜 그런지 알아? 왜냐면 난 그렇게 약해빠지지 않아서야."

심은 마지막 말을 힘주어 내뱉었다.

케니도 나도, 무슨 말을 해야 좋을지 몰랐다.

심은 어디 덤빌 테면 덤벼보라는 듯이 우리 둘을 이글이글 노려보았다. 심은 양 볼에 흘러내린 눈물을 벅벅 문질러 닦아냈다. 케니와 나는 병 쪄 있었다. 그 누구도 말이 없었다. 심은 배낭을 움켜쥐더니, 나에게 저리 비키라고 하고는 큰길가를 향해 울타리의 개구멍으로 빠져나갔다.

우리는 심의 뒷모습을 지켜보았다.

몸이 덜덜 떨렸다. 상상조차 하지 못한 심의 모습에 너무 놀랐다. 움직여야 했다. 나는 일어서서 배낭을 어깨에 한껏 올려서 치켜 뗐다. 심이 반쯤 먹다가 바닥에 던진 주스도 주웠다.

"어딜 가려고?"

케니는 당황해서 창백한 얼굴로 물었다.

"어딜 갈 거 같아?"

케니는 서둘러 나를 따라왔다.

"심을 정말 두고 갈 거야?"

"심이 우릴 떠난 거야. 그렇잖아?"

케니는 심이 떠난 자리를 돌아보았다. 하지만 이내 나를 따라오기로 마음먹었다.

"헬멧은 놔둬, 케니."

우리는 아무 말 없이 걸었다. 케니는 내 뒤에서 몇 발짝 떨어져 걸었다. 케니가 울고 있다는 걸 알았지만, 안다는 티를 내면 당황스러워할 것 같아 놔두었다. 짐작만으로는 길을 잃어버리기 쉽다. 달비티 근처까지 가는 길을 찾기 위해 지도를 이용했다. 마을 한복판을 통과해서 사람들 눈에 띄는 일이 없도록 이제 좀 더 작은 길을 이용하는 게 좋겠다고 생각했다. 사람들은 우리 셋을 찾는 거니까. 심이 가버린 건 어쩌면 잘된 일인지도 모른다. 하지만, 아니다. 나는 그렇게 믿을 수가 없었다. 젤스턴이라고 하는 곳까지 가는 국도를 찾았다. 거기서부터는 모든 길이 커쿠브리로 향한다. 커쿠브리에서부터 로스까지는 꽤 먼 거리기는 하지만, 조용한 시골길에 쉬운 경로인 것 같았다.

우리는 계속 걸었다. 나는 심이 우리를 떠나버린 것에 화가 났다. 그리고 로스한테 일어났던 일들에 무심했던 나 자신에게도 화가 났다. 길 양방향에서 차들이 몇 대 지나갔지만 우리는 더 이상 몸을 숨기지 않았다. 숨는 건 너무 많은 에너지가 소모되는 일이다. 우리는 터덜터덜 걸었다. 스스로 생을 저버릴 만큼 울적하고, 비참하고, 충격적이고, 외로운 기분이란 어떤 걸까. 로스에 대한 기억들을 계속 떠올려보았다. 슬픈 로스, 우울한 로스, 뭔가 감추는 로스······.

케니가 점점 더 뒤로 처지기 시작했다는 것을 눈치채지 못하고 있었다. 케니가 불러서 돌아보니, 50미터는 족히 떨어져 있었다. 나는 케니가 따라잡기를 기다렸다. 케니는 햇볕에 벌겋게 익은 채로 절뚝거렸다. 땀에 젖은 머리카락이 케니의 눈을 다 가리고 있었다.

"나도 안 갈래. 물집이 너무 크게 잡혀서 걸을 수가 없어. 집으로 가야 할 것 같아."

심이 가버린 건 한 시간도 전인데, 케니는 바로 5분 전에 그 일이 있었던 것처럼 말했다.

"하지만 케니······."

"진짜야, 블레이크! 나 집에 가고 싶어. 돈 좀 줄 수 있어?"

케니는 겁에 질린 표정이었다. 너무 거대하거나 도대체 이해가 안 가는 혼란스러운 뭔가를 보기라도 한 듯이. 누군가가 머리를 억지로 열고 케니가 알고 싶어 하지 않는 것을 그 안에다 쑤셔 넣은 것 같았다.

나는 남은 돈을 몽땅 케니에게 주었다.

"방금 지나온 길에서 버스를 탈 수 있을 거야."

케니는 고개를 끄덕였다. 그러더니 더는 아무 말 없이 돌아서서 절룩거리며 우리가 왔던 길을 되돌아갔다. 케니가 저 멀리 사라지는 모습을 지켜보았다. 나도 집에 가고 싶어졌다. 혼자 남는 건 싫었다.

간신히 나는 로스를 향해 다시 걷기 시작했다. 햇볕 때문에 머리가 지끈거렸지만, 이제 곧 괜찮아질 거라고 기대했다. 두 발은 완전히 물집 덩어리가 되었다. 물집이 모여 있는 걸 세는 단위는 뭘까 궁금해졌다.

많은 후회가 밀려왔다. 가장 미안한 건 로스한테 벌어진 일들에 대해 내가 눈치채지 못했다는 것, 알지 못했다는 것이었다. 몰랐다는 건 사실 거짓말이다. 우리는 당연히 알고 있었다. 어떤 것은 우리가 일으킨 문제이기도 했다. 하지만 모르는 척했다. 타조처럼 고개를 모래 속에 처박은 채로. 로스가 나한테 말해줬더라면 얼마나 좋았을까 생각했다. 왜 나한테 말을 안 했을까? 내가 도와줄 수도 있었는데. 분명히 나는 뭐라도 해줄 수 있지 않았을까? 하지만 자기 여자친구를 뺏은 녀석한테는 말을 걸고 싶지 않았을지도 모르겠다.

쿠쿠브리에 도착한 것은 거의 6시가 다 되어서였다. 내가 걸어온 길을 그대로 따라가면 시내로 들어간다. 자동차들도 눈에 띄게 늘어났고, 사람들은 몇 군데 안 되는 가게들 주변을 떼를 지어 돌아다녔다. 나는 계속 고개를 숙인 채로 내가 갈 길을 가리키는 도로 표지판 말고는 아무것에도 주의를 기울이지 않았다. 나를 보는 시선이 느껴지기도 했지만 신경 쓰지 않는다는 듯 행동했다. 덤프리스보다 작은 곳이었다. 강을 건너 도심 건너편으로 갈 수 있도록 다리가 놓여 있는 건 같았다. 조그만 항구에는 요트와 낚싯배들이 묶여 있었다. 물집 때문에 움츠러들기는 했지만 서둘러 걸음을 옮겼다.

시내를 벗어나 시골길로 다시 접어들자 훨씬 안전한 느낌이 들었다. 너무나 쉬고 싶어서 널따란 풀밭에 앉아서 숨을 가다듬었다. 하지만 이대로 주저앉아버리면 다시는 일어나지 못할 것만 같았다. 나는 지지 않기로 했다. 우리가 다 같이 하려고 했던 일을 해낼 것이다. 배낭 끈에 어깨가 쓸려서 상처가 났고, 티셔츠는 땀에 절었지만 포기하지 않고 계속 걸었다. 가장 친한 친구가 죽었다. 내가 그 어떤 일에 감히 불평을 하겠는가? 한 걸음 한 걸음 뗄 때마다 발에서 느껴지는 고통 속에서 로스가 다시는 돌아오지 못할 거란 사실을 떠올렸다.

다시는 돌아오지 못한다. 다시는 돌아오지 못한다. 다시는 돌아오지 못한다.

어쩌면 나 또한 그 이유가 됐는지도 모른다.

저녁이 다가올수록 걷기는 점점 더 힘들어졌다. 서늘한 바람이 불어오기만 해도 감사한 마음이 들었다. 주스라도 한 방울 남겨 놓을 걸 후회가 되기도 했다. 7시가 막 지난 뒤 '로스'라는 표지판을 처음으로 본 순간, 너무나 간절했던 에너지가 용솟음쳤다. 두 다리가 너무나 아팠다. 모든 길이 점점 더 길어졌고, 모든 언덕이 점점 더 가팔라졌고, 내딛는 보폭은 점점 더 짧아졌다. 발, 머리, 어깨, 구석구석 아프지 않은 데가 없었다. 하지만 포기하고 싶지 않았다. 로스는 포기했을지도 모른다. 하지만 나도 그래야만 하는 건 아니다.

  나는 모든 갈림길을 지도에서 체크했다. 분명히 다음번 갈림길일 것이다.

32

 바로 여기가 내가 이틀이나 걸려서 다다른 곳임을 알려주는 표지판은 아무 데도 없었다. 길은 나무들 사이로 구불구불거리며 좁아졌다. 첫 번째 집을 본 다음 벌써 3미터 넘게 지났지만 아무것도 없었다. 급커브가 있었는데, 그곳을 지나자 나무들이 점점 멀어지더니 환한 여름밤에도 어두컴컴해 보이는 조그만 바닷가가 나타났다.

 지도에 따르면 여기가 로스다. 마을이라고도 할 수 없을 것 같은 곳. 세어본 집은 여섯 채였다. 군데군데 농장 창고들이 일정치 않은 간격으로 모여 있었는데, 하나같이 허름하고 녹이 슬어 있었다. 경찰이나 부모님이 먼저 도착해서 나를 기다리고 있을 것 같은 걱정이 마음 한구석에 있었는데 아무도 보이지 않았다. 결국 내가 이 경주에서 이긴 것인가. 안도감이 거세게 몰려왔다.

 바다가 땅을 조금 삼켜서 생긴 쑥 들어간 만이 있었다. 썰물 때였다. 제대로 된 해변이라고 할 수는 없고, 그냥 진흙과 바위였다. 우리 동네와는 달랐지만, 어쨌든 좋았다. 노 젓는 배 한 척이 밧줄에 매달려 외로이 잔잔한 파도를 타고 있었다. 만의 저쪽에는 언덕으로 된 곳이 있어 만을 보호해주었는데, 언덕에 가려져 그 너머로는 바다가 보이지 않았다. 나는 언덕 위로 올라가 바다를 내려다보기로 했다. 로스가 여기 왔다면 그렇게 했을 것만 같았다.

나는 길이 끝나는 지점까지 쭉 갔다. 길은 자갈길로 바뀌더니 바다를 향해 휘돌아갔다. '베이하우스 호텔 가는 길'이라는 표지판이 있었다. 누가 이 적적한 곳까지 휴가를 오고 싶을까. 만에서는 바람이 불어오고 갈매기 울음소리가 들렸다. 파도에 쓸려 온 축축한 진흙 냄새가 났다. 6월인데도, 공허하고 쓸쓸한 느낌이 들었다. 한겨울에는 도대체 어떤 느낌일까. 생각하고 싶지도 않았다.

길은 뒤집힌 C 자 모양으로 바다로 돌아 나갔다. 나는 호텔까지는 가지 않았다. 언덕 위로 가는 보행자 도로와 금속 출입문을 찾았기 때문이다. 쇠로 된 문틀을 넘어서서 소 떼가 가득한 들판으로 나갔다. 소들 사이를 지나가자 소들은 나를 호기심 어린 눈빛으로 바라보았다. 가파른 길은 아니었지만 올라갈수록 지친 다리는 더 쑤셨다.

꼭대기에 올라온 보람이 있었다. 가장 먼저 등대가 내 눈에 들어왔다. 카일리가 말해주었던 기억이 났다. 클리소프스 해변가에 있는 스펀 포인트 등대보다 훨씬 가까이에 있었다. 그 등대에서 이 등대까지 왔다고 생각하니 가슴이 벅찼다. 커다란 흰색 등대였다. 지도를 확인하니 '리틀 로스'라고 씌어 있는, 바다에서 200미터 정도 나간 섬에 세워져 있었다. 지도에는 이곳이 솔웨이 만이라고 되어 있었지만, 엄밀히 말하면 바다는 아니고, 내가 사는 곳의 험버 강보다는 더 크고, 넓고, 더 어두운 곳이었다. 나는 만족하고도 남았다.

보행자 도로는 바다 쪽으로 내려갈수록 좁아졌다. 갈 수 있는 데까지 가보았다. 해변은 없었다. 대신 앉아서 다리를 늘어뜨릴 수 있는 3, 4미터쯤 되는 바위투성이 거친 절벽뿐이었다. 나는 배낭을 풀고 바로 그 일을 했다.

나는 유골 항아리를 꺼내 내 곁의 무성한 풀밭에 놓았다. 드디어 왔는데, 여기까지 왔는데, 무얼 해야 할지 알 수 없었다. 이런다고 로스가 살아나는 것도 아니지 않나? 어쩌면 심의 말이 맞는지도 모른다. 로스를 위한 일이 아니었는지도 모르겠다. 나를 위해서, 내 죄책감 때문이었을지도 모른다. 니나가 하고 싶어 했던 말도 그게 아니었을까? 그래, 내가 뭘 기대했던 걸까? 용서? 구원? 이해?

케니랑 심이 옆에 있었으면 얼마나 좋을까.

산들바람이 불어 땀범벅인 얼굴을 식혀주었다. 나는 잠시 바다와 등대를 바라보았다. 그러고 나서 풀밭에 드러누워 저녁 하늘을 올려다보았다.

사방에 어둠이 내려앉을 때까지 기다렸다. 등대 불빛이 바다 위를 훑고 나를 향해 다가오더니 나를 비추지 않고 다시 지나갔다. 하늘은 구름 하나 없이 맑고 달과 별은 밝았다. 나는 배낭에서 점퍼를 꺼내 입었다. 유골 항아리가 보이지 않아 화들짝 놀랐는데, 다시 보니 풀숲에 기울어져 있었다. 어두워서 안 보였을 뿐이었다. 나는 유골 항아리를 똑바로 세웠다.

숨을 깊이 들이마시고, 최대한 오래 참았다. 다시 숨을 내쉬자 목구멍에 뜨거운 것이 차올랐다. 마침내 나는 울음을 터뜨렸다. 하지만 화도 났다. 뜨거운 눈물이 뺨을 타고 흘렀다. 그 일이 죽고 싶은 일이었니? 정말 그랬던 거야?

미안했다. 화가 나기도 했다. 로스는 얼마나 많은 사람에게 상처를 줄지 생각 안 했던 걸까? 신경이나 썼을까? 로스는 누나를 울렸다. 아버지는 넋이 나갔다. 어머니는 살아 있는 유령이 되어 버렸다. 그리고 로스는 우정을 망가뜨렸다. 정말 이걸 원했던 걸까? 어떻게 식구들에게, 친구들에게 그렇게 이기적인 짓을 할 수가 있지? 내 마음 한구석에서는 이런 고통을 안겨준 로스에 대한 원망이 사라지지 않을 것 같았다. 이렇게 많은 슬픔을 안겨주고 떠나다니 너무했다. 알면서 그랬던 건 아니라 해도.

유골 항아리를 있는 힘껏 바다로 내던지려는 순간, 뒤에서 내 이름을 부르는 소리가 들렸다. 나는 하던 일을 멈추었다.

처음에는 짧은 그림자로만 보였는데, 그게 케니의 목소리라는 걸 알아챘다. 케니가 이 언덕 꼭대기까지 나를 부르면서 오고 있었다. 그럼 혹시 심도……? 하지만 아니었다. 케니뿐이었다. 나는 벌떡 일어서서 급히 눈물을 훔쳐내느라 얼굴을 문질렀다. 케니를 굽어보면서 손을 흔들었다.

"너 자꾸 실없이 사라졌다가 다시 나타나기냐?"

케니는 고개를 까딱거렸다. 뭔가 불확실하고, 뭔가 수상쩍었다.

"여기까지 어떻게 왔어?"

"캣 양아버지가 태워줬어."

나는 무슨 말인지 알아듣지 못했다.

케니는 카일리가 손등에 써준 캣의 전화번호를 나에게 보여주었다.

"버스 정류장을 찾고 있었어. 그러다가 공중전화를 봤어. 그리고 음…… 캣한테 다 사실대로 얘기했어. 그 애는 어쨌든 거의 다 알고 있더라고. 티브이에서 봐서."

"캣은 지금 어디 있어?"

케니는 언덕 너머를 가리켰다.

"차를 길에 대고 기다리고 있어."

"왜 마음을 바꿨어? 왜 온 거야?"

케니의 얼굴에 갑자기 그늘이 드리워졌다.

"네가 와서 정말 좋아. 진짜야. 그냥 궁금해서 물어보는 거야. 엄마한테 전화할 수도 있었는데 말이야."

그제야 케니가 입을 뗐다.

"너는 여기 올 줄 알았어. 심도 왔으면 좋겠다고 생각했는데. 심은……?"

나는 고개를 저었다.

케니는 어깨를 으쓱거렸다. 케니는 내 손에 들린 유골 항아리를 보았다.

"그럼 이제 어떻게 하지?"

"솔직히 말할까? 뭘 해야 할지 모르겠어."

그러자 케니가 말했다.

"네 말이 맞아. 내 생각에는 로스가…… 그래, 일부러 그런 거 같아. 하지만 그때, 정말로 그럴 거라고는 생각도 못 했어. 나는 로스를 가장 오랫동안 알고 지냈는데……. 정말 오랜 시간이었는데……. 내가 아는 로스는 그럴 녀석이 아니야. 그게 다 우리 잘못일까?"

"잘못을 하긴 했지. 하지만 우리가 막을 수 있었을지는 잘 모르겠어."

"우리한테 기분이 어떻다고 얘기만 했더라면……."

"어쩌면 막았을 수도 있지. 하지만 말 안 했을 거야. 안 그래? 로스는 모든 걸 다 자기 안으로 숨기는 애였어. 자기한테 정말 중요한 일은 뭐든지 다."

"하지만 왜 차에 치이려고 했던 걸까?"

"아무도 몰랐으면 했던 거지. 그래서 동호회 대화방에 남겼던 흔적들을 다 지우려고 했던 거 같아. 정말 마지막까지 모든 걸 다 숨기려고 했던 거지."

"그렇구나. 하지만 그렇게 하면 우리가 도울 수가 없잖아."

"도움이 필요 없다고 생각했을 거야. 그냥 죽고 싶다고만 생각했겠지."

케니는 기침을 했다. 울고 있다는 걸 감추기 위해서였다.

"나는 로스가 없는 게 싫어. 제일 친한 친구였는데. 여기 같이 있으면 좋겠어. 여기에 아직도 있어야 하는데."

너무 어두워서 안 보인다고 생각했을지 모르겠지만, 케니의 뺨을 타고 흐르는 눈물이 달빛에 은빛으로 반짝였다.

케니가 말했다.

"있지, 어제랑 오늘은 정말 굉장한 날이었어. 우리가 한 일 좀 생각해봐. 다 로스 덕분이야. 진짜야. 우리한테는 인생에서 최고로 끝내주는 스토리가 생긴 거라고. 하지만 로스는 빠졌어. 로스는 절대로 이 이야기를 할 수가 없어."

울먹이느라 케니의 어깨가 들썩거렸다.

등대 불빛이 여기저기를 비추었다.

마침내 케니는 크게 코를 훌쩍였다. 울음을 안으로 삼켜야만 했기 때문에 정말로 큰 소리가 났다. 이제 다시 통제력을 발휘하게 된 것 같았다. 마음 깊은 곳에서 혼자 우는 케니가 된 것이다.

"심이 다시 올까?"

"아니. 지금은 아니야."

"왜?"

나는 어떻게 설명해야 좋을지 확신이 없었다.

"내 말이 이상하게 들릴지도 몰라. 그치만 심은 로스 때문에 마음이 많이 상했어. 심은 우리 둘보다 훨씬 더 로스를 동경했거든. 심은 만약에 다른 사람의 삶을 살아볼 수 있다면 잠시라도 로스가 되어서 살아보려고 했을 거야. 로스가 모든 걸 다 포기한 이유가 뭐였는지 심은 이해할 수가 없어."

"나도 그래."

나는 한숨을 내쉬었다.

"이제부터는 너랑 나뿐이야. 이런 말 하기 싫지만, 우리가 앞으로 심을 자주 못 보더라도 너무 놀라지 마. 내 생각이 틀리면 좋겠지만……."

"틀리지 않을 거야."

나는 잘 모르겠다는 듯 어깨를 으쓱했다.

케니가 나한테서 항아리를 가져갔다.

"그럼 이제 애를 어떻게 하지?"

"나도 모르겠어. 만약 여기다 두고 간다면 로스 부모님한텐 못할 짓일 거야. 우리는 부모님을 내내 비난했지만…… 이제는 그 누구도 비난에서 자유로운 사람은 없을 거야."

"여기에다 조금만 놓고 갈 수는 있지 않을까. 나머지는 도로 가져가고. 여기까지 고생하면서 왔는데 뭐라도 해야지."

케니는 항아리 뚜껑을 열고 손으로 재를 한 줌 퍼냈다. 그러고는 나에게 항아리를 건넸고, 나도 똑같이 했다. 꺼끌꺼끌하고 건조했다. 처음에는 조사라도 낭독하거나 의식을 준비할 계획이었는지도 모르지만, 그동안 너무 많은 일이 일어나서 우리 둘 중 누구도 무슨 말을 해야 좋을지 몰랐다. 다만 이 한 줌의 재가 진짜 우리의 절친은 아니라는 것은 알고 있었.

우리는 등대를 향해 유골을 뿌렸다. 등대는 주변으로 환한 빛을 쏘았고, 마치 그 빛이 유골을 어디론가 날리는 것처럼 보였을지도 모르겠다.

이제 더 이상 할 일이 없어진 우리는 만 끝 쪽의 언덕으로 다시 올라갔다. 꼭대기에 도착했을 때, 저 멀리 주택가에 차 두 대가 지나가는 것을 보았다. 좁은 길을 황급히 달리는 그 차는 아스팔트 길이 끝나고 자갈길이 시작되는 시점에서도 좀처럼 속도를 늦추지 않았다. 멀리, 어둠 속에서였지만 우리는 앞차가 경찰차라는 걸 알 수 있었다. 그들이 가까이 다가오자 두 번째 차는 로스 아버지의 차라는 것도 알아차렸다.

"누가 꼰질렀구나. 심일까?"

내가 대답했다.

"모르겠어. 그렇진 않을 거야. 아마 이 동네 사람이 우릴 발견했기 때문이겠지. 클리소프스에서 여기까지 오는 내내 확실한 증거들을 남기면서 왔잖아."

경찰차는 캣의 양아버지가 주차한 뒤에 차를 댔다. 형사과 경사 크로퍼 씨가 아닐까 생각했다. 로스 아버지는 급제동을 한 뒤에 손전등을 들고 나와 우리를 향해 언덕을 비추며 올라오고 있었다.

"이제 가자. 마음 단단히 먹어. 엄마랑 잘해보고."

내가 말했다.

케니는 걷다가 발걸음을 멈추었다.

"우리 정말 끝장이지?"

"지금 물어보는 거냐, 그렇다고 얘기하는 거냐?"

케니는 웃을락 말락 한 표정으로 나를 바라보았다. 웃은 거나 마찬가지였다고 해야 하나.

"하고 싶은 말이 있어. 로스가 죽어서 좋은 건 하나도 없어. 알지? 그치? 하지만 우리가 여기 온 건 정말 기뻐. 안 왔더라면 캣도 못 만났을 거고."

나는 무슨 뜻인지 알았다는 표시를 하기 위해 고개를 끄덕였다.

"나중에 이 기억을 떠올릴 때 그게 가장 먼저 생각날 거란 거지?"

케니는 삐딱하게 나를 바라보았다.

"뭐라고, 인마?"

경찰관 중 한 명과 로스 아버지가 목장 출입문 문틀까지 올라왔다. 저들은 우리가 얌전히 내려갈 거라고 믿지 않을 것이다. 어쩌면 우리가 달아날지도 모른다고 생각하겠지?

"음, 앞으로 어떤 일이 일어날지는 아무도 몰라. 안 그래? 정말로 그 일이 일어날 때까지는 말이야."

옮긴이의 말

　정말 어렵고 힘들 때 몸과 마음을 의지할 사람이 부모 형제라면 더할 나위 없이 좋겠지만, 사실 부모 형제에게 어려움과 고민을 솔직하게 털어놓으면서 사는 사람은 그다지 많지 않습니다. 부모님에게는 특히나 더 그렇죠. 실망시키는 것이 두렵기도 하고, 부모님은 대부분 나약해진 자식을 자기가 컨트롤하려는 경향이 있기 때문이기도 할 겁니다. 저만 해도, 가족들이 알고 있는 나와 친구들이 알고 있는 나는 좀 달라요. 나이가 들면서 형제자매들과는 친구처럼 스스럼없이 지낼 수 있게 되었지만, 부모님 앞에서는 여전히 약한 모습을 드러내기가 어렵습니다.

　가족에게 하지 못하는 수많은 말들을 우리는 친구에게 합니다. 나의 가장 찌질하고 흉한 모습도 보여줄 수 있는 사람이 진짜 친구죠. 하지만 힘들고 어려운 이야기를 숨기고 회피하기 시작하면 금세 금이 가는 것이 친구 사이기도 합니다. '수십 년 절친'이라고 하면, 어렸을 때부터 볼 꼴 못 볼 꼴 다 본 그런 사이인 거예요. 서로가 마냥 좋아하고 편들어주기만 하는 것이 아니라 애증이 뒤섞인 관계입니다. 거룩하고 숭고하기만 한 우정은 환상이에요. 지지고 볶는 가운데 싹튼 우정이 오히려 건강하고 오래갑니다.

로스는 어느 곳 하나 기댈 데가 없을 정도로 힘든 일투성이였고, 심리적으로는 우울증 단계를 넘어서 이미 '번아웃' 상태였을 겁니다. 긍정적인 에너지가 부족할 때는 어떻게든 긍정적인 에너지를 충족시켜주어야 하는데, 그걸 아무도 못 해준 거죠. 로스가 보내는 수많은 구조의 신호들을 가족들도, 친구들도 다 알아차리지 못하거나 심지어는 무시했습니다. 뒤늦게서야 그 사실을 깨달은 친구들은 크나큰 충격 속에 비로소 로스를 제대로 애도할 수 있게 되었습니다. 그리고 자기 자신의 비겁함과 나약함에 대해서도 통렬하게 깨달았겠죠. 이들의 삶에 로스는 결코 지워지지 않는 흔적일 겁니다. 추운 계절에 만들어지는 나이테가 더 진한 색으로 남듯이.

저는 가장 방어적으로 대응했던 심의 마지막 모습이 이상하게 마음에 오래 남습니다. 말은 가장 험악하게 했어도, 로스 다음으로 패닉 상태에 빠진 인물이 심일 거예요. 부디 친구들이 집으로 돌아가서 심의 마음을 잘 보살펴주었기를, 더는 누구도 상처받지 않았기를 바랍니다. 난생처음 자신들의 의지만으로 그 먼 길을 여행해낸 힘이 남아 있다면, 블레이크와 케니 또한 이제부터는 비겁한 '타조 소년'이 아닐 겁니다. 그러니 심의 가장 나약한 모습을 보았다 하더라도 친구로서 어떻게 해야 할지 알 거라고 생각합니다. 누구보다 착한 모범생이었던 친구의 죽음은 씻기 힘든 상처겠지만, 자신들의 문제를 회피하지 않고 맞서서 해결해나가는 용기와 배짱은 로스가 남겨준 선물이자 과제였을 테니까요.

제주에서
신수진

타조 소년들

초 판 1쇄 2016년 11월 18일
개정판 1쇄 2025년 8월 25일

지은이 키스 그레이
옮긴이 신수진
펴낸곳 제철소

등록 제2014-000058호
전화 070-7717-1924
팩스 0303-3444-3469
이메일 right_season@naver.com
인스타그램 @from.rightseason

ISBN 979-11-88343-85-0 03840

이 책 내용의 전부 또는 일부를 재사용하려면
반드시 저작권자와 제철소 양측의 동의를 받아야 합니다.

잰 케니♥

동휘 케니♡

언호케니♥
케니 잉글랜드!!

민호 심갓

차현석
심.

OK
경족심♡